LOCUS

LOCUS

RECREATION

R92
血色嘉年華1：跨界組兇
The Carnivia Trilogy 1: The Abomination

作者：強納生·霍特（Jonathan Holt）
譯者：柯清心
責任編輯：翁淑靜 封面設計：江宜蔚
內頁排版：洪素貞 校對：陳錦輝
出版者：大塊文化出版股份有限公司
台北市10550南京東路四段25號11樓
www.locuspublishing.com

讀者服務專線：0800-006689
TEL：(02)87123898 FAX：(02)87123897
郵撥帳號：18955675 戶名：大塊文化出版股份有限公司
法律顧問：董安丹律師、顧慕堯律師

總經銷：大和書報圖書股份有限公司
地址：新北市新莊區五工五路2號
TEL：(02) 89902588 FAX：(02) 22901658
製版：瑞豐實業股份有限公司
初版一刷：2018年10月

定價：新台幣400元
Printed in Taiwan

血色嘉年華1：跨界組兇 / 強納生.霍特(Jonathan Holt)著 ; 柯清心譯. -- 初版. -- 臺北市 : 大塊文化, 2018.10
面； 公分. -- (R ; 92)
譯自 : The abomination
ISBN 978-986-213-916-5(平裝)

873.57 107013357

血色嘉年華

1 跨界緝凶

Jonathan Holt
強納生・霍特—著
柯清心—譯

THE CARNIVIA TRILOGY I

THE ABOMINATION

【導讀】水平面下的歷史糾葛

◎余佳璋（國際記者聯盟IFJ執委會委員）

享有世界遺產盛名的義大利水都威尼斯，儘管近來每年多達三千萬遊客如浪潮般湧入，幾乎面臨遭聯合國教科文組織除名的危機，似乎仍阻擋不了全世界的觀光客，想要一探這複雜巷弄與水道之中，充滿奇幻想像的城市，究竟在面具之下，藏有甚麼樣的魅力及故事。威尼斯諸島從公元六世紀建城以來，威尼斯王國挾其海上一霸地位，以聖馬可教堂及長翅獅子（winged lion）旗號，巡遊在東地中海一帶，攻城掠地帶回龐大財富，綿延千餘年。即使到了近代，威尼斯對相鄰的巴爾幹半島、北非，乃至地中海廣大區域，都具有深遠影響。

本書故事所刻劃的背景與主軸，似乎也源自這樣的緊密連結。經歷兩次世界大戰，巴爾幹半島上的人事物，仍沿著海岸與山林道路，或明或暗地從義大利北部通往另一個世界，而威尼斯成為那一扇關鍵之門，更成為作者筆下重要場景，似乎威尼斯城內的建築、水道涵洞，水下密室，都有著無窮難料又難以全般述說的故事。

二戰後的歐洲，既頹圮又無力構築安全屏障，除了接受美國所提供的經濟復興計畫之外，也不得不讓美軍駐軍德國、義大利與英國等地，以防範可能重新萌發的法西斯主義，並阻卻當時蘇聯共產勢力西進。美國軍事與情報系統堂而皇之進駐義大利的事實與背後各種活動，成了作者深入探究後，在書中描繪出引人心懸的無比張力。

然而義大利在一九六〇年代發生延續近二十年的「鉛年代」（Years of Lead, Anni di piombo）。那一段左右派政治勢力對峙時期，社會上不時出現團體組織以恐怖暴力、暗殺、謀害事件等宣揚主張，企圖影響政治與打擊政敵的手段，讓義大利在二次戰後經歷一段黑暗歲月。看似左右派政治問題，外界普遍質疑背後都是美蘇情報單位介入支持，甚至連以色列與利比亞都參與其中。鉛，其實意味著子彈四處橫飛的街頭，夾帶各種懸疑、陰謀、性與暴力事件或傳說，不僅成為坊間耳語，也是政壇及社會人人既揣測又自危的現象，大家既害怕，又想知道，故事自此不斷。鉛年代雖然已經過去，但當時所留下的陰影，甚至到二十一世紀的今日，似仍未散去。歐美媒體評論義大利政局時，不少仍持這樣的觀察角度與觀點，作者書中亦埋有許多鋪陳呼應，令讀者有所感受。

冷戰結束後，一九九〇年代發生巴爾幹半島一連串動盪，當地複雜的情勢不僅遭遇外來權力框架干涉，且與參雜其間的宗教較勁、民族生存仇恨糾葛盤根。種種發生在鄉間的殘暴屠殺、性別傷害事件，城市街頭社區彼此互相以火砲槍彈攻擊，更是二戰後最嚴重的人道危機，但聯合國與國際勢力無法有效遏止，延宕多時的外交談判，讓悲劇一再發生。巴爾幹半島的不安，讓歐洲人警覺「歐洲後花園」，竟不在歐洲人掌握之中，頗有芒刺在背之感，無論從地緣政治的安全問題，或者從商貿往來需要性，似乎都必須好好重新關照，正是作者在書中所要凸顯的另一個未解、且難解問題。

書中角色，與義大利淵源頗深的美軍女少尉跟當地憲警既競爭又合作，也是某種程度反映義大利與美國軍事情報既密切又詭譎的關係。美軍在義大利的各基地，因為位處歐陸與地中海戰略要地之故，不僅從義大利半島可兼顧歐陸、巴爾幹，甚至中東與北非的安全秩序，也因為義大利並無明顯排斥美軍協防或利用各處基地，不若法、德及英國在意國家主權及防衛自主問題。本書藉由一個奇特而無所不蒐的社群網站，架構起各種謠言、主觀意識、猜忌和陰謀，滿足各種窺探監視與洩出祕密的快感，或許能讓習慣滑手機的讀者，閱出無限的想像。當然，在小說系列後續其他部分，也藉此預留更多伏筆，將作者想探討的問題繼續延伸。

讀此書讓我不免想起一九九九年四月間，時任職電視台記者前往採訪美軍與北約出兵轟炸科索沃，就是取道義大利，從羅馬搭火車前往東岸城市巴里（Bari），且必須配合美軍航空母艦羅斯福號作戰任務行動作息，在非常保密的情況下才能登艦採訪，航向亞得里亞海，眺望巴爾幹。然而我與夥伴面對義大利海關與警察詢問盤查，說明是要採訪美軍任務，卻出奇順暢無阻，今日想來，恰如作者描寫的氛圍，一種真實的神祕。

眾生男女，心中皆存有輕抑的惡性。無論我們稱之為野性、凶殘或蠻橫；或冠之以科學標籤，稱之為虐待狂或精神病；抑或歸因於非道德、惡魔作祟。總之，惡性與人類長相左右。惡性多半處於休眠，看不見，未受注意，藏在我們的胸膛裡，於是我們自詡文明，假裝它不存在。然而只須給我們喚醒這頭野獸的理由——例如，賦與我們凌駕他人的無限權力，且絕不因行使權力而受到懲處——人人皆能做出超乎自己想像的惡行劣跡。

——英國皇家精神科醫學院成員，保羅·多賀堤醫師

序曲　威尼斯，一月五日

小舟自碼頭邊滑開，轉動的引擎僅在船尾攪起些微劈啪聲。里奇控制船速，小心翼翼地繞過漁船和船塢邊聚集的老舊貢多拉[1]。他每天晚上都會到潟湖外，表面上是去檢查蟹籠，但鮮少人知道，里奇有時出海，是為了捕獲利潤更高的東西：取走由人駕船偷偷放到用來標示蟹籠地點的浮桶上，以藍色塑膠布緊緊包住的小包裹。

船隻離開朱代卡島（Giudecca）後，里奇彎身點了根菸，對著火光平靜地說：「安全了。」

船上的乘客自擁擠的小艙中走上來，並未搭話。此人有備而來——一襲深色防水衣、手套，並將毛織帽壓低蓋到眼上。他左手仍拎著先前帶上船的長方形金屬箱。這箱子比公事包略大，令里奇想到音樂家放樂器的盒子；只是他相當肯定，今晚這位乘客絕不是什麼音樂家。

一個小時前有人打電話到里奇的手機，是平時交代他去找藍色包裹的相同聲音，通知他今晚載一名客人。里奇差點脫口反駁，說威尼斯有那麼多水上計程車，他開的是漁船，又非遊艇。可是話卻卡在喉嚨裡。因為那素來對他下達指令的聲音，從未聽起來如此害怕過，即使對方在命令他把沉重的屍袋扔到潟湖邊陲地帶去餵螃蟹時，也不曾這般恐懼。

1 貢多拉（gondolas）：在義大利威尼斯運河使用的狹長平底船。

左側傳來濺水聲與呼聲．幾艘搖櫓的木船朝他們的方向加速而來。里奇將引擎放緩，讓船身盪著。

「怎麼了？」船上的乘客首次講話。里奇發現他的義大利話帶著濃重的美國腔。

「沒事，不是衝咱們來的，她們是為了巫婆節[2]在訓練。」木船划近時，才看出上面好像載滿穿著寬大上衣和無邊帽的女子；行經漁船邊時，明顯看得出她們其實是一隊隊穿著奇怪女服的划船選手。「她們再一分鐘就會走了。」里奇又說。船隊果然在繞過浮桶後，一艘緊追著一艘地折返威尼斯了。

乘客嘀咕幾聲。剛才船隊靠近時他矮下身子，顯然不願被人瞧見，這會兒正一手扶著欄杆，站在船首掃視地平線。里奇打開汽閥。

一個鐘頭後，他們來到蟹籠邊，繩纜上沒綑著任何東西，也沒有船隻從另一頭過來與他們會合。天色已黑，但里奇不敢開燈，遠方幾座突起的小島中斷了地平線。

里奇的同伴說話了。「哪一座是波維利亞島（Poveglia）？」

里奇指出，「那一個。」

「帶我過去。」

里奇二話不說，啟航上路。他知道有些人會拒絕或要求多拿些錢，大部分漁夫都會遠避波維利亞這座小島。但也正因為如此，小島很適合做小型走私。里奇有時會趁夜至島上收取無法綁在浮桶上的大件貨品，如成箱的香菸或威士忌，偶爾會接到渾身哆嗦的東歐女孩和她的皮條客，但沒必要他從不逗留。

里奇不自覺地感到懊惱，他沒理會客人，只是本能地調整引擎，在沙洲與淺灘四布的潟湖中彎繞梭行。他們接著來到一條開闊的水域，船隻往前躍行，劃破一道道水浪，徹寒的水沫噴在他們臉上，但船首的男子似乎並未察覺。

里奇終於放慢速度，小島此時就在前方，在紫黑色的天際下形成一片剪影，廢棄的醫院鐘塔從林冠上冒出來，廢墟間隱隱閃動幾點微光——也許是其中某個房間有燭光。原來這裡是他們的集合點。波維利亞島上已經不住人，早就沒有人居了。

里奇的乘客跪下來拔開金屬箱的栓子。里奇瞄見槍管、一個黑色來福槍托、一排子彈，全都整齊有序地擺放著，但男子首先取出的，是一把跟相機鏡頭一樣粗的夜視槍。男子起身將夜視槍舉至齊眉，在搖晃的船身上站穩。

男子緊盯島上光源的方向片刻，然後示意里奇開往碼頭，男子在船隻尚未觸及陸地前，便已迫不及待，落地無聲地躍上岸了，手裡仍緊提著金屬箱子。

稍後，里奇不確定自己是否聽見槍聲，但他想起在箱中瞄到另一枝槍管——一枝比夜視槍更粗更長的滅音槍，因此槍聲必然是出於自己的想像。

里奇的乘客僅離船十五分鐘，之後他們便又默默返回朱代卡島了。

---

2 巫婆節（la Befana）：一月六日主顯節，為耶誕假期的最後一天，耶誕巫婆（Befana）會送禮物給乖小孩。

1

威尼斯昏暗的小酒館裡，派對已進行快五個小時了，但音量卻還在繼續增高。那位企圖帶凱蒂莉納．塔波離開的帥哥，幾乎不是跟她聊天，而是用吼的了——他們倆必須站得極近，朝彼此耳朵嘶吼才能聽得見對方的聲音。雖然婉轉細膩的調情盪然無存，卻也使她對男子的意圖了無疑慮。凱蒂不覺得那是壞事，唯有真正彼此喜歡的人，才會在如此嘈雜的環境下努力聊天。就她而言，她已經決定待會兒帶艾瓦多（或是葛撒多？）回她在梅斯特雷區（Mestre）的兩房小公寓了。

這位艾瓦多或可能叫葛撒多的男子，想知道她是做什麼的。「我在旅行社工作。」她吼回去。

他點點頭。「酷耶！你自己常旅行嗎？」

「還好。」她喊說。

凱蒂感覺自己的手機在大腿上震動，手機設了鈴響，但四周如此嘈雜，她沒聽見。凱蒂掏出手機，發現自己漏接三通電話。「請稍待。」她對著手機喊，並向同伴示意一會兒就回來，然後奮力鑽下擁擠的樓梯，來到戶外。

我的媽呀，冷死了。凱蒂身邊有幾名甘冒酷寒的老菸槍，而她自己口中吐出的白氣，跟他們噴出的白煙一樣濃。凱蒂對著手機說：「哈囉？」

「有具屍體。」法朗西斯柯在另一頭說：「案子交給你，我剛跟調度組的人談過了。」

「是他殺嗎？」她極力抑住興奮的語氣。

「有可能，不管是什麼，都會是大案子。」

「為什麼？」

法朗西斯柯並未直接回答她的問題。「我把地址傳給你，就在安康聖母殿（Salute）附近，你到現場找皮歐拉上校。祝你好運！還有，別忘了，這事你欠我一份人情。」對方掛斷電話。

凱蒂瞄著螢幕，地址還未出現，不過若是在安康聖母殿教堂附近的話，她就得搭水上巴士了，大概得花二十分鐘，而且是假設她沒先回家換衣服。凱蒂看看身上的衣著，她非換不可。但，管他的，凱蒂心一橫，沒時間了。她會把大衣釦緊，但願皮歐拉對她光溜著雙腿、頂個大濃妝，不會起疑，畢竟今天是一月六日主顯節，也是慶祝老巫婆的日子。老巫婆會視孩子是否調皮，決定送他們糖果或煤塊——這天全城的人都出來狂歡了。

至少她帶了塑膠靴和高跟鞋。其實大家都這樣。由於冬潮、下雪再加上滿月，為威尼斯帶來間歇性的滿潮，現在幾乎每年都會淹水，城市每天會兩度泡在漲潮裡。幾公尺高的潮水，淹沒威尼斯原本高於海水的地面，運河氾濫，淹沒人行道；城中最低窪的聖馬可廣場變成一片鹹水湖，上面漂浮著菸蒂與鴿糞等「湯料」，即便走在官方架起的木道上，有時還是得涉水。

凱蒂感到腎上腺素在胃裡奔竄。自她晉升至偵察組後，便一直積極爭取處理凶殺案，現在她走運承辦一樁了。這若只是另一件觀光客醉酒墜河的案子，絕不會分派給皮歐拉上校，因此，那表示她走了雙重好運：她的第一件大案，將由她最崇拜的資深警探負責督導。

凱蒂本想回酒吧告訴艾瓦多或葛撒多，她得回去工作，或許在離開前問到他的手機號碼。但接著她決定算了。旅行社職員再忙，也絕少在十一點五十分被召回辦公室，尤其是在主顯節。她若回酒吧，便得跟隨意搭訕的他，表明自己是卡賓槍騎兵隊[3]的憲警了。通常還得安慰一下對方受傷的自尊，但她真的沒那份閒功夫了。

況且，這案子若眞的是謀殺調查，接下來兩週她可能沒空回他電話，更甭說是跟他碰面上床了。艾瓦多得找別人試試運氣。

手機再次震動，法朗西斯柯將發現屍體的地點傳給她了，凱蒂感覺心跳有些加快。

✣ ✣ ✣

警探阿爾多．皮歐拉上校垂首望著屍體，他好想點根菸，打破新的一年已戒菸六日的決心。其實他根本不會在這裡抽菸，因為首要之務是保留證據。

「是piovan嗎？」他質疑。piovan是威尼斯人對「神父」的俗稱。

法醫哈帕迪聳聳肩。「他們打電話給我時是那麼說的，不過這案子沒那麼單純。想過來仔細看嗎？」

皮歐拉不甚情願地步下木道，踏入約三十公分深的泥水裡，濺著水花朝哈帕迪的手提發電機所發出的光圈邁去。雖然皮歐拉已拿橡皮筋綁住小腿了，但他剛才抵達現場時，法醫遞給他的塑膠鞋套立即灌入冰冷的海水。又一雙鞋子毀了，皮歐拉暗嘆。他原本不會在意，但他和妻子及朋友們正在威尼斯的高級餐館Bistrot de Venise慶祝主顯節，因此穿了自己最棒的布魯瑪妮（Bruno Maglis）新鞋。皮歐拉火速跳到比屍

3 卡賓槍騎兵隊（Carabinieri）：義大利的憲兵，隸屬國防部，協助警察維持社會秩序。

體高一階的教堂大理石階上，像剛從浴缸裡走出似地甩乾兩腳。心想說不定鞋子還有救。

屍體橫癱在階梯上，半泡在水裡，受害者像掙扎著爬出海水，想進入教堂裡。但這可能是潮水造成的效果，潮水已稍往平時隔開教堂與聖馬可運河的人行道上退去了。死者身上的黑色與金色法衣，確實是天主教神父舉行彌撒時的穿著，死者頭髮纏結的後腦有兩個清楚的彈孔，滲出的棕紫污漬滴淌在大理石上。

「這裡是第一現場嗎？」皮歐拉問。

哈帕迪搖搖頭。「我懷疑。我猜是漲潮把屍體從潟湖沖到這裡的，若不是因為漲潮，屍體現在應該在前往克羅埃西亞的途中。」

皮歐拉心想，若真如此，這屍體跟其他被沖進城裡的垃圾就不太一樣了。周遭海水散發出一股淡淡的污水味。不是所有威尼斯的污水坑都密不漏水，而且有些不守規矩的居民視漲潮為節省清理費的良機。

「今晚的高潮有多高？」

「量管顯示水位有一百四。」警告威尼斯人的電子水災警笛，也會標示潮水高度——超過一公尺後，每高出十公分，便會響起笛聲。

皮歐拉彎身細看，發現不論這位神父身分為何，身材都十分瘦小。皮歐拉很想把屍體翻過來，但他知道，在檢驗組拍完照片之前妄動，必會惹他們跳腳。

皮歐拉沉思道：「所以，他是在東邊或南邊被射死的。」

「有可能。不過，你至少猜錯了一件事。」

「什麼事？」

「你看看他的鞋子。」

皮歐拉小心翼翼地把手指探到被潮水浸透的法衣下，掀開神父腿上的法衣。他的腳很小，幾乎算得上優雅，而且套著女人的皮鞋。

「他是變裝癖者嗎？」皮歐拉訝異地說。

「不完全是。」哈帕迪似乎有些幸災樂禍，「好啦，你看他的頭。」

按哈帕迪的要求，皮歐拉非蹲下不可，他的臀部都快碰到漩流的海水了。神父死不瞑目，額頭抵著台階，彷彿死於汲飲海水。皮歐拉觀察時，一道小浪沖過屍體下巴，灌入張開的嘴裡又退去，屍體像是淌著口水。

接著皮歐拉發現了，屍體的下巴上沒有鬍青，嘴唇顏色又太粉。他驚訝地說：「媽呀，是個女的。」

他本能地在胸前畫起十字。

是女人沒錯——她的眉形、無神的眼睛鉤了眼線，還有女性的睫毛；皮歐拉這會兒看清，在死者溼透的髮束後，甚至半掩著耳環。女人年約四十，肩部有些中年女人發福的跡象，因此他才未能立即察覺。

皮歐拉恢復冷靜地觸摸溼透的法衣，「就戲服來說，挺像真的。」

「如果是戲服的話。」

皮歐拉好奇地看著法醫。「你為什麼那樣說？」

「試問有哪個女人敢在義大利穿神父法衣出門？」哈帕迪含蓄地問。「只怕她連十步都走不出去，」哈帕迪聳聳肩。「但話又說回來，也許她並沒有，我是指走出十步外。」

皮歐拉皺著眉，「後腦勺挨兩槍？會不會太誇張了。」

「上校！」

皮歐拉轉過身，見到一名迷人的年輕女子。此人化著大濃妝，身著黑色短外套、防水鞋，身上顯然穿得很少。女人從木道上對他高喊。

「那你最好過來。」

皮歐拉當即表示：「你不能過來，這裡是犯罪現場。」

女人掏出口袋裡的證件，高舉著說：「長官，我是派來調查本案的塔波上尉。」

皮歐拉發現她稍事猶豫才脫掉靴子，光腳涉水走來。他瞥見女子把腳伸入濁水前，腳趾上的嫣紅。

哈帕迪幸災樂禍地說：「上回我看到人家在威尼斯光腳涉水，腳都被水裡的碎玻璃割成肉條了。」上校懶得理他。

「死者身上有任何身分證明嗎，長官？」她問皮歐拉。

「還沒找到，我們剛剛才在討論，咱們的受害者其實不是男性。」

凱蒂的眼神飄向屍體，但皮歐拉發現她並未像自己剛才那樣畫聖號。這些年輕人未必跟他一樣有著苦於擺脫的根深蒂固的天主教信仰。凱蒂遲疑地問：「會不會是惡作劇？畢竟這是主顯節。」

「也許吧。但其實應該是反過來想，不是嗎？」在威尼斯這種大家總是找盡藉口打扮的地方，主顯節更是大肆盛裝慶祝；連船夫和工人在這天都會穿戴女裝。

凱蒂跟幾分鐘前的皮歐拉一樣，蹲到屍體旁邊仔細檢視。「不過這衣服看起來很逼真。」她輕輕從袍子底下拉出一條鍊子，鍊子尾端懸著一枚銀十字架。

「或許這不是她的，」皮歐拉說。「上尉，反正該辦的事先辦。先拉上封鎖線，並準備一份訪客日誌，等這邊法醫拍完照後，安排把屍體移到停屍間。我還需要遮護現場跟證物的棚子——以免對威尼斯的善良市民造成不必要的驚擾。」皮歐拉沒提的是，造成驚擾的不僅是女子遇害，而是女子辱沒了神父的祭袍。

「沒問題，長官。等屍體運到停屍間後，要我打電話給您嗎？」

「打電話給我？」皮歐拉似乎有些愕然。「我會隨屍體一起過去，以確保證據的連續性。上尉，我是第一位抵達現場的警官，所以一定會跟著屍體走。」

凱蒂的前一位指導官，通常在延長的午餐休憩結束後不久就開溜了，他雖交代凱蒂「有任何進展打電話通知」，但連門都還未邁出，就已關掉手機了。

如果皮歐拉這樣做已夠叫人佩服的話，跟接下來國家警察隊出現後發生的事情相比，這還不算什麼。

國警人員駕著汽艇，晃到正在整理手提箱的法醫哈帕迪旁邊。凱蒂已凍到渾身發青了，刺寒的水氣鑽入她每根骨頭裡；當她看到Polizia di Stato（國家警察）字樣時，第一個反應是鬆了口氣。

一名警官走下船，有備而來地穿著警用的藍色防水長靴。「我是指揮官歐泰洛，」他自我介紹。「非常謝謝你，上校，這案子我們就從這裡接手了。」

皮歐拉幾乎連正眼都沒看他一眼，「事實上，這是我們的案子。」

歐泰洛搖頭道：「高層已經決定了，我們現在有多餘的人力。」

有才怪呢，凱蒂心想。她保持靜默，等著看皮歐拉如何應付。

到義大利的旅客往往訝異地發現，這裡有許多不同的警力，最大的是國警，歸內政部管轄，以及隸屬國防部的憲警，雙方競爭激烈，竟弄出兩個不同的緊急電話號碼。義大利政府宣稱這套系統能使兩個機構時時惕厲，但義大利民眾實際的感受卻是政府的敷衍、貪腐與官僚的無能。儘管如此，凱蒂和她的同事們，仍為憲警感到驕傲，因為大部分的人寧可打電話到憲警隊的112，也不想打到國警的113。

現在皮歐拉正眼去看歐泰洛了，但不掩心中的輕蔑。他說：「除非我們少將叫我別管，否則本案我管定了。任何試圖叫我放手的人，就是在防礙調查，有可能因此被捕。」

對方同樣露出不屑。「好，很好，屍體若對你那麼重要的話，就自己留著當寶吧。」他聳聳肩，「我回溫暖舒適的警局了。」

「如果你想幫忙，不妨把船借給我們。」皮歐拉建議道。

歐泰洛說：「是啊，如果我想幫忙的話。再見了。」他走回汽艇，諷刺地行舉手禮，船隻退回運河裡。

凌晨三點左右，開始飄雪；大如蝴蝶的溼厚雪片一觸到水面，便立即化開。融在凱蒂髮裡的雪水，令她更加寒冷難耐。凱蒂望向皮歐拉，發現他整顆頭自頭皮到鬍渣都在閃閃發亮，像戴了嘉年華面具，只有落在死者身上的雪花沒有融去，素淨的白雪漸漸覆住死亡女子瞠開的雙眼與額頭。

凱蒂再次打著寒顫，她知道自己的第一樁謀殺案，會是不尋常的案子。一名身穿神父法袍、褻瀆神明的女子，就在安康聖母殿的台階邊，凱蒂無須站在冰涼的海水中，亦能感覺驚寒澈骨。

2

早晨近七點時，一名年輕女子從威尼斯馬可波羅機場行李大廳走出來，她跟當天早上搭乘達美航空102航班抵達的其他旅客十分不同。其實旅客不是穿著度假的休閒服，就是前來出差，她則穿著迷彩服。自宣布反恐後，美國鼓勵所有軍人在商業航班上穿迷彩服，讓其他旅客更加安心。旅客們在甘迺迪機場起飛的深夜航班上睡過後，頭髮都亂了，但女子已按美國陸軍規章AR670——女性務必將頭髮梳理整齊，不得蓬亂或搞怪……長度超過領口下方的長髮，須整齊固定住或以髮夾夾妥——將一頭金髮梳整妥當了。旅客們紛紛拖著行李，或把行李堆到機場的推車上，她則攜著飽脹沉重的巨大野戰背包，且神乎其技地保持平衡。當旅客聚在旅行社的代表旁，或掃視人群，尋找舉著姓名卡的司機時，女子踏著自信的步子右轉——全然未意識自己以閱兵的步態行走——經過咖啡店和租車公司，來到側廊上，一處不甚明顯處的攤位前。攤位上寫著「LNOSETAF」的縮寫字樣。

櫃台後是名與她年紀相仿的男子，身上也穿著灰色美軍迷彩服。男子以一句親切的「歡迎你，少尉」回敬她的舉手禮，然後遞上電子讀卡機，供她刷自己的CAC通行卡。「你的時間掌握得恰到好處，接泊車八點整離開，看來只有你一個人了。等你到了埃德里基地（Ederle），先去報到處報到，我會通知你的保證人說你已經上路了。」

女子點頭稱謝後來到停車場，滿懷的歡喜因下雪而略減。一輛白色迷你巴士發動引擎停在一旁，僅在車門上以小小的字母標上「SETAF」。美軍在此地試圖保持低調：即使是SETAF的全文「Southern European Task Force，南歐專案組」，聽起來也很一般。

司機是名二等兵，跳下車來幫她拿行李。司機打量這位乘客的臉——長相對金髮女郎來說有點無趣，卻不失魅力——也看到她那亮新的上尉徽章，便決定跟她搭話。

「歡迎到威尼斯，女士。是TDY還是PCS[4]？」意思是：是臨時調派還是長駐性轉調？

「PCS。」她燦然一笑，「整整四年。」

「太好了，應該是你第一次外派，對吧？以前有來過OCONUS嗎？」

OCONUS是軍中所指的美國海外駐軍（Outside the Contiguous United States），她知道對許多士兵而言，海外駐軍跟在猶他州或德州當兵無異，因為他們在這三個地方的經驗到最後都近乎雷同。這並不令人訝異。

「是我第一次派到海外，」她同意道。「不過，其實我是在這裡長大的。」

士兵挑起一邊眉毛。「你是軍人子弟？」

「沒錯，家父在比薩附近的達比基地（Darby），一七三營。」

「你會講義大利文嗎？」

她點點頭，「In realtà, lo parlo piuttosto bene.事實上，我說得很流利。」

「很溜嘛。」士兵說，顯然一個字都沒聽懂。「這樣吧，我不是故意的，但既然你是唯一的乘客，我們要不要現在就走，繞點路逛一逛？我們若走海岸線，可以看到很棒的威尼斯風景，而且能準時抵達。到埃德里只要五十分鐘路程。」

她知道士兵只是想找機會搭訕，身為軍官，雖只是剛出爐，且是位階最低的軍官，她也許應該拒絕，但她好高興終於回到自己成長的國度，連經過機場的咖啡店，都忍不住駐足，想走進去逛逛——她終於看見道地的咖啡店了！有如假包換的鋅板櫃台，可以讓人倚著一口灌掉義式濃縮咖啡，而不是那種造假的大學圖書館氛圍，和星巴克等連鎖店的大杯卡布奇諾！之前在飛機上，安全帶指示燈亮起時，她便把額頭貼在窗上，迫不及待地想看久別的義大利一眼了。她運氣略差——飛機從有著漂亮晨光的高度，顛簸地穿雲而下，窗子結起冰粒，然後飛到一片斑布著灰寒島嶼的潟湖上空。片刻間，她詭異地自以為置身潛艇裡，沉向深黑的海床，而不是飛在空中。不過飛機繼續轉向，一會兒之後，威尼斯——那片神奇而無與倫比的島嶼——便出現在底下逗弄她了，各種建築物與河道擠簇在小得荒謬的區塊裡，錯綜如一片珊瑚或手錶內部。

「好啊，」她突然說道：「有何不可？」

士兵咧嘴一笑，相信對方做出這樣的決定，是因為他，而非威尼斯的美景。「太棒了，請問您的芳名是？」

「博蘭。荷莉・博蘭少尉。」因為身在義大利，她又補了一句：「Mi chiamo Holly Boland.」

✣ ✣ ✣

雖然載著她沿海岸公路而行，看著隔岸他所說的絕色威尼斯——他保證威尼斯「常被票選為世界最浪漫之地」——但二等兵比利・魯塔斯滿口談的都是兩人的目的地，埃德里基地。一切軍人可能需要的東西，營區中一應俱全。PX可不是一般普通商店，而是一整座購物商城，有二十四小時營業的超市、服飾店，包括Apparel和Gap等美國品牌；還有一間花店，給像他這種約會後，想送份像樣禮物給女方的人。基地裡有間可容十二輛車的汽車修理中心，專事修理克萊斯勒、福特及其他義大利技師不熟悉的車種。有間八百張床位的醫院；四間酒吧——包括「瘋牛」、「獅穴」，以及屌到不行的「喬杜根」；一家保齡

4 TDY，是Temporary Deployment，臨時調派的縮寫。PSC是Permanent Change of Station，長駐性轉調的縮寫。

球館、電影院、運動場、高中、三間美國銀行；五間餐館，菜色從薯條到手抓豬無所不包；一家漢堡王……甚至有義大利禮品店，讓人無須離開崗位，便能購買駐派海外的紀念品。他口沫橫飛地說，最棒的是，離阿爾卑斯山很近——瞧，現在就看得見了，你再往高處看，看到厚厚的覆雪了吧——那邊有埃德里基地專用的滑雪教練。

荷莉知道他指的其實是多洛米蒂山（Dolomites），不是阿爾卑斯山，但選擇不予糾正。荷莉得在基地裡住六個星期——事實上軍方已在聽起來很不軍方的埃德里旅館派了間房給她——不過六週後，她便能自由地搬離基地，住到維琴察[5]附近的私宅裡了。六週的等待並不算久，在那之前，她就到喬杜根喝啤酒，甚至跟像他這樣的男子約會，接受贈花吧。不過若是在漢堡王吃飯——反正她也無能為力——那就算了。

她轉頭望著窗外，汲飲義大利街上的標示與車牌，與每位駕駛與路人的誇張手勢。一名上學途中的青少年以裝模作樣，誇大可笑的動作，駕著機車鑽過緩緩移動的早晨車陣，後座還載了名黑髮女孩。兩人都沒戴安全帽：女孩把臉往後轉，以便吃右手中、摺得跟手帕似的熱披薩。男孩大聲對她說了幾句話；女孩抬起頭，一對水靈靈的棕色眼眸混雜著渴望與狂喜。荷莉．博蘭上尉彷彿看到年輕十歲的自己，坐在初戀男友的偉士牌後，竄經比薩街頭的模樣。

✣　✣　✣

「到了。」二等兵魯塔斯說。

荷莉意識到車子正開在一道沒有標示的防彈水泥牆邊，但牆上塗滿了長串曲繞的塗鴉，一看就知道是哪裡。「不要達莫林（Dal Molin）」，她讀道，以及「美軍滾回去」。路邊有人群走繞——都是老百姓，有些穿著小丑般的古怪服裝，有的舉著其他標語牌子。眾人一見迷你巴士，便擁過來憤怒地推擠車子。

「怎麼回事？」她問。

「噢，沒什麼，週末會有好幾百人，有時甚至數千人。埃德里基地預計接下來幾年要擴張兩倍，引起某些地方人士不滿。」

「『達莫林』是什麼？」

「我們要擴建的機場。」

巴士在大門口稍微放緩速度，欄柵升起時，魯塔斯很快地跟守衛互敬舉手禮。荷莉發現，大部分守衛都是由義大利憲警搭配一名美國憲兵。

「你會以為，我們在這裡保護他們，義大利人應該會很感激。」車子停到大門內檢查他們的證件時，魯塔斯說：「歡迎來到埃德里基地，女士。」

前方是座小城，或者應該說，是一座防禦森嚴的城中城，邊界是一道向兩方延伸、無止境的防炸牆。義大利文的街道標示換成了英文標示；他們來到主街與第八街的十字路口。英文的行人穿越燈，指示行人「穿越」或「止步」，大部分人都穿陸軍迷彩服，軍車中夾雜著別克與福特汽車。

5 維琴察（Vicenza）：義大利威尼托大區維琴察省的一座城市，位於威尼斯西方約六十公里處。

「嘿，再一百公尺，就是報到處了，我可以送你到門口，他們會給你一張地圖。對了，一開始大家都會迷路，這地方很大。」他繞過圓環，圓環柱子上飄著星條旗。「能留你的電話嗎？唉呀，我忘了，你還沒有歐洲的電話。」他停下車，在紙卡上快速寫了幾個字交給她。「我週六晚上沒事。」

荷莉走下接泊巴士，二等兵魯塔斯的自信令她啼笑皆非。荷莉．博蘭的眼前是一大片不知名建物的軍營，與她去過駐點的每個美軍基地相似。她絕對無法料到此地發生的事，即將測試、淬礪她潛在的忠誠。

3

屍體終於運到停屍間了，凱蒂在那裡並不覺得比較暖和，因為停屍間為防止屍體在漫長的義大利夏日腐化，得維持攝氏九度的恆溫。皮歐拉還未放棄監護，凱蒂決定陪他耗到最後，雖然上校數度提議要她先回家睡一下，換點更合適的衣服。

停屍間的技術員叫史帕茲，正在解釋屍體為何如此難以辨識。

「你們看這裡。」他用戴著藍手套的雙手抬起死者的左手腕，「鹽水的破壞力很強，幾乎不可能採到指紋。」

「有什麼辦法可以強化它們嗎？」

「我們可以幫她做手套。」

「那最好這麼辦。」皮歐拉看凱蒂一眼，「知道什麼叫做手套嗎？上尉？」

「不知道，長官。」她坦承。

「史帕茲會把受害者的手指皮剝下來，攤到手模上。」皮歐拉朝四、五個大小不一，如手套匠人使用的模型一樣，立在架子上的木製手模點點頭。「這是屍體泡過海水的標準做法。在咱們這座四處淹水的城市裡，我們常得這麼做。以後你若聽到不懂的事，開口問好嗎？這是你經手的第一件謀殺案，但我想，下一次你就能獨當一面了。」

「是的，長官。」凱蒂笨拙地答道。

「現在先回家休息幾小時，這回我是認真的，下次碰面我可不想看到你露這麼多腿。」他的笑容——他那因為疲倦而皺成扇形的魚尾紋——在他做進一步解釋之前，便已抵消任何冒犯的話了。「老實說，你的美腿很令人分心，但我是個婚姻幸福的男人。」

「上校？」史帕茲在他們背後輕聲說。皮歐拉轉身，看到技術員仍握著屍體的臂膀，法袍的袖子往後滑開，露出女子右手腕上方的東西。兩位警官上前檢視，凱蒂稍跟在後方，因為就技術而言，她賴在這裡等於抗命。

那是某種深藍色的刺青，比小孩畫的圖精細不了多少，一個代表太陽的圓與放射線條——只是太陽裡還有類似星芒的圖紋。

史帕茲將袖子再往上推開，露出第二個相似，但設計略顯不同的刺青。

「有意思。」皮歐拉過了一會兒後說。

「還有這裡……」史帕茲指著死者的指甲。剪短的指甲末端塗彩油，凱蒂現在看清，其中三片整個都已脫落，底下的皮膚皺結成疤。「另一手也是這樣。」

「是遭到酷刑嗎？」皮歐拉問。

史帕茲聳聳肩，表示詮釋證物不是他的職責。「疤痕看起來挺舊的。」

「你能多快驗屍？」

史帕茲望著死者的手。「按時間表，下週才能驗，但我一定今天就驗。」

「很好。」皮歐拉將眼神調回凱蒂身上，「現在你可以走了。」

凱蒂走向門邊，覺得皮歐拉仍盯住自己一雙裸露得不太恰當的腿。然而當她來到門口，不經意地回眸檢視時，卻發現他已轉向屍體，正俯身拿著死者的手，鉅細彌遺地詳視。凱蒂覺得皮歐拉像個美甲師；或某位在舞會上，以老派作風，伸手邀請愛人共舞的男子。

4

丹尼爾．巴柏坐在維洛納（Verona）法庭底下的牢房裡，一邊閱讀數學類書籍，一邊等待陪審團做出判決。他的律師在距他幾步外的地方翻看筆記，緊張地演練數種不同的辯辭，視丹尼爾到時被判哪幾種罪名，或許能派上用場。律師知道最好別跟這位客戶商議。丹尼爾現在專注閱讀的那本書，審訊期間幾乎不曾離手，他僅會偶爾冷冷瞄周遭一眼。而律師在經過慘痛經驗後，已知任何交談都會遭對方回絕。

她的客戶終於闔上書本，盯著房間的角落了。

「不會太久的。」她吞吞吐吐地說。

丹尼爾看看她，似乎詫異她竟然在那裡，但他沒說什麼。他已知道法官會怎麼判決了，因為過去五週，有人已改動他的維基簡介，加入最後一段新資料了。

定罪與往後的生活

二〇一三年，丹尼爾．巴柏獲判七項罪名：入侵電腦；未能縮減色情圖文，包括未成年色情圖文及性暴力；協助犯罪，包括竊取身分及洗錢；拒絕政府取得所需資訊。他的第八項指控，靠不道德所得維生，獲判「無罪」。雖然他的律師辯說客戶的心理狀態不適合監禁——這項策略在他先前的審訊裡，確實收到效果，但巴柏仍被判坐牢九個月。

巴柏在獲釋不到一年內自殺，在一八九八年以來，家族所住的威尼斯豪宅外投河自盡。巴柏家族血脈隨之絕滅，而丹尼爾創立的網站「嘉年華」亦前途未卜。

丹尼爾第一次看到這段由匿名電郵寄來的文字時，只是將之刪除，但幾秒鐘後又恢復了，接下來，丹尼爾刪除三次後，都發生同樣的事。有人寫了一個殭屍病毒，以簡單的程式不斷重複這個動作，每回他修正維基百科網頁，程式便重寫內容。就某種程度而言，那是一個惡意的小折騰，雖無法造成真實的後果，卻顯示攻擊他的人心存何種意圖。

或者，丹尼爾思忖，那表示他們要他相信，他們會不擇手段毀滅他。

丹尼爾大可輕而易舉地寫一道更厲害的程式，永久消除最後那段章節，並鎖死網頁，但他並沒有那樣做的迫切理由。這世上，他只在乎三、四個人的意見，對其他六十九億人的想法不感興趣。丹尼爾以前根本懶得讀維基百科的條目，因為內容往往似是而非，扭曲不實。

丹尼爾・馬康東尼歐・巴柏，一九七一年生，義大利數學家及電腦駭客。以創建「嘉年華」聞名。嘉年華是一個以義大利威尼斯為基礎的八卦及資訊分享社群網站，固定使用者超過兩百萬。[1]

1、早年生活與綁架事件

2、電腦詐欺罪

3、創立嘉年華

4、嘉年華的成長

1、早年生活與綁架事件

丹尼爾・巴柏出生於威尼斯的貴族世家，巴柏王朝，其家族事業涵蓋愛快羅密歐汽車，其父馬堤歐在掌管家族投資基金之前，是知名的花花公子。後來馬堤歐致力建立以家族為名的藝術基金會。

丹尼爾・巴柏的童年正值義大利社會及政治動盪期「鉛年代」[6]**。雖然據說他父親偏好進步的勞資關係，但家族的地位與財富，使他們成為「赤軍旅」**[7]**等極端左翼組織的攻擊標的。**

一九七七年六月二十七日，七歲的丹尼爾・巴柏遭到綁架。當時媒體大幅報導義大利政府給他父親極大壓力，不許與綁匪協商，但後來又宣稱，這是安全部隊為爭取更多時間，找到綁匪下落而設的煙幕彈。

一九七七年八月四日，馬堤歐與美國籍妻子露西收到郵寄來的丹尼爾的雙耳與鼻子。

接著由義大利特戰部隊帶領展開一連串行動，救出丹尼爾，七名綁匪全數被殺或捕獲。存活的三名綁匪拒絕與法庭合作，因為法庭是資本主義霸權[3]。歹徒各被判監禁二十至四十年。[4]

2、電腦詐欺罪

審訊期末至一九九〇年代初期，幾乎沒有丹尼爾・巴柏的消息，僅知他到哈佛攻讀數學之前，曾上過失聰兒童學校。他在哈佛就讀期間，表現異常傑出，一份有關控制論的學期報告，〈KL散度，到複雜動態系統〉被刊登在一份由專家審查的學術期刊上。[5]

一九九四年，他也是康卡斯特駭客案中被捕的一員，這個組織鬆散的電腦玩家團體，控制了有線電視龍頭的網站，據稱是為了報復其惡劣的客服品質。該團體使用的方法既簡單又有效——直接駭入公司資料庫。康卡斯特集團買下Comcast.com公司的網址後，重新將公司註冊成自己的。這使得駭客能將網頁轉至另一個包含辱罵訊息的網頁裡。[6]

巴柏的律師後來確認，他就是駭客Defi@nt，他在受審時，聲稱童年被綁後，造成許多疾病，包括失

---

6 鉛年代（anni di piombo）：指一九六〇至八〇年代，義大利經歷嚴重的經濟危機與社會動盪；政治上左右翼組織鬥爭不斷。「鉛」意指多不可數的子彈。

7 赤軍旅（Brigate Rosse）：成立於一九七〇年的義大利左翼軍事組織，宗旨是對抗資產階級。知名行動是在一九七八年綁架並殺害曾任義大利總理的阿爾多・莫羅（Aldo Moro）。

去部分聽力、社交畏避障礙，以及泛自閉症障礙，因此非常不適合監禁。法官顯然同意此點，之後巴柏被判緩刑，不過也可能是義大利政府不想看到當年可怕的綁案，和千瘡百孔的救援行動，再度被搬上法庭。

丹尼爾受審後的幾年中，公開或線上都很少見到巴柏／Defi@nt的蹤影，但他也許使用許多其他化名，包括Syfer、10THDAN及Joyride[8]。一九九六年，丹尼爾在父親去世後搬回家族宅邸，威尼斯的巴柏府，並在巴柏基金會的董事會擔任名譽董事。[9]二〇〇四年一份新聞報導形容他「幾乎完全隱世」，表示他甚少離家，只有威尼斯嘉年華節[8]時例外，他會戴上面具，隱藏自己被毀的容貌。[7]

3、創立嘉年華

二〇〇五年，丹尼爾．巴柏以嘉年華網站程式設計師之姿出現。嘉年華是他家鄉——威尼斯的詳實3D虛擬世界，例如，據稱真正的聖馬可廣場和嘉年華版的，連地上鋪石的數目都一模一樣。據說光是總督宮（Doge's Palace）的程式設計，便花去丹尼爾．巴柏四年的時間。[9]

嘉年華別出心裁，使用者幾乎找不到指示，說明嘉年華是什麼或該如何使用。使用者最初以為嘉年華是威尼斯人的社群網站，但旋即發現，該網站竟容許使用者高度匿名，因此很快在喜歡隱藏身分的網友間贏得讚譽。嘉年華被形容為「駭客的臉書……一個沒人管理、沒有執照的市場，與從前的威尼斯十分相似，從誇大不實的謠言，到買賣竊取的財務資料，不一而足」。[7]

丹尼爾．巴柏在一個罕見的新聞群組上表示，創立嘉年華並無特殊目的。「伽利略曾說，『數學是上帝書寫世界的語言。』我認為以單純的數學原理，編寫虛擬世界的程式，會很有意思，至於人們要在那個世界做什麼，就取決於他們自己了。」[8]

4、嘉年華的成長

嘉年華在當時破天荒與其他科技公司做全面跨功能合併，包含臉書、Google Mail，Twitter及Google Earth，讓使用者能在其他網站上匿名留言，包含網路騷擾。[10]使用者還可以在社群網站貼上無法追蹤的標記，或寄出加密訊息。

反色情人士強調，嘉年華上許多資訊交流有色情性質。[13]二〇一一年，丹尼爾．巴柏拒絕讓義大利官方進入嘉年華伺服器檢查非法內容，因而違反國內的法律及國際法。

編寫手法相當巧妙，幾乎每項個人事件或參考資料都是事實，但整篇簡介卻又機巧地帶出其他弦外之音。例如同時提到外界對嘉年華色情內容的控訴，卻不提控訴內容取自一篇同時也提到MySpace、YouTube及許多其他網站的文章。還有，提及官方聲請檢查嘉年華伺服器，卻不提官方也對許多網路公司提出同樣的請求，讓人以為官方乃針對嘉年華的色情內容而來。其實問題的癥結在於，官方是否有權窺探市民在網路上的作為。該篇文章的字裡行間還影射他有心理疾病，丹尼爾確實大門不出、二門不邁，可是你若討厭人群，又住在世上遊客最多的城市，出門會是很不愉快，甚至討厭的經驗。至於暗指他創建嘉年

8 威尼斯嘉年華節（Carnival of Venice）：此慶典以精美製作的面具聞名於世，是義大利威尼斯最重要的慶典之一，每年都在大齋首日（Ash Wednesday）前開始，並在懺悔節（Shrove Tuesday）結束。每年的舉辦時間，詳見官網：http://www.carnevale.venezia.it/en/。

華，是把它當成某種逃避真實世界的工具——那點倒還不錯，雖然或許不是撰文者的用意。

丹尼爾的思緒被律師打斷了，律師揮著手勢，想引他注意。

「法官回來了。」

他點點頭，從門口退開，守衛拿著手銬朝他走來。起訴中要求，丹尼爾．巴柏必須像被捕獲的野獸一樣，在法庭上銬起來，而法官也同意了。他幾乎可以確定判決結果為「有罪」，義大利的司法體系腐敗至此，丹尼爾並不訝異；倒是有人願意如此大張旗鼓，勞民傷財地利用司法來整垮他，令他感到吃驚。

他們一定是狗急跳牆了，他心想，*但為什麼？*

法庭裡定會擠滿人，即使他離開時，也會有記者、攝影機……那一刻，丹尼爾好想待在相對安靜的小牢房裡。但他被帶上樓梯時，心中已開始盤算、分析、刺探、重寫未來。彷彿未來是個軟體，得先做調試、修正，才能如願地運作。

5

凱蒂依令回到梅斯特雷附近，自己面海的小公寓裡，一頭栽倒床上沉睡兩個小時。然後用破爛的摩卡壺煮了杯義式咖啡提神，再淋上一場比咖啡還燙的熱澡。

她的制服仍待在昨晚掛放的衣櫥前，范倫鐵諾牌的裙子與夾克，有華麗的銀領與紅色滾邊的肩章，三年前她離開憲警訓練學校後，這套制服就成為她的第二層皮膚了。現在，這是她首次不需要它：因為凶案調查人員只能穿素色衣物。她伸手探向衣櫥裡的深藍色百褶裙，和一件在服飾店Fabio Gatto訂製的上衣。

這衣服已經掛好幾個月了，就等待這種時候用上。衣服款式雖不浮誇，但精心裁製的織衣幾乎花掉她一個月薪水，凱蒂閃過一個疑問：不知皮歐拉會不會覺得她這個上尉穿得太華麗了？接著她拋開念頭，就算只是上尉，也得給人留下好印象吧。

凱蒂從公寓匆匆出來，搭火車越過自由橋（Ponte della Liberta），接著乘水上巴士到聖馬可廣場附近的聖匝加利亞教堂（Campo San Zaccaria）的古老廣場，憲警隊總部就設在以前的女修道院。將命案調查交辦給她的法朗西斯柯・羅帝，已在二樓設好指揮中心。大夥正在裡頭忙著。

皮歐拉上校站在玻璃隔成的辦公室裡，專注地與另一名男子談話。皮歐拉雖叫她回家休息，自己似乎並沒有那麼做。跟他在一起的男人轉身時，凱蒂看到男子在黑色西裝內，穿著灰色神職人員襯衫與羅馬領。那是一位神父。

皮歐拉看見凱蒂，便揮手示意她加入。

他介紹說：「這位是主教辦公室的奇洛西神父，他很熱心地指點我們有關神父服裝的規定。」

奇洛西神父點點頭。「只怕我幫不了太多忙，從照片上看起來，袍子像是真的。」他指著從停屍間送來，散放在桌上的照片，「這件外袍是祭披[9]，所有神父在做彌撒時都得穿，袍子底下是一般的束腰長衣與長白衣[10]。」

9 祭披（chasuble）：舉行彌撒時主祭神父穿在最外層的祭服。共分白、黑、紅、綠、紫五種禮儀顏色。

10 祭長白衣（alp）：麻質，大多為白色。是主教、神父、執事舉行彌撒時穿的禮服。

「神父，您說『做彌撒』，意思是指『主持彌撒』嗎？」皮歐拉問。

「沒錯，以訪客身分參加彌撒的神父，會穿小白衣[11]。」

「祭披是黑色的——您能告訴我們那代表什麼意思嗎？」

「祭披的顏色反映彌撒的本質，例如，我們在這個季節，都會穿白色祭披，以紀念基督的誕生。黑袍只在最黑暗的儀式中穿著，如驅魔或為亡者舉行彌撒。」

「所以……」皮歐拉沉思道：「這不可能是由非神職女性穿著的其他類型袍子了？比方說，祭壇女助手或領讀經文的信徒？」

奇洛西搖搖頭：「神父穿的每件法衣，都有非常明確的象徵。例如這些紅絲帶象徵基督的傷口，這條絲質長披巾叫領帶或聖帶，是為紀念基督的銬具，連披巾的邊鬚亦是按聖經經文而製。我若沒記錯的話，聖經〈民數記〉15:38節說：『你吩咐以色列人，叫他們世世代代在衣服邊上做穗子……好叫你們看見時，能謹記上主的一切命令』。」

凱蒂抽出一疊筆記紙，奇洛西神父邊說，她邊快速記下。「每件法衣穿戴時，都伴隨一段特定的禱文。例如，神父在穿著小白衣時，會誦道：『我的靈魂將與主同在，因祂覆我以救贖之衣，以喜樂之服。』戴上袖口時，先是右手，然後左手，便會說：『祢的右手，噢，上主，充滿了大能；祢的右手，噢，上主，擊敗了敵人。』這些儀式與法衣，對我們具有深重的意義。無論這名女子是誰，她都無權如此放肆地污衊它們。」神父的語氣雖然平和，但凱蒂感覺他的聲音中，有股無可忍抑的反感。

皮歐拉問：「您可以大略說明一下為什麼嗎，神父？我是指有關女人和祭司人員的事。」

「簡言之，教宗陛下宣布天主教會教義時，表明了教會無權授予女人神職。這得回溯到最初對夏娃的詛咒——換言之，這是神的旨意，不是教宗的意見。因此任何意圖接受神職或假裝自己是神職人員的女性，便犯了教宗所稱的『重罪』，也就是說，她會被視為異教徒。」

那聽起來像中世紀語彙的話語在空中懸盪。「那樣的話會受到什麼處罰？」皮歐拉問。

奇洛西神父說：「會被逐出教會。教宗對這點指示得非常明確。」

「意思是，殺掉這樣的女人，不算是不可寬恕的罪嗎？」凱蒂悄聲問。皮歐拉困惑地看她一眼，然後對她點頭，示意要她繼續說。

奇洛西神父略顯不安地說：「純就神學的角度而言，或許是吧。但謀殺在教會的教義中，向來違反上帝意旨，也違反人類的法律。」

「請容我釐清一點，神父。」凱蒂追問道：「女人做神父打扮，即便只是當成戲服——這樣就算犯罪了嗎？」

「如果有人穿上偷來的憲警制服參加派對，你會有何感想？」神父反問道。

「無論男女，都會被罰一小筆款項，但也不可能因此遭到殺害。」

神父抬起雙手，「如果本案真是如此的話。」

「有沒有可能她真的是神職人員，但屬於另一個教派？」皮歐拉暗示說。

神父思忖道：「如果是的話，恕我毫無所知。當然了，有些新教的教會允許有女性神職人員，但她們

11小白衣（surplice）：半身白衣，可長至膝，兩袖寬大，穿在長袍外。

的法衣略有不同。例如天主教的司鐸袍有三十三顆釦子，象徵耶穌三十三年的壽長。英國國教的袈裟有三十九顆釦子，象徵他們的三十九條信綱。」神父看到皮歐拉的表情。「這些似乎是很枝微的細節，甚至雞毛蒜皮，但卻是經過許多世紀的習慣與辯論演進而得，意在提醒所有神父，聖召的古老神聖傳統。」

「上尉，你去跟停屍間確認一下釦子的數目，並找人跟城裡的新教教堂查證一下，以防萬一。」皮歐拉吩咐凱蒂說。他將另一張相片遞向神父。「最後一個問題，神父。您知道這些刺青可能代表什麼意思嗎？」

奇洛西神父接過皮歐拉給他的相片，一邊連忙從夾克口袋翻出眼鏡，「不知道。」他終於表示：「這些刺青有點像神祕符號——但我必須強調，那不是我的專長，你要的話，我可以給你某位專精人士的電話。」

「謝謝您，神父。那會非常有幫助。」皮歐拉說。

「不客氣，若需要我進一步協助，請打電話給我。」奇洛西神父猶豫了一下，「主教交代我，他認為這次事件令信徒十分難過，希望此案能迅速了結。相信你還記得，幾年前，本教會因女性能否擔任神職一事，面臨了分裂的威脅，教會此時已捲入太多問題了，最好別再重提這項爭議。」

「是啊。」皮歐拉淡淡地說。「神父，我們必會竭盡所能，追出這名可憐女子的死因。」他稍稍強調最後那句話說。

奇洛西神父突然心念一動。「需要我留下來為她祈禱嗎？或為你們的查案禱……」

「我相信她一定會感激您為她做的任何禱告。」皮歐拉朝門口走去，「我們憲警隊也會繼續努力辦案。」

✣ ✣ ✣

凱蒂花一個小時研究潮汐表、氣候圖和潟湖地圖，想了解屍體可能從何處入海。身為威尼斯人，她是在海邊長大的，但漲潮把一切複雜化了。

「變數太多了。」她告訴皮歐拉：「我們可以假設受害者從潟湖漂來，但決定水勢的，除了潮汐之外，還有水流等因素，而且有些沙洲每個月的位置都會改變。」

「所以答案呢？」

「我想我們可以跟一些漁夫談談，他們應該能指出最有可能的地點，並告訴我們那天晚上是否看見任何可疑狀況。」

「這主意不錯，我陪你去。」

✣ ✣ ✣

威尼斯的潟湖分隔成由亞得里亞海潮汐沖刷而成的潟湖；以及被稱為死潟湖——位於北邊內陸封閉的鹹水沼地，能獵到野鴨與鰻。按推理，幾乎可確定屍體是從前者沖進來的。他們搭渡輪到離威尼斯南方二十五公里的基奧賈漁港（Chioggia），向一艘艘的漁船打探。

所有漁夫都認同屍體一定是從形狀細長的沙洲島里多（Lido）的某處漂出後，被沖入海裡的。了解當地的人，顯然都很清楚這點。

一位叫吉塞彼的老漁夫聳聳肩，告訴凱蒂：「罪犯會把屍體丟到十公里外的地方，那樣屍體就不會被發現了。這事大家都知道。」

「罪犯叫誰載他們去那裡？大家也都知道嗎？」

老人再度意味深長地聳聳肩，對她說，不管大家知不知道，反正他絕不會告訴她。

之後凱蒂和皮歐拉便集中在里多島打探：你在一月四或五日時，有無看到任何異狀？聽見任何聲音？附近有無出現陌生船隻？他們發現漁夫們——其中許多人都很迷信——對受害者的衣著，比對她死亡一事，更感震驚。於是他們在發問前，先給漁夫看兩張照片：第一張是法醫哈帕迪在停屍間所拍的屍體面容特寫，第二張是死者穿著神父法衣的全身照。第二張照片引發更大的迴響，漁夫們無一例外，都將右手舉到額上劃十字，左手則朝胯下比著魔鬼角的手勢，以防範惡魔的眼睛。

最後終於有個叫路希歐的漁夫，讓偵察有了突破。

「那晚天氣很糟，漲大潮，還下了雪……我決定早點收工回去看我女朋友。她住在威尼斯的多爾索杜羅（Dorsoduro），所以我走捷徑。」漁夫告訴他們。

「指給我看。」皮歐拉建議。年輕人用手指在地圖上畫著。

「這邊，穿過波維利亞島。」

皮歐拉點點頭。「請繼續。」

「波維利亞島附近沒人捕魚，人們不肯買那邊的魚，都說那些魚是吃人骨長大的。而且政府說因為島上有危樓，所以禁止登島。可是大家都知道真正的原因是那裡鬧鬼。」他頓了一下，點根菸。「反正我經過時看到光了，像火炬那樣會動的光，好像是在舊塔裡。」

「你有挨近細看嗎？」

「別鬧了，在主顯節夜裡？死都別想。我立刻就溜啦。」路希歐身體發抖著說。

皮歐拉拍拍他的肩膀，「好，這消息很有用，謝了。」

「不客氣。」年輕人遲疑了一下。「呃，上個月你們憲警給我開了張罰單，說我沒把船照擺出來。我有船照啊，可是船照從夾子上掉下來了，有沒有可能把罰款取消？」

「恐怕沒辦法，很抱歉，這不是我的辦事方式。介意我抽根菸嗎？」皮歐拉說。

對方鬱悶地聳聳肩，「請便。」

「這是你最後一根菸了。」

「沒關係，我還有。」

皮歐拉笑著道謝，接過菸盒。

✣ ✣ ✣

「好吧。」兩人爬回乾燥的陸地上後，皮歐拉說：「波維利亞島，你應該知道那個地方的故事吧？」

「知道一些，那座島在廢棄前，是不是有精神病院？」

「醫院開了一陣子，但漁夫們認為那座島在很久前便遭到詛咒。先前那是一座瘟疫島。一開始，威尼斯官方將染病的死者埋在島上；後來瘟疫繼續蔓延，他們便把任何有病症的人運到波維利亞，甚至在他們還未死亡前，便把病人扔到瘟疫坑裡，試圖藉此控制疫情。那些人想必沒有善終，難怪會變成鬧鬼的地方。」他嘆口氣，「天知道官方後來為何決定在那邊蓋精神病院，當然啦，現在已經廢棄。從八〇年代後便棄置不用了。」

「我們該去瞧一瞧嗎？」

「當然。」皮歐拉望著手裡的菸盒。

「我不知道你抽菸，長官。」

「我是不抽——反正過年後就沒抽了。我答應老婆很多年，說要戒菸——我只是對這包菸感到好奇罷了。」他舉起菸盒給凱蒂看，她原以為是一包駱駝牌，其實是另一種叫金陵牌的菸，標誌是隻帶角山羊，背景黃色，除此之外，其餘幾乎與美國牌子同出一轍。「是仿冒品。我想跟謀殺案應該無關，但誰知道呢。」

兩人討論如何去波維利亞島最好，由於漁夫都很迷信，似乎不太可能有人肯載他們去。

「除非我們同意取消路希歐的罰單。」凱蒂建議說。

皮歐拉看著她，沉默無語，凱蒂發現自己臉在發紅。「我的意思只是……」

皮歐拉不假辭色地說：「我懂你的意思。你只是想完成工作，我不怪你，但問題都是這樣開始的——走捷徑、交換條件、幫點小忙或接受小惠。」他的語氣悲傷多過生氣，「不知不覺中，幫了忙就必須獲得報答，最後他們便控制你了。這種事，十個警官九個跑不掉。你知道嗎？他們多數人甚至不在乎。對大部分人而言，這只是很……正常的，是我們這裡，我們義大利做事的方式，就這樣。」

「對不起，長官。」

「算了。我們打電話叫憲警隊的汽艇。等他們時，先去吃午飯。這邊的海鮮餐廳很棒，在搭過那些船後，我突然很想吃海膽麵。」

6

「少尉，讓我提醒你，你為什麼會到這裡。」福斯特少校直視荷莉滔滔不絕地說：「你將會明白，這裡是阿爾卑斯南邊，最大也最重要的美軍基地。透過我們強大的發射能力，維持非洲到伊朗地區的穩定、安全與和平。可惜我們駐軍地的社區，未必總是對我們心存感激。」

荷莉心想，意思是：本地人痛恨我們的鴨霸。

「所以去年年底，我們增加了一隊聯絡小組，與伊大利人民做進一步交流。」他讀成「伊」大利，好跟「伊」朗同音。「這是一種誠意的表現，會持續到達莫林基地的擴建完備為止。」

翻譯：直到抗議人士離開爲止。

「你隸屬聯絡官第三組LNO3，是組裡的義語人員，代表軍方面對平民，因此必須隨時表現出美軍的軍紀與專業度。」

翻譯：我個人覺得你在這裡根本是浪費老子的時間及美國納稅人的錢，不過上頭叫我們必須對本地人表示善意，所以你就去管這檔事，別來煩我了。

「是，長官。」荷莉行禮道。

「別以為這項任務很簡單、安全，就不需要勇氣或覺得無所謂了。」而福斯特少校的語氣就是一副無所謂的樣子。他對荷莉回禮。「好好表現，少尉。」

「這裡現在滿清閒的。」麥可．布里登中尉歉然地說，邊陪著荷莉從福斯特少校的辦公室走到他們小組所在的區域。「當然了，雖然美軍已逐漸轉型成諮詢的角色，但部隊仍輪番進出阿富汗，且在科索沃及伊拉克還有維護和平的任務，不過就像少校說的，LNO3的業務跟那方面無太大關係。我們處理的大多是社區事務、義大利媒體，甚至是抗議人士，雖不算最刺激，卻很管用。」

和藹可親，比她資深三年，來自維吉尼亞的麥可，是她的組長。她立即知道兩人會處得很好。

「這是你辦公的地方。」麥可指著一張辦公桌和電腦說：「我在那邊，要不要先整理一下？我得去準備一份簡報，不過簡報完後我會回來，好好帶你四處看看。」

荷莉登入電腦，過程包括將她的CAC通行卡刷過鍵盤邊的讀卡機，卡中的晶片會聯上軍方特用的ActivClient安全軟體，檢查她的授權、安全許可及所在位置，然後才讓她使用跟一般桌上型電腦無異的螢幕。這部軍用電腦跟其他的不太一樣，曾專屬於個人：螢幕背景是張笑容滿面，穿戴軍用滑雪裝備與遮陽鏡的年輕女子，這應該是前任軍官——從依舊釘在隔板的許多明信片看來，此人芳名應為卡蘿．納姍少尉。納姍似乎匆匆離開，無暇清理電腦。荷莉把背景照片丟進資源回收桶裡。她個人覺得，空白或僅有簡單軍徽的電腦螢幕，看起來較整齊有序。

她已在埃德里基地旅館的臨時宿舍登記入住了，並按軍人做法，把東西擺整齊，再到報到處填寫必要文件。下星期她按規定參加新手導覽課，內容從歐洲駕駛課到基礎義大利單字無所不包。即使你已會講義大利文，也熟知義大利了，但一個環節都不能少。麥可說。同時間，她得接手納姍的時程表，開始工作。

荷莉很快瞄了前任留下的表單，麥可說這裡沒什麼刺激的事，似乎並不誇張。軍方所謂誠意的表現，包括在營區的新聞通訊上訪問一位上校妻子，談她在本地小學創立的閱讀計畫；邀請本地身障兒童慈善社團參觀飛機轟炸演練、埃德里基地的保齡球館；並在食堂裡固定舉辦麵食午餐會。不過沒關係，荷莉早知目前她在此處只能做這些事，而非令人腎上腺素激增的戰鬥，但光是能回到義大利，便令她足矣。

荷莉就是在這樣的營區長大的，吃軍方食堂的玉米片，參加只有軍人眷屬沒穿制服的熱狗烤肉會。她父親從一個基地調到另一個基地，她跟著每十八個月便轉到新學校；她與所有軍人子弟一樣，變得擅於快速結交朋友，或表面上如此；且更精於察言觀色，懂得位階差異，也就是說，軍官的子女，不能隨便邀大兵的孩子到家裡玩。

荷莉九歲時，父親被永久調到比薩南邊的達比基地，她父母一反常態地決定住到基地外的一般義大利公寓區。荷莉在本地學校就讀；當義大利同學在上英文課時，她便離開課堂去上義大利文，不到一個學期，荷莉的義語已相當流利了，而她的幾個兄弟還在苦苦學習。不過比學校幫助更大的，是他們的新鄰居。鄰居們幫她適應環境，且竭誠歡迎博蘭家的人到家中做客——她往往得幫其他家人翻譯。荷莉發現自己有了兩個名字：她那些不太會發H音的義大利朋友，現在都喊她「奧莉」。

軍人子弟運氣好的話，一年可見上自己的祖父母、堂表兄弟姊妹和最要好的朋友一次，即使連他們的父親也得依無法預料的戰爭節奏而來來去去。她的義大利朋友卻恰恰相反，不僅與父母同住，且往往三代同堂。他們的父親每天都回家吃午飯；堂表親和姻親就住在附近，五點到七點鐘之間，每個人都在街上廝混、聊天、眉來眼去或踢足球玩。男孩喊父親叫爸爸，而不叫「先生」；父親稱呼兒子的暱稱和綽號。荷莉不知不覺地融入義大利，隨著年紀漸長，最初交往的幾位男友都是義大利人，有路卡和吉安卡羅之類的名字，而不是軍中社交場合中遇到的杜維特和路易斯。

有陣子她父母會擔心——青少年的行為，能徹底反映出父親的管教能力——她若闖禍，最先通知的是基地指揮官，然後才輪到她父親，萬一她懷孕或被逮到攜毒，便會使全家蒙羞，遣送回美國。但父母相信她，願讓孩子自行闖盪犯錯。許多年後荷莉才明白，父母信任的不僅是她，也相信他們的義大利鄰居。荷莉從不是那種愛闖禍的孩子，有太多軍人本色烙在她心裡，她從來無法真正擺脫那些特質。

她從未想過自己會克紹箕裘，隨父從軍，尤其是度過父親病倒後，痛苦而艱辛的那幾年。然而荷莉回美國讀大學時，發現自己來到一個難以認同的世界。同齡的人打扮迥異——美國大學生的幫派時尚風，令她的義大利朋友感到不解——想法分歧，態度懶散。他們所稱的「兄弟」、「同胞」和「老弟」，跟她理解的相較，少了份真心，多了層憤世。她的室友們從不了解，為何荷莉每天早飯前，都要把房間整理乾淨，為何老是不經意地把晚上十點鐘說成二十二點整，或為何有時不說「是」，而要說「遵命」，或叫廁所為「公廁」。就像耶穌會教士說的：「讓我把孩子帶到七歲，我就能讓你看到他長大成人的模樣。」荷莉發現自己如今也成了文明世界外的人了。

在即將選擇事業時，荷莉體悟到自己既不純屬於部隊或義大利，而是個混種，何不乾脆認清事實。於是她轉攻政府與軍事科學，同時發揮她的語文天分。在軍官訓練學院中，有位極具前瞻的老師說服荷莉去學中文，而不是較為普遍的阿拉伯語或波斯語。荷莉不是戰士，在課堂上的表現總是優過在戰場：她擅於截取、分析情報。但初為官階最低的少尉，你不會對自己的第一份駐派工作抱太大期望。荷莉只是碰運氣地申請到義大利，因為老師告訴她，五角大廈某人事處及派遣處的人士在名單中看到她的名字，打電話探問她是不是泰德．博蘭的女兒。

荷莉的電腦突然發出聲音，打斷她的思緒。荷莉尋找聲音來源，發現螢幕上跳出會議時間提醒。

提醒：十二點至十二點半，芭芭拉・霍頓。地點：LNO3。

麥可・布里登給她的時程表中，並沒有這項，她看到的顯然是納姍的電子月曆，電腦現在還在用。

「麥可。芭芭拉・霍頓是誰？」她對坐著準備簡報檔的上司問道。

「我哪知。」

「納姍跟這個人約好十二點見面。」

布里登低罵一聲。「納姍八成忘記告訴我了。我沒辦法見她，我得做簡報。」

「要我處理嗎？」

「可以嗎？也許只是來陳情的抗議人士，我們若現在取消，會被說我們在唬弄他們。」

「遵命。」

「到走廊對面找個會議室，我若可以的話，會晚點加入你們。」

✣ ✣ ✣

會議室是個毫無特色的小房間，跟世上任何會議室一樣乏味，裡面飄著舊冷氣和爛餅乾的味道。荷莉火速找來幾瓶水和一份筆記紙，然後在桌邊安排兩張椅子。她在張羅這些東西時，警衛室打電話來，表示要送芭芭拉．霍頓過來了。

幾分鐘後，他們帶來一名年約五十，短髮灰白的女子。她衣著美麗但保守，唯一的飾品是條塑膠大項鍊。荷莉覺得她看起來像成功商業人士或大學教授，不像抗議者。

兩人坐下，荷莉客氣地說：「霍頓女士，也許你期待今天能見到納姍少尉，可惜她無法前來。我是博蘭少尉，能為您做什麼嗎？」

芭芭拉．霍頓用冷灰的眼眸死盯住她。「納姍有跟你說過是關於什麼事嗎？」聽起來像美國東岸人，但似乎帶了點喉音。是德國人？奧地利？

荷莉搖搖頭。「沒有，霍頓女士。」

「或提到我苦費了八個星期，才跟她訂約見面？」

「沒有，霍頓女士。」

「好。」芭芭拉．霍頓顯然十分不悅。「我們繼續。」她從提箱裡拿出一份黃色檔案夾，抽出一些文件。「我有詢問資料的自由權，這是律師的宣誓書，上面說，『戰火下的女性』是按《二〇〇七年政府資料公開》法所設立的媒體機構，本人是該機構的美國公民，因此有權查詢資料，並請你及時回應。」她把一張名片和信件推過桌面。

荷莉拿起兩樣東西從頭看到尾，芭芭拉．霍頓是「戰火下的女性」總編。由於住址上寫著「.com」，看來像是網路媒體。

荷莉心中一沉，此事顯然沒有接受陳情那麼單純，她不太可能自己處理，但除非必要，她也不想把正在做簡報的麥可拖出來。

「很好。」她拖延時間說：「請問你想查詢哪方面的事情？」

芭芭拉．霍頓從檔案夾抽出另一份文件。「我要找一九九三至一九九五年關於……」

「霍頓女士，我很懷疑這裡有任何人……」

「我指的是文獻。」芭芭拉把荷莉的話當馬耳東風，逕自往下說：「我要找二四一法條第五章的行政文件。」

「即使有，說不定被歸為機密。」

「少尉，貴國在埃德里基地與阿維亞諾基地（Aviano）的地下道裡，有幾乎長達三公里的文件檔案，當然了，還有四十八顆核子彈頭。我猜這其中機密文件應該連十分之一都不到。」

荷莉嘆道：「我可以看看你的申請內容嗎？」

芭芭拉．霍頓把文件推過桌面，紙張在打亮的桌面上發出沙沙的靜電聲。荷莉翻開文件讀道：

我以獲准授權的美國媒體代表身分，正式提出申請：

一、埃德里軍區中，任何與克羅埃西亞民兵指揮官鐸剛．柯洛維克將軍，從一九九三至一九九五年間，到埃德里基地受訓、接受建議或情報的資料。

二、一九九三至九五年間，鐸剛．柯洛維克將軍及美國情報官員，在埃德里基地開會的相關資料或備忘錄。

三、任何在一九九五年風暴行動之前，提給供鐸剛．柯洛維克的照片，包括但不限於空中偵察攝影。

四、任何蹂躪虐待前南斯拉夫百姓的相關筆記或討論。

五、任何討論以計畫性性侵女性，做為戰爭手段的筆記、文件或其他紀錄。

六、任何一九九五年二至五月間，與義大利政府決定授權美軍擴張埃德里基地的相關備忘錄。

荷莉將文件讀過兩遍，文中的事項她幾乎不懂。風暴行動——荷莉隱約記得這是她父親服役時期的名稱。印象裡，當時南斯拉夫社會主義聯邦共和國解體後，爆發血腥內戰，直至北大西洋公約組織12展開空襲，進攻科索沃，並派遣大軍維護和平後才終止。風暴行動是克羅埃西亞對抗塞爾維亞的行動，是各個種族間，漫長而殘忍的權力及領土爭奪中的一段插曲。芭芭拉．霍頓似乎認為，美軍涉足其間，但她不懂風暴行動怎會跟擴張埃德里基地的決定扯上關係。

更重要的是，她知道最好別亂問。過去這些年，她不時會碰上一些陰謀論者——通常是些明理聰慧之士，大學畢業生或朋友的朋友——他們一聽到她是某軍情單位的人，便會篤定地告訴她，九一一是美國中情局策畫的、阿波羅登陸月球是假的、歐巴馬總統是為蓋達組織工作的，或中共是雷曼兄弟倒台的幕後主使。試著跟這些人辯解就不必了，因為拿不出鐵證來證實他們的理論錯誤，就算有證據，也總被嗤為不具決定性。另一方面，由於無法舉證明他們是對的，反更能證實那些想隻手遮天，蒙蔽大眾的人本領宏大。

荷莉表示：「霍頓女士，我得去問問看，我們是否真有你要的資料。」

「你可以從我跟納姍往來的書信看出，為何我有把握資料在貴單位手裡。」

「也許吧，霍頓女士。可是納姍少尉已不在本單位任職了，而我還未看過你們的通信。」

芭芭拉．霍頓眼睛一瞇。「你上任多久了，博蘭少尉？」

「這是我第一天上班，霍頓女士。」荷莉坦承說。

對方瞪著她，然後哈哈大笑。「噢，這也太絕，太誇張了吧。你第一天上工，事情一定得交給軍方，對吧？軍方想打太極，還真是能推。」

「霍頓女士，」荷莉無奈地說：「我可以跟你保證，這跟我初到任職一事並無重大關聯，軍方隨時都在調派人事，我保證會像納姍少尉一樣，盡速徹底處理你的查詢。」

她心想，這並不困難，因為此事納姍在離開前，連交接都省了。她猜芭芭拉．霍頓所說的來信檔案，老早被納姍丟到垃圾桶裡了。

「我們就等著看吧，按規定，你有十五天的回應期限。」

「除非我們需要延期或做澄清。」荷莉淡淡地說。

對方挑起眉毛，「原來你熟悉法規？」

「我主修政府與軍事科學，也熟知行政命令一三五二六條，依據規定，政府可將任何當時認為應列為機密的資料，重新分類、編輯或做限定。」

芭芭拉．霍頓默默看她片刻，這是荷莉第一次挑戰她，但荷莉訝異地發現，對方似乎有點高興。

「政府不會把它列為機密的。」她說。

12 北大西洋公約組織（NorthAtlantic Treaty Organization，縮寫為NATO）：簡稱北約組織或北約，是二戰後歐洲及北美洲國家為防衛合作而建立的國際組織，以與前蘇聯為首的華沙公約組織相抗衡。

「能請問為什麼嗎？」

「因為政府並不知道它的存在，更別說其中的涵義了。」

又是陰謀論。荷莉平淡地答道：「如果真有這份資料，且沒有充分理由重新編緝，那麼我會找到它交給你的。」

芭芭拉．霍頓說：「好的，我相信你會。」她站起來，把黃色檔案夾留在桌上。「十五天。」她對著檔案夾點點頭，「不過若能快些，我會感激不盡。雖然看起來有點奇怪，但我亟須拿到這些舊檔案，你若要找我，名片上有我的手機號碼。」她伸出手，眼睛直盯荷莉，冷靜地打量她。「很高興認識你，少尉。」

✣ ✣ ✣

組長簡報回來後，荷莉問他：「麥可，查詢資料自由權的標準程序是什麼？」

布里登聳聳肩。「等十四天，然後發一封客氣的短信說無法提供對方索取的資料，如果想讓申請者更不爽，就要求對方提供檔案文號。是關於什麼的資料？」

「跟一位叫鐸剛．柯洛維克的克羅埃西亞將軍有關的資料。」

「風暴行動嗎？」

「沒錯，你還記得？」

「不記得了——那是之前很久的事，但我讀過。老實說，那是少數幾個再也沒人在乎的戰爭，克羅埃西亞是好人；塞爾維亞則進行滅族、轟炸塞拉耶佛、意圖併吞波士尼亞等惡行——雖然聯合國禁運武器。最終波士尼亞和克羅埃西亞雙雙撐過難關，三個民主國家因而誕生。就地緣政治而言，這是罕見的快樂結局。」

「芭芭拉・霍頓提到各種暴行。」

「唉呀，事情就是這樣：有人說是暴行，有人說是不幸的間接損害。」

麥可邊說，荷莉一邊上情報百科網站查看，該網站等同於情報圈的維基百科。身為世上使用這項全球情報網站的情治人員之一，她可以在數秒之內，從成千上萬的題目中，找到機密性資料。「『戰火下的女性』看來是個可信的組織。上面說，他們一直對ICTY提出抗議。」她語重心長地瀏覽網頁說。

「ICTY是……？」

「前南斯拉夫的國際刑事法庭（International Criminal Tribunal for the former Yugoslavia），是聯合國海牙國際法庭的一部分。」她又鍵入另一項搜尋。「那倒有意思了。」

「什麼有意思？」

「鐸剛・柯洛維克將軍現被關在ICTY等待受審，罪名是一九九五年的戰爭罪。去年克羅埃西亞當局才將他交出來。數週前，他的律師說，將軍供稱他所做的一切，都是經過美國政府同意。」

麥可・布里登當即表示：「那當然不是真的，否則我們就會違反聯合國的規定了。」

荷莉快速瀏覽該文章剩餘部分，鐸剛・柯洛維克從戰爭初期的低微身分，躍升為剛崛起的克羅埃西亞軍隊指揮。最初被動地對抗為數更多的塞爾維亞軍，然後便發動情報百科上所說的，一連串漂亮的反擊，從塞爾維亞手中，奪下大片西波士尼亞的領地，尤其是兵家必爭的克拉伊那（Krajina）。然而人民死傷無數，戰後柯洛維克被迫躲起來——雖只是謠傳，但情報百科說他在新政府的保護下，仍公開露臉，直到十年後，逮捕他變成克羅埃西亞加入歐盟的條件後，柯洛維克才終於被「找到」並逮捕。

麥可在她肩後看著電腦說：「我怎麼覺得聽起來像垃圾八卦，你打算怎麼做？」

「我想我最好查一查那些文獻。」

「真的嗎？」口氣是，他才懶得管這檔事。

「法律是那樣規定的，不是嗎？」荷莉抬眼看著麥可。

「說是這樣說啦。唉，這個政府要將資料公開透明的鳥規定真是煩死我了。」麥可扭著臉說：「每次有人指控我們什麼，咱們最後還得幫他們找證據，搞得像是被迫幫對方工作似的，真無聊。」

她說：「是啊，真無聊，不過我還是會完成後續的流程，免得她再來煩人。」

「謝了，感恩，荷莉。」

荷莉嘴上這麼說，卻打算盡量提供芭芭拉資料，不光是為了讓她別再來煩。你得隨時體現美軍的軍紀與專業度，在報到時福斯特少校曾對她這麼說。法律規定，芭芭拉．霍頓有權查詢，因此荷莉．博蘭少尉也將盡力為她提供答案。

7

憲警隊的船快速劃過海浪，凱蒂雖再度渾身僵冷，卻挺高興冰冷的浪花隨著每次船身震擊，飛濺在她臉上。他們的午餐包括了直接以瓦斯爐火烤的小章魚加辣椒粉和大量橄欖油的前菜，接著是加了茴香、苦艾酒和番紅花的香甜海膽麵，最後是香濃咖啡海棉蛋糕浸著白葡萄酒的提拉米蘇。兩人用餐時共享一瓶來自佛留利山，帶著煙熏香的清爽葡萄酒。凱蒂不習慣在午餐喝酒——頂多跟朋友聚餐時喝一、兩杯淡酒——希望兩人到波維利亞島前，自己便能完全清醒。

酒或海浪似乎都無法影響皮歐拉，她覺得皮歐拉是自己見過，最冷靜的人士之一。他行事目標明確，但態度從容；更棒的是，就經驗來說，這位資深探員好像對她提出的意見真的很感興趣。

「女人為何要做神父打扮？」餐廳老闆替他們點完餐後，皮歐拉問她。

凱蒂一直在思索這個問題，因此便立即回答：「我已查過了，那不是戲服——威尼斯的嘉年華用品商店，沒有一家販賣這種服裝，何況受害者身材非常嬌小，那套神父的法衣是真品，而且還很合身，我想她一定是在網路上買的。」

皮歐拉挑起眉，說：「網路上能買得到？」

凱蒂點點頭。「我找到兩個美國網站，能把貨送到世界各地。事實上，我認為她穿的是加了聖索的耶穌會式法衣，由一家叫R. J.圖米的美國公司生產。」她抽出一張紙，「這是從他們的目錄上印下來的。」

凱蒂的積極主動令皮歐拉印象深刻，他接過紙頁詳看。「好吧，假設你說得對，受害者決心從美國買法袍，說不定她是美國人，老遠帶法衣過來，但我還是得拉回最初的問題：為什麼？」

「我在網路上發現另一件事……」凱蒂頗為猶豫，知道自己就要犯下未找到證據就先推論的錯誤了，但皮歐拉點頭要她繼續說。

「什麼事，少尉？」

「我找到一些倡議女性擔任神職的組織，呼籲允許女性擔任神父。」

皮歐拉斜睨她一眼，說：「奇洛西神父曾提醒我們，說那是『重罪』，當然了，並非每個人都同意。」

她知道皮歐拉在刺探，想知道合作的對象是不是激進的女性主義者。就像她也忍不住猜想，對方是否也是歧視女性的警探，雖然所有跡象均非如此，但她實在遇過太多次了，不得不小心應對。

「教宗的管理方式似乎有點……極端。」她說。

皮歐拉微微一笑，「當我看到教會一些天真的舉動時……他們真的不懂一般人在想什麼，對吧？」

「沒錯。」她鬆了口氣說：「總之，我覺得奇洛西神父把受害者跟教會可能會有的關係，一下子撇太乾淨了。我們在接受他的說法前，也許該找個神學觀點相左的人談一談。」

皮歐拉沉思道：「說得好。你能去查一下嗎？你表現得很好，上尉，我在你這種位階跟資歷的人身上，很少看到這麼強的分析力。」

但願他以為她興奮發紅的臉，是酒氣造成的。

「你注意到他說謊了嗎？」皮歐拉又問。

「奇洛西嗎？」她訝異地問。

皮歐拉點點頭。「我們給他看死者身上那些刺青時，他有點不安，接著他給了個模稜兩可的答案，說可以介紹我們去看一位神祕事物專家，彷彿在影射刺青具某種黑暗意義，又不肯明說。」

「若不是真的，他幹嘛說謊？」

皮歐拉聳聳肩。「不知道。也許他太愛他的教會，不希望這名女子與教會扯上關係，也說不定是另外一件完全不相干的事。上尉，凶案的調查就是這樣，不必詳究所有細節，只須抓住線索扯一扯，看哪條線會開始慢慢解開就行了。」

他們的章魚送來了——兩人共享一盤十二隻的小章魚，一隻隻灑了辣椒粉的章魚不會比抱子甘藍大。他們叉著章魚吃時，皮歐拉聊道：「告訴我，你還查過其他什麼案子，上尉？」

凱蒂跟他談最近辦過的案子——大多是移民詐騙集團和小案子。皮歐拉對兩者知之甚詳，一針見血地指出缺失，並點出她所扮演的角色。凱蒂發現皮歐拉只是想掂掂她的斤兩，釐清能安心指派她什麼任務，皮歐拉對她的關注，令凱蒂受寵若驚。他們共用了一頓美好的午餐，共飲一瓶美酒，並暢談——換個不同情況，這應該可算是她最成功的約會之一了。

沒想到她竟會有這種念頭，凱蒂揮開心緒。凱蒂莉納．塔波，這男人可是你頂頭上司。你老抱怨男人不注重你的專業，現在你可得放專業點。

她打直腰桿，決心端出更合分寸的舉止。「對不起，長官，您剛說什麼？」

她反問皮歐拉的工作概況，他卻不願多談——這跟她認識的男警官又大相逕庭了，尤其是做警官的，謙虛並得不到好處。阿爾多．皮歐拉在她這一代的憲警中，名氣十分響亮，尤以參與所謂的「遷居案」聞名。幾年前，義大利政府採行政策，把一批知名黑手黨人從義大利南邊遷至北義定居，以為這樣便能切斷他們的支援系統。孰料反招惡果，遷居的黑手黨人在北邊展開新的活動，利用在老家無堅不摧的故計，行賄並威脅證人。皮歐拉經手的七個案子裡有三件獲判有罪——數目不算多，卻破了紀錄。據說他那些不知何故效率略差的上司們，對皮歐拉掃了他們的顏面十分不悅，因此他的位階很難爬得比上校更高了——在義大利這種把最慢速的火車稱為「特快車」，將最高商業等級的橄欖油叫「特級初榨」的國家，上校算相對低階了。

凱蒂在酒精加持下，斗膽問皮歐拉此事，惹得他哈哈大笑。

「我為什麼要升官？你以為當憲警將軍的日子很輕鬆嗎？他們整天開會，聽別人數落他人的不是。」他的表情漸漸嚴肅起來，「我在很年輕時，以為自己想當神父，可有哪位神父能真正改變世人的作為。你若把警務幹好，沒有什麼比看到罪犯被關入大牢，並知道讓他們繩之以法的人就是自己，會更有成就感了。」他嘆口氣，語調突然陰沉起來，「當然了，在義大利，罪犯經常逍遙法外，沒進監牢，因此有些警官乾脆撒手不管。」

皮歐拉叫人送帳單來，這又是他另一項異於常人之舉。餐館老闆立即表示他一向樂意請憲警吃飯，因為很感激他們維護街區安全，憲警比那些遊手好閒，啥事都不幹的國警好太多了等等、等等。皮歐拉沒多爭執，只是耐著性子等老闆說完話，然後掏出兩張二十歐元的紙鈔，客氣地說：「我需要四塊錢零錢？」他一定把錢都算好了。

然而當凱蒂想付自己的那份餐費時，他卻咕噥說他賺得比她多，況且提議來吃飯的人是他。「等你找我出來時，再由你付吧。」他的語氣不容凱蒂反駁。

「好吧，下回換我請。」她說，發現自己竟已開始期待。

✣　✣　✣

接近波維利亞島時，船速漸漸放緩，島邊有個搖搖晃晃的舊碼頭，但看來不似荒廢多年。船夫把船駛向岸邊一處水泥裂碎的地區。

島很小，面積約一公里長，半公里寬。一端由海渠分成兩截，島上草木雜生，僅有一棟醜陋的磚塔從中冒出，精神病院舊址應該就在那裡了。凱蒂知道這不是唯一荒棄的潟湖島嶼，自有記憶來，北邊的聖神島（Santo Spirito）也早就廢棄不用了。一向都有人討論要把這些較小的島嶼改建成高級旅館，但計畫往往因將建材運過瀉湖的費用過高，而不了了之；加上威尼斯的恐龍建築法規，除非關係特好，否則免談。

皮歐拉踏到陸上，轉身拉凱蒂上岸。

「最近有人來過。」凱蒂看到地上某個東西後說。她用證物袋將東西拾起拿給皮歐拉看，那是根菸蒂，看起來還挺新。

皮歐拉研究菸蒂說：「又是金陵牌，有意思。你相信巧合嗎，上尉？」

「相信。」她說。皮歐拉聞言大笑。

「答得好。」

他們推開矮叢，朝著高塔的方向前行。「這地方原本由修女管理。我當時已經年紀夠大對這些事有記憶了。」皮歐拉聊道：「事實上，我曾為經手的一件案子到這裡來。有個醫生自殺了，他服下患者的藥，然後從塔上跳下來。當然了，人們說，那是波維利亞受到詛咒的結果。」

此時他們已來到廢棄的醫院前，四層樓的磚房長約兩百公尺，一看即知荒蕪已久。有些地方雖覆著鷹架——應是打算擴建低樓層所搭的——但懸在鉸鏈上的門扉、棄置的窗台板和塗鴉，使建物看來一副敗相。

皮歐拉說：「聽說小孩子會跑來這裡測試膽量，看誰敢在鬧鬼的精神病院裡待一整夜。」

大門敞著，裡面大廳殘片四散——一塊塊的灰泥、破損的電線、掉了輪子的舊輪椅。有個小巧靈活的東西竄入隔壁房間，凱蒂真希望皮歐拉不會建議兩人分頭查看。

他說：「我們應該分頭查看。我走這邊。」

凱蒂盡可能地挨近窗邊，房間透著燃木與燒過的紙張味，這時樓上傳來一聲重響，聲音在光裸的木地板上迴盪，嚇了她一大跳。但願只是一隻鴿子。到處可見更多的殘骸——凱蒂覺得這地方像是遭過洗劫，而非僅被棄置。她腳下是碎掉的玻璃，幾處角落裡堆著奇怪的電器設備，各以不同年代的堅固電木與黃銅製成。

凱蒂繞過一道門口，嚇得心臟差點跳上嘴裡。

8

丹尼爾．巴柏搭乘水上計程車，從內陸回到威尼斯。他沒對那一小群聚守著，等他走出法庭的記者和支持者說什麼。一如所料，陪審團判他「有罪」，但法院宣判會延遲五個星期，讓法庭能執行心理評估，決定他是否適合監禁。這只是律師採用的拖延戰術，法庭若認為他無法應付一般監獄，便會將他送到精神病院，只有在醫師群宣布他可以入監，才能出院。這是典型的進退兩難，義大利法律系統最拿手的就是這種行政閉環手法。巴柏知道，自己一旦捲入其中，就不可能被救出來了。

面對這種狀況，鉅額罰款會是更好的選擇。外界以為丹尼爾．巴柏富甲一方，眼都不必眨便能付出百萬歐元的罰款，可是很少人知道——為他撰文的記者也沒有人花功夫去挖掘——丹尼爾幾乎已身無分文。丹尼爾的父親把所有錢財投資到現代藝術上，然後把藝術品交給一個以他的名義設立的慈善基金會；而他在家族事業的股份，則因股票一再的重新上市而遭稀釋，這些事物皆非由丹尼爾作主。他可以住在家族豪宅巴柏府裡，但條件十分嚴苛：宅邸本身限定由基金會繼承，他現在能享有自由之身，是因為基金會那些他不信任又憎惡的信託人，同意幫他支付保釋金。

丹尼爾相信父親當初認為這種安排對兒子最有利。他離經叛道的青少年期，以及涉入剛興起的駭客活動，令父母對他被綁架毀容一事更感罪惡，他們深信丹尼爾對世界封閉到無法處理自己的事務。不過他也知道，是別人建議父親，為確保丹尼爾永遠無法出售他任何藏品，信託是最有效的辦法。馬提歐．巴柏在面對保存自己的珍藏，或將藏品留給丹尼爾，任兒子處置時，選擇了前者。

當然了，如今丹尼爾已是網路創業家了。這是他父母當初無法預見的事。網路上的丹尼爾創造了嘉年華網站，事實上，該網站的使用人數，遠超過維基百科所宣稱。只是稱之為生意並不恰當。嘉年華不像谷歌或臉書，資料從不做為行銷目的使用或賣給大公司。它不會偷偷在你的電腦裡下載廣告軟體或暫存資料，也不會在你離開時，追蹤你上過什麼網站。這些年有無數投資客拿著企劃書來找他，想從其中牟利，丹尼爾總是一口回絕。

水上計程車停到巴柏府的私人碼頭邊，丹尼爾踏上潮溼的木板，忍不住抬眼瞄著聳立其上，飾著蔓藤花紋，四層樓高的哥德式華宅。維多利亞時期的藝評家約翰．拉斯金（John Ruskin）曾說巴柏府是「威尼斯最華麗的小城堡」。經過一個世紀後，如今小城堡的最底層因海水漲潮的威脅而無法使用了。近期的漲潮，就像破壞孩子沙堡的潮水般，恣意地沖刷進來。建物主要以石頭及大理石打造，因此重要部位雖不至於腐蝕，但海水的侵入已在牆壁一半高處留下污跡，並帶來酸臭味了。

丹尼爾一上樓，便直奔城堡那歷史悠久的音樂室。這些日子，房中擺了四部巨大的NovaScale伺服器，這些威力強大的電腦，即使在隆冬時節，還是需要以手提式冷氣降溫。相對巴柏府其他嵌著大型衣櫥與天鵝絨窗簾的房間，音樂室擺著丹尼爾自己挑選的家具——宜家的素面書桌、廉價樹脂層壓板隔成的工作站和加了輪子的辦公椅。只有技術設備是最先進昂貴的——巨大的螢幕、時髦的手寫板和平板電腦、微暗中能發出柔光的鍵盤。螢幕上的圖條有如潟湖的潮水般湧動，在有呼吸燈效果的增量圖中，顯示同步的時間點上，有多少萬名使用者擠入每個NovaScale晶片組裡。你可以依據這些圖表的漲縮，來調整自己的手錶，它們就像威尼斯的潮汐一樣精準：當美國東岸醒時，淺潮漲起，當加州學童放學回家，便大幅躍進，當歐洲入睡時，變動即靜悄下來。

丹尼爾湊近一片螢幕，然後登入網站，他們——艾利克、愛涅卡、卓拉及麥克斯——已在網站上等他了。就技術層面而言，他們應該算是他的雇員，但丹尼爾懷疑他們會那樣想。他們是嘉年華的大巫師，是負責清理、消毒街道，維持巷弄治安，並解決紛爭的軟體設計師。丹尼爾覺得他們也應該是他的朋友，雖然他還沒見過其中兩位的本尊，也不特別想見他們。

他們不需問丹尼爾今天審判結果如何，因為已透過推特和部落格看到了。

爛！麥克斯寫道。

我們會撐過去的，丹尼爾答說，這只是戰術而已。有沒有發生什麼事？

又被攻擊一次了，愛涅卡回說。她的化身是中國犬，但丹尼爾知道愛涅卡其實是位理光頭的年輕荷蘭女子，兩邊眉毛都穿了眉環。丹尼爾第一次留意到她，是因為這位幫派大姊頭發明了一個絕妙的辦法，利用假的微軟防毒更新軟體竊取信用卡資料。不是什麼特別精密的手法，只用一般阻斷服務的僵屍程式攻擊而已。

有多少？

五十萬，一下灌爆伺服器，然後又試圖以sockstress[13]做攻擊，但都被嘉年華輕而易舉地打發掉了。不過有意思的是，他們選擇的時間點。

什麼時候？

下午一點零四分。

？？？？？

就是你被判有罪的時間。

無論是誰在背後搞鬼，在在顯示攻擊針對他而來。五十萬部家用電腦，在主人不知情的狀況下，被一個沉睡的小軟體感染，而突然活動起來，試圖進入嘉年華。若非這群人的守護，一下湧入大量使用者，可能使伺服器不堪負荷，超量的資料就像撲擊防波堤的大浪一樣，會在他們的程式中尋找漏洞。

嘉年華好得很，麥克斯發現，他們認爲你才是嘉年華的弱點。

謝了，我也想到了。

是啊，不過仔細一想，他們登入嘉年華並不是想攻擊你，而且想藉由攻擊你來打擊嘉年華。看似私人恩怨，實則非也。他們只不過認定你是最不穩定的因子罷了，其實也算是在讚許你寫的程式。

丹尼爾點點頭。他坐在法庭下的牢房時，也做出同樣的結論，不過能聽到別人說，感覺還是很好。

卓拉寫道，我得給你看一樣東西。

光看電腦，絕不會知道卓拉是重度聽障者，她跟丹尼爾一樣，是訓練精良的數學家，有時他們會合作

---

13 Sockstress攻擊：是一種慢速攻擊網路連線的方法，不需要在短時間內傳送大量的攻擊流量。

解決嘉年華發生的難題。

卓拉調出丹尼爾的維基資料。我看過了，丹尼爾寫道。

等一下。

她切換畫面，顯示出原始的HTML，即該網頁編寫時，真正的編碼內容。丹尼爾看到他的簡介最後一段又更動了，現在變成：

巴柏正在等待判刑。

他的嘉年華網站仍舊下線。

丹尼爾的眼神自動瞥向伺服器，至少第二個句子是錯的，不過卓拉在資料來源的IP位址下劃了線，從這十一個號碼，可辨識出發訊的電腦，就像正確指認車子的牌照或手機號碼一樣。

螢幕上是他自己的IP碼。

夠嗆吧，艾利克讚道，眞的很屌，他們是如何辦到的？

有內鬼，麥克斯影射，然後打了個扭曲的笑容，意思是開玩笑的。

也許他們要你以爲有內鬼，發話的是愛涅卡，擾亂你思緒。

是聲東擊西之計，丹尼爾打道。麥克斯說得對：想知道如何阻止他們，咱們得查出他們的目標，這些人要的不是我，而是想侵入嘉年華。

原因呢……？艾利克問。

因爲他們恨自己無法偵察兩百萬人的對話內容，麥克斯說。

或許有更明確的原因，丹尼爾回道，我被判刑之前，我們還有五個星期，時間不算長，但可利用這段期間查個究竟，從找尋幕後主使的過程中，探掘一些事。我有預感，我們若在嘉年華內部尋找，可查出更多。

9

「把這些量好、拍照。」皮歐拉指示。

哈帕迪以相機捕捉現場，整個房間瞬時變得白亮。皮歐拉、凱蒂和火速召集的鑑識小組貼站在破舊的病房牆邊，所有人都穿上白色的防護衣，相機的閃光使眾人的身形如鬼魅般地忽現忽隱。

照片主題是塗在破損泥灰上的標記：簡單的線條，快速噴塗在每處空白上，連破掉的窗戶都不放過。有些與在安康聖母殿發現的死者臂上的圖紋相似。

病房中央有張桌子，桌上有聖杯與翻面的十字架，原本的用途非常明顯。然而這跟遠處牆上，如巨大

墨斑的鏽紅色噴跡，或屍體被拖往連通潟湖的落地窗時留下的長條拖痕相比，簡直不算什麼。

「以宣傳手法看，搞不好又是另一組『撒旦之獸』。」皮歐拉靜靜地說。

凱蒂點點頭。二〇〇四年，一個叫「撒旦之獸」的重金屬樂團將兩名十六歲孩子遭殺害獻祭的事件編成曲子，引發眾人撻伐，即所謂的「撒旦恐慌」。梵蒂岡引介新的驅魔術；塔羅牌師與算命師禁上日間電視節目；還有人疾呼宣布重金屬音樂違法。當時凱蒂年方十幾，卻記憶猶新，媒體歇斯底里地責怪警方，未能在一開始便「鏟除邪惡的爛瘡」。

「所以目前案情發展，只能內部知道。」皮歐拉又說：「不過我們得同時加強調查，我會要求加派二十名警官，雙班輪值、加班，及動用所有最新裝備。警告所有人，不許對媒體多說，不然就是由我回答。這事交給你辦行嗎？」

「沒問題。」凱蒂遲疑了一下，「您的意思是要把指揮中心交給我管嗎？」

「不是。」他沉思道：「我希望你跟在我身邊。」

她再次暗禱皮歐拉沒發現她有多雀躍。「我會去跟調度組談。」

「上校？」

兩人轉過頭，一名鑑識組人員拿起一只小皮箱，說：「我想您會想看這個，長官。」

皮歐拉雖已戴上手套，從鑑識人員手中接過箱子時，仍只拎住邊緣，小心翼翼地打開，避免損及任何指紋。箱子裡的格子擺了聖餅與三個小玻璃瓶，顯然專門設計來裝這些東西。其中一個玻璃瓶裝的是紅色液體，旁邊是透明的，第三個則為金綠色。

「酒、水及聖油。」皮歐拉說。

凱蒂忍不住吃驚地說：「我相信他們是在舉行黑彌撒……用聖餅……去褻瀆上帝。」

皮歐拉意味深長地看著塗在牆上的記號，「看起來的確像是。」

「還有這個，長官。」鑑識人員說著又拿起一張信用卡大小，裝在另一個證物袋的塑膠片。

「旅館鑰匙。很好，我想我們也許就要查出這位神祕女神父的身分了，上尉。」皮歐拉說。

✣　✣　✣

凱蒂與皮歐拉先行搭船回聖匝加利亞教堂，讓留在廢棄精神病院的鑑識人員從濺灑的血跡上採樣。憲警隊的資安組組長馬禮將鑰匙卡放入讀卡機前，先在卡片上撲粉採指紋。

馬禮解釋：「我們在這裡看到的房間鑰匙，大多不是用來開旅館房間的。因為磁帶跟信用卡讀卡機相容，竊賊會利用它們儲存偷來的卡片資料。你以為卡片還在自己的口袋裡，實際上，你在吃完午餐，把卡片拿給侍者扣掉帳款時，他們也將資料複製到空白的鑰匙卡上了。」他在鍵盤上打了一些指示，螢幕上跳出幾排資料。「你們運氣不錯，這只是張標準的MagTek[14]房間鑰匙卡。」他指螢幕說：「卡納雷吉歐區（Cannaregio）的歐洲旅館七十三號房，是兩張鑰匙卡中的第一張，十二月二十二日使用至一月十八日。換言之，她還沒退房。」

14 MagTag：金融科技公司，主要產品包括金融系統的發卡測卡設備、讀卡機、密碼鍵盤等，以及支付交易設備加密與解析、支票電子化等技術。

✣　✣　✣

歐洲旅館是間離聖塔路西亞車站（Stazione Santa Lucia）不遠的廉價小旅館，凱蒂若到威尼斯，不會挑這種地方住。大廳裡低廉明豔的扶手椅，穿著廉價鮮豔的西裝坐在那裡敲著筆電或低聲講手機的人——在在顯示這裡只是一間便宜的商務旅館。凱蒂猜測大部分旅客通常僅會住一、兩晚。

是隱姓埋名的好地方，她心想。

穿著整整小兩號尼龍制服的櫃台小姐，冷冷地看著他們的證件，然後點頭讓他們上樓。又是塑膠地板。打掃的女房務員一看見他們，戒心比櫃台小姐更重。凱蒂心想，搞不好是非法打工的。這陣子威尼斯的廉價勞工，大多是前東歐共產國家來的移民。

七十三號房長得跟世上其他千百萬間毫無特色的房間一樣，唯一不同的是窗外的景致——沒想到這扇窗子竟能鳥瞰一條靜謐美麗，約兩公尺半寬的後巷運河。對面一棟老舊的倉庫被海水侵蝕得很有風格，窗架上長滿了醉魚草與青苔。

兩張床上堆滿衣服。「看來她正準備離去。」凱蒂說。

皮歐拉指著牆上一片溼斑，問：「你覺得那是什麼？」

斑痕帶著淡淡的粉紅，凱蒂再次掃視房間時，發現有些異常。每個地方都堆了東西，彷彿有人陸陸續續將東西分類成堆。椅背上掛了一條筆電的電源線，幾個行李箱擺在其中一個角落，箱子都空了，像是被扔到一旁。在五臟俱全的小浴室裡，兩個梳洗包內的物品被倒在水槽上。

「上尉。」

凱蒂回過頭，皮歐拉拎著一個從其中一張床上拿起的枕頭，上面有道穿孔。

「我們得跟房務員談一談，還有經理。現在就去。」他說。

✣ ✣ ✣

經理的年紀比凱蒂還輕，這位來自斯洛維尼亞的年輕人滿臉粉刺，名牌上寫著「埃卓安」。房務員艾瑪的神情比先前更為驚恐，至於是因為憲警的關係，還是經理之故，凱蒂便不得而知了。

在埃卓安的翻譯下，事態漸漸地明朗起來。艾瑪在下午三點剛過後進入房中，發現房間凌亂無比，牆壁、淋浴間和其中一條被單上有血，抽屜裡的東西被倒在地上。她盡力打掃整理，但不確定東西原本擺在何處。

皮歐拉不可置信地怒瞪著兩名旅館員工，「她打掃過？她以為那些血跡是什麼？」

埃卓安把問題傳給房務員，她模仿抓鼻子的動作，「也許是流鼻血。」經理熱心地幫忙說。

「還有這個呢？」皮歐拉拿起穿洞的枕頭問，艾瑪無助地聳聳肩。

皮歐拉嘆口氣，「跟她說她差點毀掉犯罪現場。」他轉頭對凱蒂說：「你覺得如何？」

「不知犯罪的原因是什麼，如果我們的……」她猶豫著，不想跟皮歐拉之前一樣，用「女神父」一詞。「如果我們的受害者在波維利亞島遇害，那麼在這裡遭到攻擊的人又是誰？」

皮歐拉同意道：「沒錯，兩個梳洗包，兩只提箱，而且據馬禮說，旅館給了兩張鑰匙卡。等他們印出帳目後，我們一定會發現這房間有兩名住客。」

「兩名女子。」

見到皮歐拉質疑地挑著眉，凱蒂解釋道：「因為沒有男性的衣服，而且兩套梳洗包裡都有卸妝水。」

「可是凶手如何將屍體運出去？」皮歐拉思考著。「問她。她在整理時，窗子開著嗎？」

艾瑪點點頭，這會兒又熱中幫忙了。她用結巴的義大利文說：「對，我關了。」

兩位憲警走到窗邊往下望，窗底下的運河拍擊著旅館的後牆。

皮歐拉吩咐凱蒂：「去找潛水夫來。叫調度組馬上派人來，還有派第二隊鑑識組過來搜查這個房間。」

✣　✣　✣

凱蒂當天第二次穿上防護衣，用伸縮套覆住自己的鞋子。旅館的帳目確實有兩個名字，但更棒的是，房間的保險箱裡有兩本護照，一個是名叫珍蓮娜．貝比克的克羅埃西亞人，照片與停屍間裡的屍體相符。另一個是叫芭芭拉．霍頓的美國人，照片上是名灰色短髮的中年女子。

「最好通知她們的大使館。」皮歐拉說。

「我們還無法確定霍頓是否死了，長官。」

「我給潛水夫五分鐘時間。」他懊惱地皺著臉，「如果我們能早幾個小時到就好了。」

「長官？」凱蒂猶疑地說。

「什麼事，上尉？」

她指著筆電的電源線。「這裡有電源線，卻看不到筆電，若不是凶手拿走了就是……」

「就是筆電也在水裡了？我會跟潛水夫說，他們會不高興的——在水裡打撈屍體是一回事，但尋找筆電可能得費上好幾天時間。」他點點頭，「幹得好，凱蒂。」

皮歐拉離開去跟潛水夫溝通時，凱蒂發現這是皮歐拉第一次直呼她的名字。

✣ ✣ ✣

凱蒂趁等待皮歐拉回來時，順便查看鑑識員放在一旁的證物袋，其中一只證物袋引起她注意：袋中的另一只小袋子裡，包了一綹長長的黑髮。

「這個為什麼要用兩層袋子裝？」她好奇地問。

鑑識員搖搖頭說：「我們找到時，頭髮就放在袋子裡了，所以我們連同袋子一起放進我們的證物袋裡。」

「奇怪。」她拿起袋子更加仔細地檢視，從長度推測應是女人的頭髮，頭髮微捲，一部分打直了抵住袋子側邊。「根據護照上的照片，兩名受害者都是短髮。」

「要我們驗一下頭髮嗎？」

「好啊，人們通常不會在身上帶這種東西。」

凱蒂再往下看，找到放了幾頁從《威尼斯新聞》撕下來的頁面的袋子，這些紙頁全來自報紙倒數幾頁的版面。有賣春小廣告，還有聯誼社及販售船隻的廣告。有些賣淫廣告被人用原子筆劃上叉叉。

「這也很奇怪。」凱蒂喃喃自語。

她沿著一排證物往下看。鑑識組的問題就是搞不清哪些東西該裝袋分析，哪些東西無關，因此為了安全起見，便幾乎什麼都裝袋，從女人的毛衣外套，到字紙簍裡的東西，一應全包。凱蒂看著字紙簍裡的東西，裡頭包括空掉的化妝瓶和一張超市收據。收據顯示，受害者在兩天前，用信用卡在諾瓦街的比拉超市買了果醬餅乾、瓶裝水和鷹嘴豆罐。她要自己記得去問信用卡公司，調出所有她們刷卡買過的東西。

技術員送來一份文件。

「她在這邊好像租過一艘小船，」他拿了一份以珍蓮娜・貝比克名義租船的文件給凱蒂看。「你確定她不是自殺的？」

威尼斯人常覺得匪夷所思，政府竟允許觀光客在白日租用小船，在水上巴士的高音汽笛和與貢多拉船夫的咒罵聲間穿梭，並試圖避開擠在威尼斯水域上的各種貨船，甚至是遊輪。大多數人都同意，沒有因此死更多人，算是奇蹟。

凱蒂看著租船紀錄，「是跟卡納雷吉歐的拉維洛運動行租的船，我會打電話給他們。」

✣　✣　✣

跟租船公司通電話時——果如凱蒂所料，一名漁夫發現公司船隻在潟湖上漂流，便把船歸還他們了：沒有，他們並沒想到要報警，或撥打租船紀錄上的客戶電話——凱蒂聽到外頭傳來一聲叫喊，便匆匆衝下樓。

皮歐拉說得對：潛水夫僅花了幾分鐘，便找到第二具屍體了。芭芭拉・霍頓也是頭部遭到射擊，且是最近的事——傷口還很新。她死時身上穿的旅館浴袍裡，塞了一部筆電。

「別抱太大期望。」眾人等待救護船時，帶頭的潛水員警告他們：「我們以前也從運河裡撈過筆電，但海水會對筆電造成重大損害。」

「請容我告退一下，長官。」凱蒂突然閃過一個念頭。

她走回室內櫃台，埃卓安已被撤換成一位穿著合身西服的大人了，應該是旅館的總公司知道發生凶案後，派來的人手。

「這裡使用網路要收費嗎？」凱蒂問。

經理小心翼翼地點頭說：「當然。」

「所以你們的客人得透過內部的線路去上網嘍？」她繼續追問，經理再次點頭。「也就是說，你們的房間都得透集線器上網，意即你們可以監視客人的網路活動。我猜，像你們這樣的連鎖飯店，那樣做算是標準政策。」

「我們不能隨便討論……」經理先是本能反應，然後才想起自己面對的是憲警。

「反正幫我把資料印出來就對了。」經理尚不及辯駁，凱蒂已扭身離開。

✣ ✣ ✣

「所以現在我們有兩件謀殺案了。兩案絕對相關，但凶手是否為同一人，就不一定了。」皮歐拉說。

凱蒂離憲警總部一百公尺處有間小餐廳，此時晚上十一點鐘，他們已在指揮中心檢視證據數個小時了，凱蒂的上司皮歐拉說，如果還要繼續辦案，就得先吃點東西。他們抵達餐廳時，老闆與皮歐拉低聲講了幾句話後，送上小菜。幾個小盤高疊著各種一口美食：小片的炸雞肝，來自潟湖的肥碩沙丁魚和浸滿醋香的洋蔥，一碟橄欖，以及幾球奶香甜潤的水牛起司（mozzarella）。所有小菜跟一落辦案的文件一同擺在桌上。

凱蒂快累斃了，眼睛乾澀發癢，彷彿被沙子噴過。可是她的精神又異常興奮，過去二十四小時，比她一輩子職場上遇到的挑戰都多。她知道迄今為止，自己都應付得宜。

「奇洛西神父打電話來了，」她嚼著橄欖，把籽放到碟子邊。「他把之前提過的那位神祕事物專家的聯絡方式告訴我了，叫尤瑞厄神父。」

皮歐拉揚起眉：「又是神父？」

「好像是，他的工作地點聽起來有點像醫院，叫克莉絲蒂娜修院，地點在往維洛納的方向。我已跟他約好明天一早見面了。」

「那樣應該能確認我們是否面對某種邪教彌撒了。不過即便如此，跟謀殺案或許無關。兩名受害者是被射殺的，感覺不像祭典的受死方式；刀子、勒斃、溺斃比較像。我從未聽過邪教用槍殺人。」皮歐拉從文件夾裡抽出一張紙，「第一具屍體——珍蓮娜．貝比克——的驗屍報告完成了。你說得對，上尉。他們在死者祭袍上找到美國製造商R.J.圖米公司的商標，果然如你所料。還有另一件事，彈道專家初步看了一下，子彈射入頭骨的方式有些偏斜，但相當確定是……」他瞄著紙，找到資料，凱蒂發現皮歐拉必須把紙張拿遠才能聚焦，原來他需要戴眼鏡了，可是又不屑去戴。「是一把口徑6.8釐米的雷明頓SPC。」

「美國的？」

「是的，報告上說，這種槍專為美國特種部隊設計。噢，槍是透過雷明頓滅音器發射的，也是為特種部隊而設。」

二人靜靜思索這項訊息。

「當然，美國方面的線索也許只是巧合。」皮歐拉又說：「我們還是相信巧合的，對吧？」

他又為兩人倒了些酒，是餐廳老闆自家兄弟出產的白葡萄酒。「歐洲旅館印出來的上網清單呢？有沒有可用的東西？」

「馬禮不是很確定。」她在文件夾裡找到上網清單，「旅館不會去區分是哪位客人上哪個網站，大部分都是色情網站，加上幾個應召站和谷歌地圖，這類旅館都這樣。不過我想，我們可以假設這一筆是七十三號房上的網站。」她拿給皮歐拉看，「我在網上搜尋芭芭拉．霍頓，結果跳出『戰火下的女性』網站，看得出上那個網站的人，接著又上了這邊的網站。」她再度指出：「嘉年華。之後就沒再上網了。」

「嘉年華？是跟巴柏家的小鬼有關的網站嗎？那個被赤軍旅綁架的小孩？」

「就是他，但我不懂有何關連，報上說嘉年華是八卦網站，是那種學生會說誰喜歡誰之類的網站。」

又是一陣沉默，凱蒂發現自己已累到站不穩了。

皮歐拉也注意到了。「你該回家了，上尉，接下來幾週，還會有很多工作至深夜的日子，我不希望你累垮。」

老闆挑在此時送上兩杯義式白蘭地，「給我就好。」皮歐拉接過一杯，「她要走了。」

凱蒂累到無力反駁，但還是接下老闆給的第二杯酒。「再十分鐘就好。」

✣ ✣ ✣

她又耗了一個小時，才拖著步子離開，花另一個小時回到自己的公寓。雖然已筋疲力竭，但仍不打算睡覺。

她有一股抑不住的辦案熱情，有破解大案的興奮難當——凱蒂簡直找不到字來形容。她聽資深長官談過偵辦凶案的壓力、打鐵趁熱的快速蒐證，會使人像吸古柯鹼般地上癮，且對家庭生活、身心的常態及睡眠為害甚大。現在她可以理解了，疲累與興奮在她腦中拉鋸。

而且不止如此。有件她想不起來的事，一直纏旋不去。

凱蒂卸妝時，把該做的事項想過一遍：追問馬禮能否從泡溼的筆電裡查出線索，還有芭芭拉．霍頓的手機。用已知的死者資料，進入嘉年華網站。向國際刑警組織與她們各自國家的大使館查詢，看她們是否有案底，並開始連繫她們的家屬。查看殺死芭芭拉．霍頓的子彈與珍蓮娜．貝比克驗屍所得的那顆是否相符。把其他旅館員工的陳述讀過，說不定他們曾看到什麼。追查撕下來的報紙上那些打了叉的賣淫廣告

——那究竟是怎麼回事？

還有一件事，一件她還想不起來的事。

皮歐拉，她跟皮歐拉說過她會做……某件事。她彷彿看見皮歐拉點著頭，帶著他特有的體貼與專注。他不像大部分資深警探那般無禮、憤世而輕蔑。皮歐拉有股書卷氣，他的溫文爾雅，令凱蒂很想贏取他的讚美。

凱蒂發現她的壓力不只是要蒐集證據，更要維持皮歐拉上校對她的尊重。

接著，她想起自己曾告訴上校，會去找一位跟奇洛西神父相左，對女性神父持不同神學立場的人。

凱蒂打開筆電，在谷歌鍵入「女神父」幾個字，然後快速瀏覽出現的網站。有些相當可悲，長篇贅述作者何以勉強接受教宗的立場，但因「出於良心」，仍發聲反對；有些則怒指聖經裡充滿憎惡女人的儀式。

〈利未記〉15:19-30中說：「當女人行經，血從她體中流出，行經之不潔將持續七日……任何觸摸她

床鋪者，必須洗淨他身上的衣物與自己，而他的不潔將持續至夜晚。」那就是他們不希望我們當神父，以及神父為何必須單身的理由了，因為他們痛恨並害怕女人的生殖器。

其他文章則滿懷渴望地列舉一些原本反對女神父，而今卻接受她們的教派。所有文章都認為，目前的教宗絕不會改變心意。一位強硬派人士高聲痛斥自由主義的邪惡，讚許新興國家宗教結社的「傳統主義與氣魄」，他一再引用《天主教法典》一〇二四條：「唯有受洗的男子，能接受神職。」

凱蒂在某網站看到一個部落格，標題是「非法神職授任的謬誤」。論點已無甚新意：認為女人想擔任神職，應試著從教會內部做改革。但作者接著又說：

我們不該認為目前的環境能容許授予女性神職，那些傾向抱持這種觀點的人是錯的。

有意思。文章影射確實有人持不同想法。難道那些人有進一步行動？現在是否有女性自詡為道地的天主教神父？

凱蒂打開新郵件，寫了封短信給這位部落客，表示想私下與支持女性擔任神職的人士聯繫。

信件寄出後，凱蒂很快檢視自己的收件匣。她媽媽寄了信給她和她兄弟，提醒大家約好下週日過去吃午飯。她發現母親沒把信寄給她妹妹克蕾拉。

凱蒂沒回信，時間已近週四凌晨三點，週日之前，可能還會發生許多事。

10

荷莉·博蘭在基地的大食堂吃過簡便的早餐後，沿埃德里基地漫長無止境的邊界晨跑時，開始犯時差了。就大鍋飯而言，剛才的食物並不算差——有人試著幫食堂取個歡樂的名字，「阿爾卑斯南麓」。食堂裡供應奶油蛋捲、義式蛋糕，及平時常有的鬆餅和洋芋餅。然而荷莉依然渴望能搬離營區，用一杯義式咖啡和一口剛出爐的牛角麵包或炸彈甜甜圈來展開一日，而不是喝那種巨杯咖啡調味的奶泡水。

早餐後，荷莉去跟麥可·布里登報到，還是沒什麼活可讓她做，因此荷莉決定先從尋找芭芭拉·霍頓的文件開始。她想，說不定能證實這類文件並不存在。

荷莉撥了許多通電話後，成功找到負責管理營區檔案的士官。他指示荷莉先填一大疊帶附本的授權表格，再到行政區邊緣的一棟建築物。荷莉緊抓著表格抵達後，看到一長排士兵正從大樓裡出來，每人像螞蟻搬餅屑似地抱著三個硬紙箱。

「怎麼回事？」她問其中一名士兵。

士兵聳聳肩，但沒有停下手邊的工作。「大概是需要空間吧，女士。」

大樓裡有道被標準軍靴踩得咚咚迴響的鐵梯旋往地下室，荷莉與士兵逆向而行，來到一道點著燈泡的矮長通道。穿制服的人影從兩邊搬出更多箱子，堆到出口旁。

荷莉找到負責的士官，重申她的問題。士官聳聳肩，「我們只是把其中一部分搬走而已。」

「為什麼？」

士官的表情告訴她，他很少質疑命令背後的理由。於是荷莉試著用別的方式問：「檔案要搬去哪裡？」

「聽說是達比基地。」

「知道我能在哪裡找到一九九五年的檔案嗎？」

「我剛好知道，一直走到那邊左轉。」

通道往下走，燈泡的間距拉得更長了。燈光幽暗的凹室中，架子與棧板上高堆著箱子。「檔案」乃溢美之詞：這裡顯然只是用來堆放不知如何處置的文件罷了。然而仍有人試圖整理過：每間凹室上貼著標示每疊文件相關年份的紙張，有些年份的文件多過其他，應該是發生較大規模的武力衝突事件。

「一九九五」是一堆貨車大小的箱子，兵蟻般的士兵已來到五、六公尺外，清空一間間的凹室了。荷莉估計自己大概只剩二十分鐘不到，屆時人家便會客氣地請她離開，讓他們清理了。

荷莉打開前三個箱子，裡面只是些無人感興趣的標準儲放申請表格，接下來兩個放著隨機存放的行政備忘錄。第六個箱子是空拍偵查照，她記得芭芭拉．霍頓提出的要求之一，與這類相片有關，但她怎可能知道這些照片是提供給誰？或拍攝哪些區域的？她決定往下找。

這是件曠日費時的工作，荷莉才翻到一半，第一批士兵已經在凹室入口晃了。荷莉喊道：「你們先搬對面的好嗎？我這邊快弄完了。」她知道友善的笑容，效果比下令禁止他們行動大。她回頭從箱子裡抽出另一份更厚的文件，一串斯拉夫語躍入她的眼簾。Sije anj-Ožujak 1995... Meda ki Džep. Planirani unaprijed za glavne SIGINT USAREUR. 她不會說塞爾維亞—克羅埃西亞語，卻能說流利的軍事縮寫語，知道SIGINT USAREUR的意思是「歐洲區美軍信號情報」。荷莉抓起文件，另一份壓在下面的文件以手寫字冠著

「66th INTERCEPTS BiH」的標題，六十六是軍事情報的歐洲外圍組織，BiH應該是波士尼亞—赫塞哥維納的縮寫。接著又出現兩份包含日期與時間顯然亦為斯拉夫語的文件，她也一併抓起來夾到腋下，然後喊道：「全交給你們了，各位。」

荷莉又想了一下，扭頭對其中一名經過身邊的士兵說：「這些文件以後得歸檔，」她舉起文件問：「知道我該把文件還給誰嗎？」

「不知道，長官，我聽說是情治單位要求搬移的。」

她點頭表示謝謝，將文件緊夾在臂下，然後匆匆離開。芭芭拉・霍頓在行使資料查詢自由權時，雖特別提到此事涉及軍事情報、埃德里基地與克羅埃西亞軍隊三方，但荷莉認為並不表示什麼。你若把這些枝微末節的巧合當一回事，要不了多久，也變成瘋狂的陰謀論者了。

11

丹尼爾把一整罐紅牛提神飲料倒入喝了一半的咖啡裡，拿鉛筆尾端攪拌後三大口灌完，努力不去想它的怪味。

他們熬了一夜，爬梳僅有這一小撮人知道的，藏在嘉年華內部的電子穿隧與後門，極力搜查某種他們看見時，可能也無法識別的東西。

丹尼爾確定，政府迫害他的理由就藏在嘉年華裡。問題不僅是隨機攻擊一個他們無法掌控的溝通管道而已，有人在尋找某個特定資料，某段對話線或上傳的資料。他們為了取得它，打算毀掉丹尼爾。

也就是說，那些人迄今還沒找到那份資料。

丹尼爾不確定他和他的程式設計師若捷足先登找到了，接下來要怎麼辦。他幾乎可以確定那資料加了密，且無法追蹤，就像嘉年華大部分的通信一樣。但他希望自己能從資料的數量、形態與上傳的模式，釐清自己面對什麼樣的東西。

你知道嗎，麥克斯在世界的另一邊打字，我們有可能正中他們下懷。

怎麼說？

他們想駭入嘉年華，結果失敗了，對吧？他們想找的東西正是我們在搜尋的，而現在我們不就在這裡替他們工作嘛。

丹尼爾筋疲力盡地用兩手耙著頭髮，然後打字，你說得對，A計畫很爛，我若擬出得B計畫，咱們也許就照那樣做了，可惜我沒有備案，所以咱們繼續找吧。

12

荷莉將檔案室的文件帶回聯絡室仔細檢視，三份檔案包含約莫二十頁隨意插放的資料，她試著把幾個斯拉夫字鍵入谷歌翻譯裡，可是她的美式鍵盤打不出一些發音符號及其他陌生的重音符。

「麥可，我們基地有沒有塞爾維亞—克羅埃西亞語的翻譯員？」她問上司。

「沒有。不過我可以寄一、兩封信問問看。還是跟那個《政府資料公開法》的查詢有關嗎？」

「恐怕是的。」

「老實說，我懷疑你找得到人。科索沃戰爭後，五角大廈便不覺得有必要訓練那類翻譯員了。應該事隔有十五年了。日子得往前過，對吧？」

「對。」荷莉嘆道。她從旁邊窗口看到十二名士兵兩兩成對地上攻擊課，看起來很好玩——至少能動動身體，又有挑戰性。一時間，荷莉挺後悔沒用制式回信或官腔把芭芭拉．霍頓打發掉。

「不過我倒是知道可以找個人試試。」麥可說。

她將注意力調回麥可身上。「誰？」

「伊安．吉瑞。他在退休前，是中情局在本地分部的主任——是位不折不扣的冷戰時期老將。吉瑞偶爾會到營區演講。」麥可扮了個鬼臉，說：「很久前我聽過一次，不是很吸引人，我猜只是藉此讓他能使用美軍基地的設備、汽車服務等，跟其他老一輩的人閒聊打屁。你也知道這些退休人員的情形。」

「當然。伊安．吉瑞。謝謝，我會去找他。」荷莉突然閃過一個念頭，「麥可，」她緩緩問道：「這該不會是某種惡作劇吧？」

「惡作劇？」麥可一臉無辜地問。

海外單位是出名的喜歡惡搞：新兵被派去軍械庫要一箱左手專用手榴彈，飛行員被派到店裡買偽裝用的塗料罐，水兵受命全身包覆錫箔紙校正雷達。創意十足的花樣層出不窮，無論是去複製悍馬車鑰匙、找水準儀的替代品、槍枝報告，或任何千奇百怪的惡作劇，都能讓隨時備戰的部隊，在漫長的駐派生涯中保有娛樂。荷莉到現在才察覺，那位口條清晰，打著《資訊自由法》[15]大旗，提出要求的中年美國婦女，搞不好是類似的玩笑。

麥可衝她一笑。「那點子挺不錯的，但願如此。可惜，就我所知不是，記得吧，是你自己選擇要做的？你只能怪自己。」

✣ ✣ ✣

埃德里基地教育中心至少有三所聯合學院：馬禮蘭大學、德州中央學院及鳳凰城大學，她在電腦上查詢演講時間表。她在這三所大學裡，可以研讀所有科目，從刑事法到商業，全由政府大量補助。荷莉知道，即便如此，大部分士兵仍寧可將閒暇時間，拿來充實軍中要求的資格。

伊安．吉瑞教兩門課：義大利軍史及羅馬文明，一週僅上三次課，且這些科目似乎與任何主修無關，看起來較像退休人士的閒餘嗜好，而非嚴肅的學術教學。

荷莉發現吉瑞的義大利軍史課再半小時便結束了，她搭巴士趕到教育中心。中心裡十分繁忙，大部分是穿著便服的女性。她知道基地附近住了將近上千名軍眷，這些眷屬總得找點事做。除了她們，還有為數較少的年長男性，也都穿著便服——這些是退休人員，住在附近的退伍軍人或軍官。他們只要還活著，便能使用基地設施。荷莉的父親以前也說過想住達比基地附近，做類似的事。

15資訊自由法（The Freedom of Information Act）：簡稱FOIA。一九六六年美國通過《資訊自由法》，要求美國政府機構之紀錄應公開於民眾。所謂紀錄包括圖書、論文、地圖、相片或其他文件資料。凡有人提出公開紀錄之要求，美國政府機構需盡速在十個工作天內提供資訊。但有九種資訊不受此限，例如有關國家安全、商業機密、調查檔案、法律訂定豁免公開之資料、財政主管機構所用之報告，及其他列為機密性文件等。一九七四年美國的《隱私法》（Privacy Act），補充修訂了《資訊自由法》，要求政府機構不僅需提供與個人有關之檔案資訊，並且允許個人有權修正與其有關之錯誤紀錄。

荷莉心頭突然一酸。許多長者年紀與他父親相仿，白髮加上挺拔的軍人身姿——集威嚴與衰老於一身——總會攪動她的情緒。

她找到授課的教室往裡窺望，兩名年約七十的男人坐在教室裡，看著另一名年紀相似的男子——他正在白板上畫著圖表說明。想來此人應該就是吉瑞了，荷莉退回走廊等待。

五分鐘後，門開了，聽課的兩名男子走出來。吉瑞正在擦白板，用酒精一絲不苟地將板子擦淨。

「是吉瑞先生嗎？長官？」

吉瑞轉過頭，他頭髮花白，身形因年歲而略顯瘦削，但他看著嬌小的荷莉時，堅定的藍眼卻炯炯有神。「是的，少尉，有事嗎？」

「我是來請您幫忙的，長官。據聞您會說塞爾維亞—克羅埃西亞語，我有幾份文件希望能翻譯。」

他顯然樂於有人求助，便點頭說：「我一定會盡量幫忙。不過我得警告你，我這種語言說得較差，以前俄羅斯語才是我們的主力。你有帶文件來嗎？」

荷莉把文件交給吉瑞，對方揮手要她坐下，然後掏出收在襯衫口袋裡的老花眼鏡，細細看了起來。

「這些大多是日期和看似會議紀錄的東西。」一分鐘後他又說：「我猜跟風暴行動有關。」

「跟我猜的一樣，長官，可是美軍怎會有跟風暴行動相關的文獻？據我了解，美國並未涉入那場衝突。」

吉瑞從鏡框上方瞄了她一眼，笑說：「你叫什麼名字，少尉？」

「博蘭，長官，我叫荷莉．博蘭。」

吉瑞盯著她。「你該不會是泰德．博蘭的女兒吧？以前烤肉時會做義大利餅乾的小荷莉？」

「正是我，長官。」她坦承說。

「天啊，我……令尊跟我不常見面，他在比薩，我在威尼斯，雖然我都接受來自蘭利市[16]的指揮。」荷莉點點頭，表示知道他是中情局的。「但我確實抱過你轉好幾次圈——以前年輕時還抱得動。」他悽然一笑，「不過你今天來這兒，不是要聽老頭子回憶吧。」

「正好相反，長官，能聽您回憶家父，是我的榮幸。」

「也許改天吧。」他回頭看文件說：「能問你一下，究竟想找什麼嗎？」

「問題就出在這兒，我也不確定。有人按資訊自由法提出申請，此事跟一名叫鐸剛・柯洛維克的男人有關。」

「他是誰？在他家鄉是做什麼的？」

「他是或曾經是克羅埃西亞軍的將軍，此人現今不在克羅埃西亞，正等待受審，是跟風暴行動有關的戰犯。」

吉瑞揚起雙眉。「這個謎團倒是很吸引人，老實說，自我退休後，還挺想念那些事的。介意我把這些帶走，試著翻譯嗎？」

「請便，長官。」吉瑞收摺文件時，荷莉又說：「那是一份影本。」

「所以不是機密文件？」

16 蘭利市（Langley）：位於維吉尼亞州，美國中情局總部所在地。

「看來不是。」

他拍拍疊起來的紙頁。「很好，不管這裡頭是否有可用的資料……我還是想找你出來吃頓飯。逛過威尼斯了嗎？」

她搖搖頭。「我昨天才到。」

「那咱們去找家不錯的威尼斯餐館，你再跟我多說些，我請客。」他頓了一下又說：「我聽美國那邊的朋友說，令尊沒有好轉，我很遺憾。」

「謝謝您，長官。」她說，不知怎地，這位老戰將淡定的悲憫，竟比家人定期傳來的最新消息，更令她難以承受。她嚥著突然哽咽的喉頭，「我相信他一定會很高興知道還有那麼多人關心他。」

「病苦會讓人正視生命，不是嗎？我很樂意幫你解決這個謎團，少尉。」他輕拍著卷宗說。

13

因熬夜還疲累不堪的凱蒂，開車往維洛納駛去，她跟尤瑞厄神父早上九點有約。凱蒂在威尼托[17]的鄉間數度迷途，最後才找到克莉絲蒂娜修院的位址。修院靜靜座落在起伏的葡萄園和清幽的樹林間，從建物古舊的石頭，和其中一些彩色玻璃窗判斷，以前應是修道院或修女院。威尼斯與維洛納之間的區域，散布許多類似這樣的地方，大多可追溯至十六、七世紀，威尼斯當時被稱為La Serenissima，最和平的地方，是提供受迫害的宗教人士安全的天堂。時至今日，許多修院已改為醫院或大學了，但往往仍由原教派的修女或修士管理。這裡應該也是類似那樣的地方。凱蒂停車時，發現許多穿著灰色修女服的護士，行色匆忙忙地穿梭於建物間。

接待員是另一名修女，她帶領凱蒂來到尤瑞厄神父的辦公室，並為她敲門。

「請進。」有個聲音喊道。

一名穿長袖襯衫，坐在辦公桌前的男子，正快速敲著電腦的鍵盤。除了襯衫上的白色可拆式衣領、別在胸口的金屬十字架外，這個男人看來就像任何忙著工作的醫生，旁邊有張診療用的床，上面鋪著免洗床單。

神父放下手邊的工作站起來，跟凱蒂握手招呼。「很高興認識你，我是尤瑞厄神父。」他的義大利文非常流利，但有點矯枉過正的母音，顯示那並非他的母語。

「謝謝您願意見我，神父。」

「不客氣，我知道是跟波維利亞島的那件惡事有關的，對吧？」

「是的，跟謀殺案有關。」

「我指的不僅是謀殺。」尤瑞厄神父靜靜地說。見到荷莉疑惑的眼神，神父又說：「有許多不同方式，能讓邪惡侵入我們的世界，上尉。」

「您是指神祕事物嗎？」她小心翼翼地問。

「以及其他事物。」

17威尼托（Veneto）：義大利東北部的行政區，位在阿爾卑斯山和亞得里亞海之間，首府是威尼斯，其他的重要城市包括維洛納（Verona）、帕多瓦（Padova）和維琴察（Vicenza）。

「這裡不是醫院嗎？我有點訝異會聽到醫界人士這麼說。」

神父的眼角露出笑意。「宗教與醫學的界線，有時並不像我那些訓練精良的醫療同業所說的那般黑白分明。比如說，不管你是用『精神病』或『被附身』來形容，差別往往只在於你有沒有受過訓練而已，就描述的症狀而言，其實並無不同。當然了，禱告常是以前治療精神疾病的唯一辦法，但當代人也有強效的治療藥品了，因此我們院裡會雙管齊下——藥物治療與宗教治療並用，以兩個世界最擅長的方式去治病。」

「有意思。」凱蒂表示，她不想多談病院的一般狀況，「不過您是神祕事物專家，我今天到此就是為了此事。聽說您也許能辨識其中幾個符號。」凱蒂打開檔案，拿出法醫哈帕迪拍的照片，出示畫在波維利亞島廢棄精神病院犯罪現場四周的符號。

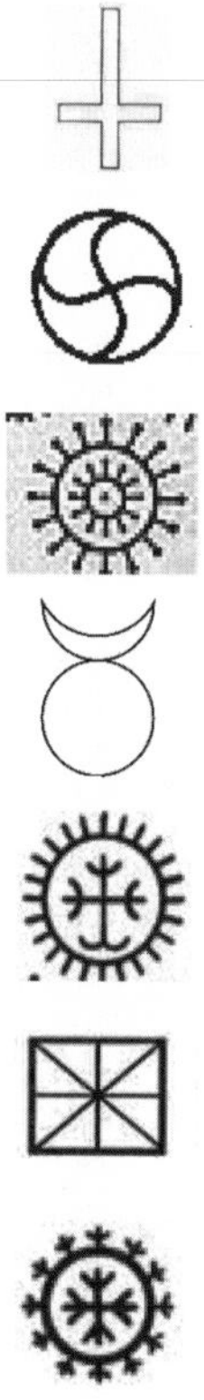

尤瑞厄神父一一看過圖紋。他點頭說：「是的，有些符號我相當熟悉。」他指出：「這個很明顯是倒十字，召喚撒旦，歡迎他來到褻瀆神明的地方。」他指著另一個說：「這是長角的神，代表魔鬼。而這兩個交纏的S代表致敬與災禍，以示對惡魔的順服。」

「所以你可以完全確定，這些是褻瀆的符號？」

「不會是別的了。」他很快歸還照片，似乎除非必要，絕不願多拿一會兒。

她指著神父沒有提到的兩個符號問：「那這些呢？它們跟受害者屍體上的刺青很像。」

尤瑞厄神父不甚情願地再度審視照片。「有時各別的邪教或廟宇會發明自己的圖紋，故意讓外人難以參透。」他聳聳肩說：「例如紀錄各別會員犯下的惡行。若是這種情況，符號會具有意義，但我們或許無從解讀。」

「原來如此。謝謝您，神父，幫助很大。」

凱蒂收拾照片時，神父表示：「我們這邊有些年長的修女，曾經在波維利亞島工作，我是指當年精神病院還在時……」

「病院為何關閉？」凱蒂好奇地問。

「原因有些不尋常，我想是修女們自己煽動的。許多修女認定那是個極邪之地。她們說病院裡鬧鬼，還發生離奇的事……」他搖搖頭。「波維利亞是瘟疫島，因此有各種相關的迷信。主教轄區一開始當然沒理會她們的抱怨了。修女有時真的很迷信，煽動這類恐懼也很不健康。」

「發生什麼事了？」

「就我所知，有人發現有某個東西在影響患者——某件似乎無法以醫療解釋的事。於是院方決定將病人遷至像本院這樣的地方，病人幾乎一搬走就開始變好了。」

「神父，我能請教您……」凱蒂遲疑著，不知該如何措詞。

「你想知道我是否相信神祕事物。」他靜靜地說：「這答案相當複雜，因為我既是神職人員，又是科學家。身為神父，我當然相信有魔鬼，但做為醫師，我相信邪惡的魔力能藉由特定的人去發揮，部分原因來自人性本身的弱點。人們相信惡魔，是因為惡魔令他們興奮。」

「所以像我剛才拿給您看的那些符號——它們並不是真的？不具實際意義？」

他跟她確認，說：「噢，它們是真的。而且就像禱告一樣，具有一定效能。上尉，我無法告訴你波維利亞是否真的鬧鬼。但我可以告訴你，波維利亞正是我們剛才所談及，想褻瀆神的人會想去的地方。」

14

荷莉花一個小時打電話給達比基地各部門，想查明從埃德里基地運走的檔案被送往哪裡。最後一名上士告訴她，有兩卡車的文件在未預知的狀況下，出現在他負責的機庫外，他真的不知該如何處置那些文件。

「你不知道文件會送過去？」

「不知道，女士。而且也查不出是誰下令將文件送過來的。不過常會有東西莫名其妙地送來，我猜是你們那邊有人想用這裡的空間。」

「如果沒人告訴你該怎麼處理那些東西，又會如何？」

「我們會等兩個星期後做回收。美軍對碳排放負完全責任，既然F16戰機和磷彈排了那麼多碳，咱們只得趕趕進度啦。」他自覺幽默地咯咯笑著。

「明白了。能請你幫我個忙嗎？上士？在我查明來龍去脈前，先別回收那些文件？」

「我說過，我們通常會等兩週。」上士無所謂地聳聳肩說：「不過兩週後，我們就得採取行動了。」

荷莉用軍方安全電郵，發信給本地中情局及國防部的分部，詢問他們對埃德里基地裡的文獻是否感興趣。她想了想，又要求對方提供與芭芭拉．霍頓申請查詢的相關非機密文件。荷莉收到自動回信，表示在十五個工作天內會收到回覆。

她撥打芭芭拉．霍頓留給她的手機號碼，在語音信箱留言。

「霍頓女士，我是埃德里基地的博蘭少尉，為您報告公開資料申請的最新情況。恐怕我得超出規定時間，才能釐清我們手邊是否有您要的資料。」

掛掉電話後，荷莉知道自己應該把整件事拋到腦後了，因為現在還有比這更緊要的事。兒少部剛剛要求找一名譯員，幫忙為部門員工眷屬舉辦的一系列「反毒活動」報告做翻譯。軍人戲院即將舉行的慈善晚會海報，需要人協助譯成本地語言。牙科診所想雇用一名本地助理，亟需有人幫忙比對義大利牙科技師與美國技師的資格。

可是從小訓練成每早整理自己床鋪的荷莉．博蘭，習慣將每件事在腦中想清楚後再做下一件事，因此即使在處理其他有趣而重要的工作時，心中仍牽掛著芭芭拉．霍頓的申請。

15

由於指揮中心時不時會響起手機鈴聲，因此皮歐拉上校過了好幾秒後，才發現這支手機沒人接。他冷冷地環視房間，鈴聲來自附近某處，但他在鈴聲停止後，隨即便忘得一乾二淨了。

片刻後，手機傳來尖銳的嗶聲，表示打電話的人留了語音訊息。

那訊息也輕易地被皮歐拉忽略了，但手機主人將嗶聲設定成接聽語音前，會間歇地一直提醒。皮歐拉正在篩檢目前蒐羅到的證物，以便決定調查的優先順序，斷斷續續的鈴聲搞得他相當分心。皮歐拉再次四下搜尋，頗為氣惱粗心留下手機，沒好好收回自己口袋的部下。

皮歐拉瞥見桌上等著登記的旅館證物發出閃光。他們找到的手機仍放在證物袋裡，手機此時亮著，表示裡頭有留言。

皮歐拉三個箭步衝到桌邊拿起電話，連袋子都沒開便直接觸摸螢幕，螢幕閃著「語音留言」幾個字。皮歐拉把手機放到耳邊，隔著塑膠袋聆聽。

「您好，我是埃德里基地的博蘭少尉……」

皮歐拉拿起筆記寫下對方名字，然後找到自己的手機，撥打凱蒂的號碼。

「哈囉？」凱蒂的聲音答道。

「凱蒂，你離維琴察有多遠？我需要你去埃德里基地找博蘭少尉談一談。」

16

荷莉・博蘭接到警衛室來電，說有位憲警軍官想見她。他們送這位意外訪客過來時，荷莉已備好會議室了。據麥可說，這將是她工作的常態，任何本地警察對美國士兵在酒吧喧鬧或違反交通規則的抱怨，都會找她。她的工作是同情地聆聽，希望義大利人能因此不苦苦相逼，然後美方再做內部處理。若鬧事的士兵最近才剛從戰場調回來，懲罰通常很輕。

因此，荷莉發現訪客是位穿便服的警官時，著實吃了一驚——雖然用「便服」來形容坐在她對面，一頭烏髮，打扮優雅隨性的女郎來說，實在很不貼切。當對方問她有沒有聽過芭芭拉．霍頓的名字時，荷莉更訝異了。

荷莉解釋芭芭拉．霍頓曾找過她，要求行使資訊自由權。

「她想找什麼？」

「我得徵得她同意才能回答這個問題，塔波女士。資訊自由法的申請屬機密性質。」

凱蒂．塔波揚起一道美麗的眉毛。「你應該知道芭芭拉．霍頓死了吧，我們認為射殺她的子彈來自美製式器，這是一樁謀殺案。」

女郎直截了當的話語，在空中懸盪片刻。

「即便如此，她的申請仍屬機密，二〇〇九年史邁森告國務院案，就是這樣。」荷莉近乎致歉地說。

凱蒂想了一會兒，說：「那麼，我想看你要回覆霍頓小姐的資料。這有助釐清她的查詢是否與她的遇害有關。」

博蘭少尉一副更加為難的樣子。「那也不可能，塔波女士，與霍頓女士查詢的相關檔案已經不在本基地了。」

凱蒂漂亮的眉毛再度揚起。「檔案被挪走了？」

「是的，那些檔案已排定時間要搬到別處了。」

「那可真巧。恭喜你，少尉，你處理霍頓小姐申請的效率，跟義大利軍隊一樣高。」凱蒂露出微笑，希望跟這位美國人拉點關係，但少尉不為所動。

「她的查詢與文件調動毫無關係。」荷莉冷冷地說。

「你說了算。總之，我們該如何處理？」

「你是指哪方面的事？」

「我是憲警警官，你是美軍軍官，我們是同盟——是同事——我們雙方的指揮官會要我們盡可能合作，是嗎？」

「當然。」

「而我需要釐清芭芭拉．霍頓拜訪此地，有沒有可能與她的遇害相關。假設你並沒有拿她查詢的內容給我看，只是去幫我倒水時，剛巧把申請書留在桌上……我很擅長讀倒字，尤其房間只有我一個人時。那樣我就能確定，我們沒把資源浪費在不相關的查詢上，並離開這裡了。」

「那還是違反機密法，小姐。」荷莉嚇一跳說。

凱蒂嘆口氣，不耐煩地翹起腿晃著。她的鞋與裙子——以及連接兩者的長腿——實在美到不行。荷莉發現自己竟羨慕起對方的衣著品味與能有展現的機會。美軍雖一再保證，卻連女性用的迷彩服都尚未設計出來。

「當然了，你若能證明貴單位的調查與埃德里基地有關，並提供證據，我們必當盡力親自調查。」荷莉打定主意不受威脅，定定看著這位義大利女郎——雖然塔波上尉輕嘛上唇所透出的輕蔑，令她有點難以招架。

凱蒂說：「今天我來這裡的途中，派人查了一下埃德里美軍為憲警隊辦過案件的紀錄，看起來有意思，卻讓人高興不起來。」她傾身向前，用兩根指頭敲敲桌子強調：「過去五年有二十四件調查案，截至目前為止，被義大利法庭判為有罪的案件依然掛零。你應該知道賽米斯山（Cermis）的纜車死亡事件吧？」

話題丕變，荷莉被問得措手不及，只能搖頭。

「一架美軍噴射機在訓練任務時，飛經此地北邊山區，飛行員打賭說，他可以把飛機開在橫跨山谷的兩條纜車之間，結果機翼尖端劃斷了其中一條纜線，纜車墜落將近二十公尺下的地面，二十名乘客全數死亡。美軍拒絕交出機組人員，說他們已接受調查，受軍事法庭審判了。結果你猜怎麼？他們一個個被判無罪，連飛行員都是。十年過去了，義大利還在抓他們。」

荷莉的眼神怎麼也無法從塔波上尉的手上調開，她的手在說話時，自成一場更華麗精采的演出，彷彿她是同時拋擲一打隱形彩球的默劇演員。

「塔波女士，我未獲授權，無法對那件事表示……」

「你當然沒有，也無權批評那位患了創傷後壓力症候群，決定拿維琴察老百姓當練習靶的狙擊手，或那個因挑戰三名想把他女友的美國大兵，差點在酒吧裡被打死的男人。你大概不明白，為何本地人要反對貴國擴充基地！光是威尼托，就有一萬名美國員工，而全義大利共有兩萬。你知道嗎？若在任何其他國家，早就被視為占領部隊了。」

一片死寂。接著荷莉說：「呃，回到公開資料查詢的事……」

「算了。」塔波上尉嗤之以鼻地說：「反正你什麼也不會做，何必呢？反正只是死了一名老百姓。」

荷莉被對方的打扮與盛氣凌人激得十分懊惱。她說：「我可以告訴你，與鐸剛．柯洛維克將軍相關。他在波士尼亞戰爭期間下令的資料，已不在我們這裡了。芭芭拉．霍頓有個網站叫『戰火下的女性』，她以網站員工的身分提出申請，她與本單位的關係僅止如此。」

剎那間，凱蒂深色的眼眸中躍出一道勝利的光芒。「我猜得果然沒錯。謝謝你的協助，少尉，我們只要合作，事情就會好辦很多，不是嗎？」

17

凱蒂被送回埃德里基地的守衛室，她對會面結果頗感高興，收穫較預期高出許多，因為跟美軍索取資料，是出了名的難如登天。擔任皮歐拉的配角固然不錯，但偶爾能獨力解決問題也很棒。

而且激刺一下那隻美國小老鼠，還挺過癮的。她知道美國女兵中的同志比例必然不低，但她無法理解，她們如何能忍受老是穿醜陋又男性化的迷彩服，即使她們只是閒閒地坐在辦公室裡，根本沒有穿迷彩偽裝的必要。凱蒂覺得，博蘭少尉的辦公桌、檔案夾和灰牆若都塗成迷彩，還比較說得過去，但這樣她就幾乎變成隱形了。

此事令凱蒂發噱，相信稍後若把它寫進報告裡，必會惹皮歐拉上校發笑。凱蒂轉頭問送她回警衛室的憲警說：「你一向這樣嗎？」

「一向怎樣？女士？」

「護送訪客進出。」

憲警沮喪地聳聳肩，「一天至少二十次，只為了假裝這裡還是義大利的領土，實際上美國佬卻在此為所欲為。你知道嗎，名義上是我們的司令官主管基地吧。可是他們只有在授予彼此勛章時，才會讓司令官穿軍服登場。天知道我是惹到哪位祖宗，才會被派到這裡。」

凱蒂心念一動。「你有保存紀錄嗎？我是指所有訪客的紀錄？」

「老實說，我們會寫下訪客的姓名與訪問時間，不然我們也沒別的事可做了。」

「你們還留有一九九五以後的紀錄嗎？」

「你若是幾個月前問我，我就會說有了。」

「為什麼？後來發生什麼事？」

「憲警隊存放紀錄的庫房失火了，不僅那些資料，連所有跟整個威尼托相關的資料都燒毀了。」他聳聳肩，「人們怪罪是黑手黨幹的。」

「大家把什麼都推到黑手黨頭上。」

「也對。不過，難道還會是別人幹的？」

「當然。」凱蒂想起那隻小老鼠的話。那段時期的資料已不在我們這裡了。所以現在埃德里無人擁任何與那段時期相關的文件了。由於年代久遠，或許並不奇怪。

他們來到安全護欄，憲警對凱蒂行舉手禮道別，但想到自己不走運的處境，手肘又頹然垂下。

✣　✣　✣

上尉離開後，荷莉整理會議室，惱恨自己竟中了對方的激將法，不過最令她不平的是義大利憲警。情報工作與警方辦案差別不大，畢竟兩者都須依賴冷靜客觀地分析事實來行事。但那個義大利人竟殺進來對她明嘲暗諷一番，「可真巧啊。」對方聽到檔案被搬走後譏道。荷莉差點衝口反駁，說美軍若跟義大利憲警一樣貪污腐敗的話，他們根本連一場仗都不會打——就像義大利人一樣。但那跟聯絡官第三組的業務絲毫無關連。

荷莉嘆口氣，搖搖頭，像塔波上尉這種人會提醒你：你雖能跟本地人一樣，說道地的義語——甚至幾乎自認為在地人——但心態與他們總還是有隔閡。

荷莉想到，既然芭芭拉·霍頓已死，就沒有繼續為她查詢公開資料的行政理由了。她得去申請一份死亡證明影本，以便結案，而且最好請伊安·吉瑞別再浪費時間翻譯交給他的文件了。

荷莉回到桌邊，發現有兩封電郵等著，都跟芭芭拉·霍頓申請資料有關。第一封來自米蘭中情局分部。

很遺憾，中情局無法確知或否認您要求的文件是否存在。

第二封來自國防部。

很遺憾，國防部無法確知或否認您要求的文件是否存在。

死局了，兩造說法一字不差，但荷莉提醒自己，這樣很正常，他們若能找到東西，那才詭異。芭芭拉·霍頓也許是被謀殺的，但她的死，跟她想從荷莉這邊取得的資料，應該無關。

荷莉搖搖頭，別再像陰謀論者那樣胡思亂想了。

18

里奇．卡斯奇里昂站在基奧賈的使徒聖詹姆斯教堂門口，教堂裡幽黑寂靜，空中飄著蠟燭與燃香的氣味。他用手指蘸著門口的聖水劃十字，然後匆匆越過回音悠蕩的大廳，來到一旁的小禮拜堂。

上百尊瑪朵娜的神像，如青少年房間裡的海報般擠在四周牆上，從各種高度俯望他。觀光客常以為這是對聖母瑪利亞表示崇敬的異趣手法，殊不知這是另一位聖母：護海女神瑪朵娜．迪拉納維希拉（Madonna della Navicella）。從潟湖深處被沖上岸的航海日誌與船隻上，都神奇地出現她的圖像。漁夫都知道，瑪朵娜是比耶穌之母更古老，更具大能的女神。除了女神的神像，小教堂牆邊還堆著各種感謝女神在海波中拯救生靈的小祭品。

里奇駐足片刻，垂首苦思該對女神說什麼。

這回我做得太過分了，但那不能怪我，是美國人的錯。

里奇轉身時，恰巧與耐著性子坐在對面懺悔室裡的老神父四目相對。「今天沒客人啊，神父？」他喊道，努力掩飾心虛。

老神父的沉默令他心裡犯疙瘩，里奇這輩子幹過不少壞事。有一回他把向來是死對頭的漁夫的船給燒了；有幾次他背著老婆，跟幾名受他小惠，以身相報的妓女交好；他曾在盛怒下刺殺一名男子，至今仍相信是護海女神保佑，那男的才沒掛點。你可以用威脅的手段，叫活命的受害者閉嘴，但死掉的受害者一定會讓警察找上門。

里奇沒將走私及其他雜項視做罪行——那是別人的錯；他只是將那些人從A點載到B點罷了。但那件女神父命案，卻令他恐懼難消。那是錯的——他可以感覺得到，他的胃部悶痛不已。而且一整個星期，他的蟹籠全空無所獲，現在又傳出消息，有兩名憲警警官向漁夫打探關於命案的事情。如果那個美國人當初詢問他該去哪裡扔屍體，而不是隨便把屍首扔進海裡就好了！

當那副不潔的屍首被沖到安康聖母殿的台階時，魔鬼便黏上他了。他隨時可能在莫名颳起的暴風雨中，溺斃於潟湖區裡。瑪朵娜是女性，一定不喜歡人家在她的地盤上褻瀆神明。

里奇跟許多漁夫一樣從沒學會游泳，他跟海洋的關係就像住在火山邊緣的人一樣：深知自己遲早會被大海淹斃。

他四下環顧，附近沒別人了。里奇很快走到小包廂旁掀開簾子，朝半掩在窗格後的人喃喃說：「Mi benedica, Padre, perchè ho peccato.」

上主請保佑我，因我是罪人。

19

凱蒂回聖匝加利亞教堂時，時間已近中午。

「老美那邊如何？」皮歐拉問。

「沒幫助，而且看起來也沒什麼關連。」她解釋芭芭拉・霍頓查詢資料一事，當她說到那位一絲不苟，須要點手段才能套出資料的老美時，皮歐拉果然笑了。

「這邊有進展嗎？」她問。

「有一點，從波維利亞島犯罪現場的鑑識小組那邊來的。你知道牆上的符號嗎？有些是噴畫在牆上血跡上面的。」

凱蒂飛快尋思，「所以那是在受害者被殺之後才加上去的。」

皮歐拉點點頭，表示欣賞她一點就懂。「沒錯，而且依血跡與墨水混合的情形判斷，幾乎是立即動手的。」

「那表示什麼意思？」

皮歐拉聳聳肩，「誰知道？也許凶手想對他的作為發表評語。」

「你剛才說『有些』符號，她被殺前就有的是哪幾個符號？」

皮歐拉抽出資料，圈出其中三個。

「就這幾個，有兩個跟屍體上的刺青吻合，還有一個非常相似。」他抬眼問：「你找的專家對這三個符號有何看法？」

她回想道：「尤瑞厄神父嗎？他其實並未對這三個符號表示意見。」凱蒂緩緩說：「我的意思是，他很快就辨識出其他幾個符號的神祕涵義了——崇敬撒旦之類的。可是當我問到這三個時，他就沒說什麼。」

「他沒認出來？」

「怪就怪在這裡，若是不認得，直說不就得了？例如『很抱歉，塔波上尉，我不知道這些是什麼』。但他沒有，反倒解釋半天，說神祕主義者有時會發明自己的符號，做為等級的區別——神父的說法，讓人感覺好像就是那麼回事，但他卻沒證實。」

「所以這位仁兄也許認得這些符號，但不想明說。」皮歐拉思忖道。

「他不僅是位仁兄，還是個神父。尤瑞厄神父大概不喜歡撒謊，因此以誤導的方式來逃避回答。」凱蒂說。

「什麼原因會讓一名神父想誤導警方辦案？」皮歐拉字斟句酌地問。

凱蒂點點頭。「也許因為怕令教會蒙羞。噢，他還知道波維利亞島，含沙射影地說那裡很邪門，是信奉撒旦的人會選擇舉行祭典的地方。當時我心裡感到奇怪，我們的談話怎會導向那方面，但事後回想，我覺得他故意要我把本案跟怪力亂神扯在一起。」

「原因呢……？」

凱蒂不耐煩地說：「不知道。反正不太對勁，不是嗎？」

「這才是你的第一件命案，你卻告訴我，你本能地感覺事有蹊蹺？」凱蒂正想道歉，卻被皮歐拉打斷。「不管如何，我同意你的看法。有太多說詞彼此矛盾了——我覺得，其中有些必然是蓄意誤導的煙幕彈。我們先別妄下斷論，上尉，先蒐證，爾後再做推論。」

凱蒂的收件匣載滿了郵件，包括刊登某部落客寫的〈非法授任神職的謬誤〉那篇文章的網站。

✣　✣　✣

塔波上尉：

特以此信回覆您的查詢，敝組織無人涉及授予女性神職之事，若是得知會員牽涉此類活動，將立即與他們切斷所有聯繫，並將該訊息呈報給教會相關高層。

網站管理員敬上

「撇得一乾二淨！」凱蒂大聲說。

下面有另一封電郵，凱蒂認不出地址。

親愛的塔波上尉：

我知道你想找人談論女神父的事。我是女人，也是天主教神父。雖然教會目前反對，但就我所知，像我們這樣的人遠超過百名。真確數目很難釐清——因為女神父在暗中授任神職，我們許多人彼此不識。

我們若能擬妥安全的辦法，我會很樂意與你進一步討論此事。你有嘉年華的帳號嗎？有的話，會較易安排。

請原諒我未使用真名。

凱倫

皮歐拉聽到凱蒂吹出驚訝的哨音，便抬起頭。

「有一名女神父寫信來。」凱蒂解釋。她心裡狐疑：第一封信的語氣雖戒心深重，但把她的信轉寄給「凱倫」的，只有可能是那名覆信者。

「所以真的有女神父？」

凱蒂指指電郵。「她宣稱有，還提到嘉年華，這是嘉年華網站第二次出現了，不知道為什麼會這樣？」

皮歐拉聳聳肩。「我太老了，搞不懂網路，這方面的事就交給你和馬禮了，不過這件事優先辦理，好嗎？」

✣ ✣ ✣

裘賽培．馬禮在憲警總部閣樓高處，一間無窗的房間裡。很久前，這棟建築物還是修女院時，這裡曾是簡樸的新進修女宿舍。如今房中擺滿各種電子設備：硬碟、拆了一半的筆電、長長的電線與可攜式監視器。

馬禮跟她打招呼：「啊，上尉。我剛在檢查你們的小美人魚。」他舉起裝在透明塑膠袋裡的筆電硬碟，「恐怕救不了啦，威尼斯的海水把它知道的一切全部捲走了，要我扔掉嗎？」

「最好別扔，」凱蒂接下他手裡的袋子。「不管有沒有用，畢竟還是證物。文書作業弄好了嗎？」這棟大樓裡的每件物證，都有自己的保管流程檔案。理論上，證物一落到憲警手裡，每分鐘的去向都追得出來。

馬禮朝凌亂的工作台揮揮手。「在那邊某處，我會送出去。」

凱蒂找地方坐下來。「謝謝，其實我是想問你別的事。你知道有個叫嘉年華的網站嗎？」

「不會比別人知道得多，怎麼啦？」

凱蒂說明偵查到的兩條線索——第一是受害者的旅館房間，第二是自稱是神父的女子的信件。

馬禮想了想。「我猜他們把嘉年華當成一種安全通訊網路了，這辦法挺聰明的。」看到凱蒂一臉不解，馬禮解釋：「嘉年華以加密技術，讓使用者保持匿名。嘉年華由丹尼爾．巴柏親自操刀，是駭客界公認的上乘之作。一旦進入嘉年華，你的對話就是安全的，就像擁有自己的軍事級溝通頻道。事實上，嘉年華比軍事級更優。美國國防部的系統過去曾被駭過，嘉年華卻從來沒有。」

「我好像有看到丹尼爾．巴柏惹了麻煩的消息？」

馬禮點點頭。「不讓政府擁有監控網站流量的權限，現在被視作犯罪了。再幾個星期就要判刑了，大部分人認為丹尼爾寧可坐牢，也不願讓政府高層進入嘉年華。」

凱蒂的腦子忙成一團。「如果丹尼爾．巴柏告訴我們，咱們的受害者被殺之前，登入嘉年華做什麼，可能有助減刑嗎？」

馬禮揚聲大笑。「我明白你要說什麼，上尉。不過我若是你，不會抱太多希望。從來沒有人能說服丹尼爾．巴柏做任何他不想做的事。而他真的真的很不想做的一件事，就是讓你和我這樣的人進入他的網站。」

✣　✣　✣

凱蒂回信給「凱倫」，表示只要對方有空，隨時可與她碰面。接著她開始去嘉年華開帳號。

複雜度不會比在網路賣家上註冊複雜，首先得到「面具店鋪」選一副嘉年華的面具。身為威尼斯人，她根本無須費時：她總是戴Columbina，小鴿子，一種飾著羽毛與蕾絲的半臉微笑面具。在她的許可下，網站也同時搜尋她的電腦硬碟。

約莫一分鐘後，出現一個訊息。

您早，凱蒂·塔波探長

目前位址：威尼斯，國家憲警總部

以上內容是否正確？

接下來，嘉年華列出所有查得關於她的資料清單，凱蒂驚訝地讀著，清單上不僅列出她的工作、位階與年紀，還寫出她跟誰工作過、有哪些朋友、居住地、上過什麼學校與大學……等等，等等。

最後結語是：

別擔心，你在嘉年華將完全匿名，你的新身分是小鴿子七七五九。

你想做什麼？

她在選項上點選「進入嘉年華」。

20

一小時後，凱蒂終於登出了。她覺得兩頰發燒，頭腦昏脹。

無論她原先有何期待，都不是這個樣子。

一開始，她只是四處閒逛，享受嘉年華中那座與她熟知深愛的城市，全無二致的3D世界。每項細節都無可挑剔，包括窗台上惺忪雙眼，慵懶地曬太陽的黃貓；在運河上閃閃發光，隨潮水緩緩起伏的下午陽光。但這是一個無垢且沒有觀光客的威尼斯——除非你把走在人行道上，逕自鑽門而入，或坐在小船上，戴著面具的人算進去。

凱蒂不確定接下來該怎做，便跟隨人群進入總督宮（Doge's palace），大家似乎在翻查攤放桌上的幾部大書。凱蒂走過去，看到每本書上都列了一份名單，當她打開離自己最近的那一本時，上頭的名字便跟著改變，變成她認識的人——那些嘉年華從她的電腦硬碟中蒐集來的名字，有些還加了短短的註記。

戴菲歐·奎馬南西——四則條目

法朗西斯柯．羅帝——兩則條目

艾莉戴．派督維斯——六則條目。

艾莉戴．派督維斯是她讀憲警學校時認識的，兩人已經失聯，雖然凱蒂一直想加她臉書。凱蒂點進她的名字，紙頁隨之翻動。

艾莉戴．派督維斯。身材六十分，臉蛋五十分，床上功夫欠佳——令人不解，為何有過這麼多的經驗了，還如此笨拙。我知道她調到米蘭後，至少跟十個男人睡過……

艾莉戴．派督維斯。某天晚上大夥在餐廳時，她告訴我想跟女人上床，我想她是在勾引我……

艾莉戴．派督維斯。她為什麼要睡布諾．奎斯堤？跟他給她美國運通金卡有關嗎？

太恐怖了——但凱蒂卻抽不了身。她終於明白為什麼嘉年華和它的創造者會激起如此巨大迴響了。她痛恨自己讀這些荒唐八卦，但幾乎停不下來。

每次她決定走開，就又看到另一個她認識的名字，另一項渴望有人閱讀的條目。她希望那些名字會自動消失，好讓她發揮意志力，不再往下看。

接著，她突然恐懼地想到，說不定也有關於她自己的八卦。

凱蒂查了一下。

凱蒂．塔波——八則條目。

她點進自己的名字，網站跳出一道訊息。

你確定嗎？

她遲疑著，然後點下「取消」。

21

丹尼爾．巴柏跟往常一樣進入嘉年華，從嘉年華咧笑的面具首頁登入，輸入管理人密碼。螢幕上除了在登入欄下，出現兩行給管理人的專用選擇外，並無任何改變。

你希望：

A 被看見

B 不被看見？

他選擇B，再點選「進入」。

丹尼爾來到一棟鋪著華麗大理石的威尼斯豪宅——事實上，就是他在真實世界中，所處的同一座華邸。嘉年華的主要入口以巴柏府為模型，但他父親以前擺置的現代主義雕塑與畫作，在網路版本中已被刪除了。有幾名博學多聞的傢伙曾痛評過這項細節，丹尼爾當時還耐著性子努力解釋，用一個他所熟悉的地方，為嘉年華的3D部分建立模型會輕鬆很多，把賈科梅蒂和畢卡索的作品剔掉，是為了避開跟擁有這些作品版權的基金會產生糾紛。

儘管解釋合情合理，但丹尼爾知道，那些人批得不無道理。

穿戴十七世紀服裝與面具的人，在他身邊來回奔走。巴柏府在嘉年華中，是個領取郵件或搭乘貢多拉到威尼斯其他區的方便地點，你甚至可以在這裡使用虛擬電腦，亦即你若上臉書，真實身分可隱匿在嘉年華的面具下。

通知臉書使用者的「有人仰慕你」應用程式，會送上一朵虛擬玫瑰，花瓣在往後數日慢慢凋落，這是嘉年華最初吸引舉世目光的幾項功能之一。數百萬匿名訊息蜂擁而至，尤其是在增加贈受雙方匿名進行私密對談的新功能後。

當然了，沒多久便有人模仿原始碼，製出「有人賭爛你」的程式。臉書面對眾怒，試圖防堵所有嘉年華的申請——結果發現臉書根本無力防堵嘉年華滴水不漏的程式碼。傳說臉書創辦人馬克・祖克柏（Mark Zuckerberg）親自拜託丹尼爾・巴柏，後者才同意揭露程式的編碼過程。

但上述爭議，比起丹尼爾容許嘉年華從用戶的個人電腦截取其在真實世界的資料，簡直小巫見大巫。技客[18]的說法叫「搜刮」。嘉年華並利用截取的資料，建構出你所認識的人：你的同事、家人、鄰居、朋友、甚至你在追哪些名人。批評嘉年華的人說，這是在誘人參與最惡劣的搶劫行為。即便如此，然而造訪嘉年華網站的人數卻竟一夕翻漲四倍。

丹尼爾從不回應任何批評，他對人們利用他的網站做什麼並不感興趣，也不明白自己為何要為別人放在網站上的內容負責。威尼斯人戴面具已超過近五個世紀——事實上，面具剛引介進來時，人們在做不名譽的事時，若未戴面具，是要受罰的，目的是讓在賭桌上輸錢或被戴綠帽的商人，在做交易時能不失自信地管好自己的工作。謠言、醜聞跟跳舞、淫逸一樣，皆是威尼斯生活的一環；它們甚至有個帶著雙重字義的單字chiacchiere，意思是「誹謗」及「愉快地消磨時光」。在丹尼爾的城市裡，這種老掉牙的爭議很早前便已定案了。

✣　✣　✣

此時，隱身於不知名人群裡的丹尼爾找了地方坐下來，耐心等待十二點鐘的到來。

他壓根不知自己在等誰或等待的理由，僅知道他在辛苦篩檢嘉年華的大量資訊時，瞥見一兩個異常處，一些他無法解釋的個人行為模式。他到這裡追蹤其中一人。

每天十二點整，有人會進入嘉年華裡小小蹓躂一下，走同樣路線，在網站上留下相同的加密短訊後離開，而也正是在十二點鐘，會有一股或幾道相同的力量，試圖闖破嘉年華伺服器的防禦。這兩件事可有關連？丹尼爾確信一定有。但這位訪客究竟是侵入者的同謀或是受害的目標，便不得而知了。

---

18 技客（geek）：熱愛並深入研究電腦和網路技術。

正午，有人出現在丹尼爾面前了，那是一名女子——性別在嘉年華裡的意義不大，只是個人的選擇，與事實無關。她戴了一種叫多明諾的嘉年華面具——因源自神父外面黑色內襯白色的帽兜（Domino）。

女子轉身戒慎地檢視四周，彷若尋人。接著她對眾人說話——在嘉年華裡實屬罕見。但女子的訊息還是加了密，只有收信的對象才能解鎖：「Wrdlyght? Dth reht jerish?」

沒人回覆，片刻後，女人轉向碼頭，越過一艘艘貢多拉，朝城裡走去。丹尼爾跟著女人走了一百公尺後，對方轉身沒入一間附近的小教堂，那是虛擬的奇蹟聖母堂（Santa Maria dei Miracoli）。

女人再次喊道：「Wrdlyght? Dth reht jerish?」再度無人回答。

女人跪在神壇前作禱告狀，這在嘉年華中也不常見，因為人們只想耽溺於荒淫裡。丹尼爾隱身來到女人身邊，仔細打量此人。她的面具與服裝都是標準配備，絲毫不見嘉年華鐵粉偶爾會有的誇張打扮。此人也可能只是選擇在這個時間點，進入嘉年華世界的任何一位用戶的化身。

剎時間，嘉年華的世界震搖了一下，大部分用戶幾乎不會察覺，或僅以為是軟體的小故障，但熟知嘉年華每行程式的丹尼爾知道有蹊蹺。

這看起來不像攻擊，天空未掉下火球；牆壁的砌石未坍在街上；運河裡沒有鮮血濺灑。但奇蹟聖母堂十五世紀的牆壁，短暫地崩落成測量線，露出裡頭的電子線框，底下的大理石紋糊掉了，貼著金箔的屋頂還透出天空。丹尼爾覺得自己像娃娃屋中的小人般，被某個十分強大的人抱起小屋搖著，試圖窺視屋中。

丹尼爾等候著，伺服器做出回應後，嘉年華再度恢復正常。攻擊失敗了。

女人起身走到陰暗的角落，陰影中有個陳舊的橡木箱子。丹尼爾認出那是個儲物箱，他和他的工程師在城裡四處擺放幾十個這種中世紀造型的箱子，讓使用者可在網路任何地方，安全地留下訊息。

女人以密鑰解開箱鎖，再往裡探看。丹尼爾也跟著張望：箱子裡是空的，但他發現特製的箱子內部設計頗不尋常，木製的箱蓋上雕了一個象形文字式的圖紋，雖然這類特製功能是他創造的，但丹尼爾從未見過這樣的紋樣。

女人在箱中扔下一道訊息，然後再度上鎖離開。訊息雖也加了密，但丹尼爾本能地知道訊息的內容。

我苦苦等候，但你從不出現。你在哪裡？

22

荷莉留話給伊安．吉瑞，請他不必翻譯她請託的文件了。沒想到老探員回她電話時，竟顯得有些遲疑。

「怎麼了嗎？」她問。

「呃，可是文件我已經看了。」

「所以呢？你找到什麼了嗎？」

「你答應過要一起吃飯。今晚有空嗎？」他答非所問地說。

「當然。」

「我今天得去威尼斯出席藝術展開幕式，你能陪我去嗎？之後我們再去吃飯。」

「聽起來不錯。」

「太好了。」他告訴荷莉碰面地點，然後約好八點鐘見面。

✣　✣　✣

荷莉在藝廊跟吉瑞碰面。吉瑞說那是軍火庫附近一個改裝的倉庫，常拿來當威尼斯雙年展的展場。

「你對現代藝術很有興趣？」她佩服地四下張望說。沒想到吉瑞的品味竟如此高超。

吉瑞咯咯笑說：「並沒有，不盡然是那樣。擁有這些收藏品的藝術基金會創立人曾是我好友──威尼斯貴族馬堤歐．巴柏。他去世前託我到基金會擔任非執行董事，所以便成了退休後的另一份小職差。」

凱蒂思忖道：「巴柏，我知道那個姓。」

「他兒子丹尼爾小時曾被綁架。」吉瑞沉聲說：「這事別張揚。我就是那時認識馬堤歐的。綁架期間，我軍對義大利提供一些非正式協助，可惜我們雖盡了力，孩子還是失去雙耳和一部分鼻子。丹尼爾出事前，個性原本就怪，出事後變得越來越退縮。他父親究責自己當時沒給綁匪要求的贖金。」

「丹尼爾今晚會來嗎？」

「應該不會，他盡可能不參基金會任何活動。」他瞄荷莉一眼，「對了，你看起很漂亮，希望泰德能知道他女兒出落得多麼亭亭玉立。」

荷莉臉一紅。「謝謝。」

她確實精心打扮過，見過塔波上尉後，荷莉才明白一般義大利女性有多麼重視穿著，於是她決定，自己若偶爾要脫下迷彩裝，改穿便服，非好好打理一番不可。她在維琴察找到幾間小巧精美的商店，每項物品都令她增色千倍，荷莉花了一個下午試裝，過程中卻越來越不確定該買哪一件。精品店的好心店員最後幫她找到一件簡單，有淡灰色圈環的喀什米爾毛織品洋裝。其實她不用試穿就已經很愛了，何況無接縫的毛料套在皮膚上，觸感柔軟得不可思議。荷莉在試衣間的鏡子裡看到了一名女人，而非士兵，那感覺好陌生——衣料貼在她瘦長結實的身體上，竟還襯出些許曲線。不過她得吞下大量麵條，才能擁有塔波上尉那種沙漏般的性感身材。荷莉還買了高跟鞋，但她在離開基地前便放棄不穿了。習慣軍靴後，連運動鞋穿起來都跟芭蕾舞鞋一樣不踏實。

兩人邊走逛，吉瑞邊解釋馬堤歐．巴柏特別鍾情於蒐集二十世紀初，義大利未來主義畫派的作品。這些五彩繽紛，甚至豔麗的作品，對荷莉來說有點過於陽剛，且重複了些。大部分出席者並未太在意畫作，大家互相親吻臉頰，乾掉一杯杯空了又斟滿的氣泡酒。每當吉瑞為她介紹，習慣軍中位階分明舉手禮的荷莉，便被一堆陌生男女親密擁抱，感覺極不自在。在荷莉大概解釋不下十數遍以說明自己的身分，與為何她能說流利的義語後，吉瑞才終於悄聲說：「呃，我想我們在這裡的義務算盡完了。」

吉瑞帶她到里爾托橋（Rialto）附近的托斯卡尼餐廳，餐廳員工——穿著蝴蝶結領帶與黑背心的侍者，年紀甚至比吉瑞還大——逗他說，他的新女友也太年輕了，並誇張地推薦各種壯陽的回春菜餚。

「希望你別介意。我認識這些傢伙很多年了。」他低聲說。

「我一點都不會介意。」她說的是真心話。他們的大驚小怪，令荷莉受寵若驚，毫不尷尬。她發現吉瑞的義大利語說得跟她一樣流利，但他跟侍者聊天時，還摻雜了一些難懂且幾乎另成體系的威尼斯方言，連外地的義大利人在此也難以融入。

吉瑞點了牛肝和沙丁魚，荷莉點了義大利鮫和旗魚。點完菜後，吉瑞說：「我看了一下你給我的那些文件，有一、兩位以前的同事問我，『這個寄信問我們查詢政府公開資料的博蘭少尉是誰？我們認識她嗎？』」他眼中精光閃動，「我很高興自己能搶得先機。」

「我只是做些後續……」荷莉才開口，便被吉瑞打斷。

「噢，不必道歉，逗逗以前的同事，是我僅存的少數娛樂之一。」他漸漸嚴肅起來，「還有，我從來不喜歡發現我們自己這邊的人——該怎麼說好呢？——有別的不恰當意圖。」

荷莉瞪著他。「那些文件就是那樣嗎？」

吉瑞做了一個誇張的義大利手勢，意思是：也許是，也許不是。「目前我只看出是一九九三到一九九五年間，在埃德里基地舉行的會議紀錄——不是會議內容筆記，較像是安排討論的時間表。問題是，為什麼要在埃德里舉行那些會議？還有，文件為什麼用克羅埃西亞語寫？」

「因為某位只會說克羅埃西亞語的人，需要一份紀錄。」

「沒錯，我猜那人必定是資深的克羅埃西亞軍人。」

「鐸剛・柯洛維克嗎？」

「有可能。但就是這點令我有些難安。外國軍事指揮官若到我單位所屬的美軍基地開會，為何我會一無所知？根據規定，我方與非盟邦國家有任何接觸，都該主動通知中情局。」

「所以你認為是怎麼回事？」

「有沒有聽過一個叫劍黨（Gladio）的組織？」吉瑞以另一個問題來回應她的問題。

荷莉搖搖頭，「我應該要聽過嗎？」

「這是個很有意思的故事。一九九〇年，義大利總理朱利奧．安德洛帝（Giulio Andreotti）在國會面前坦承，自二戰末期以降，義大利歷任總理都知道北約一直在義大利境內祕密布建自己的軍事網路。表面上其成員是一般的義大利公民——醫生、律師、政治家、神父，他們全都是熱血的反共人士。北約訓練他們、演練他們、提供他們武器與薪資——一切均暗中進行。他們是一支隨時待命的游擊隊，而且外界對他們毫無所悉。」

荷莉驚異地說：「我的天。可是……為什麼？」

「戰爭結束，俄國緊控東歐時，北約以為他們也覬覦義大利，而且民主共產黨在義大利民調中，意外取得成功。因此最初的想法是，萬一俄國入侵，或共產黨取得政權，劍黨便揭竿而起，正式反抗。」

吉瑞頓了頓，咬一口指間的脆麵包。「不過安德洛帝總理坦認的還有更多。後來俄國待在鐵幕之後，有些劍黨黨員開始利用他們的專業——以及北約提供的高性能炸藥——來控制義大利內政。劍黨幹下了十幾起暗殺、爆炸和其他暴行，甚至刺殺另一位總理阿爾多．莫羅。莫羅在即將宣布與共產黨共同治國的前幾天，被劍黨擄走、虐待並殺害。」

「anni di piombo.鉛年代。」荷莉說。

「沒錯。」

每個義大利人都知道鉛年代這個指七〇及八〇年代政治動盪期的詞彙。「鉛」意指當時的飛鉛彈雨，警方完全無法控制街頭，做律師的也得勇氣過人，才敢出面起訴。

「他們稱之為『疲勞戰略』。」吉瑞接著說：「基本上就是煽動報復與消滅敵人，但重點是，劍黨是北約造成的，中情局對劍黨並不知情，至少官方如此。」

「那麼非官方呢？」

「噢，我們有聽到謠言、臆測，一些似是而非的消息，與一些籌劃精密，不像出自業餘人士的行動。當然了，伊朗門醜聞19讓我們知道這些人能幹出什麼事。但那都只是謠言與猜測，所以我們將之視為無稽之談，不予理會。萬一真的屬實，豈不顯得我們很蠢。」

結果陰謀論竟然不是胡說。想到這點，荷莉不免心驚，她說：「他們的布網發生什麼事了？」

「安德洛帝宣稱劍黨已按其命令解散了，結果沒有半個人被捕、被起訴。」

「那倒省事。」

「非常省事。」吉瑞眼神遠飄，「這事看起來像是過去了，因為共黨政權紛紛瓦解。我猜你那時年紀太小，不記得冷戰結束的情形了。」

她說：「我記得柏林圍牆倒下時，我剛好在鄰居家，電視播出消息……人們爬上圍牆大聲歡呼，我父親提早回家，說基地每個人都在慶祝，他說……」她頓了一下，聲音一哽，「他說：『也許現在我們都能回家了。』」

吉瑞點點頭。「當時我們的確都那樣想，共產主義被擊敗了，北約的任務完成了，大部分人真的相信事情已結束，結果卻……」

「卻怎麼樣？」

「南斯拉夫在數年內爆發內戰，一開始只是地方性衝突，不久越演越慘烈。塞拉耶佛、波士尼亞、科索沃……駭人的殘忍行徑，就在歐洲眼前發生。全球大聲疾呼，要北約出面處理。北約不僅發動空襲，也展開維和行動，派出保護部隊。美軍至今還派駐在科索沃，冷戰後的北約組織變得更為龐大，而非縮減。」吉瑞頓了頓，「我常想，怎麼會演變至此。」

荷莉愣了一會兒才明白他的意思。她不可置信地說：「等一下，你是暗指北約為了保證該組織的生存，蓄意煽動南斯拉夫戰火？」

「我沒有這類事項的證據，荷莉，但我實在想不出別的理由，為什麼在埃德里基地下的通道裡，會有用塞爾維亞—克羅埃西亞文寫成的文件。」那對藍眸冷靜地平視她，「劍黨一事沒有任何人得到懲罰，更甭提被逮捕了。那些人接下來做了什麼？劍黨一夥人真的解散了嗎？或者那些人一直彼此聯繫，暗中籌謀？你知道嗎，劍黨之事一經揭發，警方便被派去搜回他們的武器與爆破裝備了，那些東西藏在教堂地窖、地下墓穴、偏僻的農場……且無一例外的，在警察起出它們之前，就都消失了。約莫一年後，那炸彈被拿來攻擊波士尼亞老百姓。多年來我一直自問，美國是不是再度被騙了。」

荷莉聽吉瑞說得激動，知道他在講述一件自己仍非常在意的事。

吉瑞微微笑道：「所以，我想你得做個決定。荷莉，查詢資料的人死了……」

她立即看著他，「你認為是因為這件事？」

吉瑞聳聳肩，「就我得到的情報是義大利警方不認為有關連。」荷莉沒問吉瑞，他的消息得自何處，

---

19 伊朗門醜聞（Iran-Contra）：八〇年代中期的美國政治醜聞，雷根政府祕密軍售伊朗以交換美國在黎巴嫩的人質。

或點出他並未真正回答她的問題。「重點是，你完全沒有義務對這項消息做任何事，更不必去追究更多消息。我是說，你沒有法律上的責任。」

「北約基本上就是美國。」荷莉緩緩說道：「我若試著進一步探索，就等於是在找尋對我方不利的證據，而成為一名……告密者。」

吉瑞點頭表示同意。「另一方面，你查到的東西，我知道該拿去找誰，我們會保密一切。」

「我們？你願意幫我？」

「當然，至少我欠你父親這份情。」

荷莉愣了一秒才明白他剛才說什麼。「我父親？這跟他有什麼關係？」

吉瑞定定看著她，「泰德．博蘭很早便對我們現在所說的劍黨提出警告，他試著把這件事往上報，甚至還告訴我了。當時我啥也不懂，還安慰他說沒什麼好擔心的，結果他被視為搗亂者。泰德雖然還待在崗位上，但我想，他在達比基地剩下的日子，過得並不好受。」

「我以前都不知道。」荷莉慢慢說道。原來如此，後來那幾年，父親挫敗不振，莫名地頹廢起來，然後他開始酗酒，不久後便首度中風。

「如果我想追查這件事，該怎麼做？」荷莉問。

「只要跟著證據走。我覺得很有可能是一小群能做決策的人士，他們不信任一般溝通管道，必定是當面開會——就像那幾場被你翻出來的會議——因此必然有證據可循。」

「吉瑞先生，長官……伊安……這事我得想一想。」

「當然，這是個重大決定。」他頓了一下。「我應該告訴你，我很久不曾如此主動出擊了，荷莉。不管我這個老間諜還能提供什麼專業或建議，都悉聽你差遣。」

23

荷莉無法入睡，跟伊安．吉瑞的談話令她激動莫名，話中的暗示更讓她心煩意亂。她返回基地時已過子夜，但她聽到咚咚鼓震的搖滾樂，從遠處喬杜根酒吧的方向傳來。

超棒的，大兵比利．魯塔斯如是形容。

現在是週六夜，她開始往音樂的方向走去。

✣ ✣ ✣

比利．魯塔斯說得沒錯：喬杜根是間很酷的酒吧。事實上，如果你心目中的好酒吧是燈光昏微、在德州鄉間的藍調大酒吧、擠簇著身材精實的年輕人、震耳欲聾的音樂聲與重低音如同另一個心跳般地在你的胸口鼓動，那麼你一定會愛上這裡。老實說，荷莉認識的人，都會覺得這間酒吧很優。

荷莉身上還穿著跟吉瑞見面時的高級毛織洋裝，在這種環境裡，略顯過於盛裝，但總比憔悴邋遢好吧。荷莉發簡訊給比利，看他是否剛好也在。

比利也在。幾分鐘後，荷莉手裡便多了一杯啤酒，身邊環著一群熱切的年輕男子了。基地裡的男女比例約三比一，這是她在部隊裡必須適應的事項之一。荷莉是家中獨女，有三位兄弟，荷莉常想，不知是否因為這樣，她才能在軍中如此自在。你若受不了一大群男人——受不了他們的衝動興奮、高聲歡叫，受不了啤酒的噴濺，或被大量分泌的睪固酮環繞——那麼就不該從軍。

荷莉很快發現，今晚雄性激素特別高漲，是因為有三個連隊的海軍剛從阿富汗飛抵基地。這是他們受攻擊後，第一次放休養假。播放著影片與照片的相機與手機被四處傳閱。他們的任務應該極為激烈危險吧，荷莉看到留著長鬚的村莊老者；穿著波卡服的女人蒙住全身，露出晶亮的雙眼；戴著豔色羊毛帽的阿富汗孩童，咧嘴笑著一手握住M&M巧克力，另一手豎起大拇指。

她看到一張被割了喉的塔利班戰士照；另一張照片裡的士兵，搞笑地拎著割下的人頭，戴面具似地放到自己的頭前。不過大部分照片，是一堆棕色房舍、棕色田地和戴著遮陽鏡，沒穿襯衫，曬得黝黑的海軍。

有個叫強尼．萊特的少尉請她喝啤酒，此君似乎以為他們是同階新進軍官，就有權獨占荷莉，令荷莉有些不悅。不過當強尼表示要到外頭抽菸時，她也跟著去了。

結果他所謂的「菸」，其實是「大麻」。「最上等的阿富汗黑大麻。」強尼咧嘴笑說。

「你從哪兒帶回來的？」

「我哪敢帶，我們上機前得打開行李，給檢疫犬聞過後才能登機。我在威尼斯弄到的。」

他們繞到酒吧後邊抽菸，大麻的氣味強烈香甜，她好喜歡才吸第一口，腦中便充盈輕柔地像汽球般擴散開來。

「你要幫我吹喇叭了嗎？」強尼又抽了口菸說。

「別鬧了！」荷莉大笑。

強尼把菸卷遞給她，荷莉接菸時，強尼拉起她的手腕，一腳勾到她膝蓋後，迅速而熟練地強迫她跪下來。「不，我是真的需要人幫我吹喇叭，現在就要。」

「去你的。」荷莉罵道，突然發現他玩真的。

「我把大麻分你抽，還請你喝啤酒，我六個禮拜沒人幫我吹管了，我自己可做不來。乖乖聽話，張開你可愛的小嘴。」

強尼十分健壯，單手便能擰住荷莉的手臂制住她。他用另一隻手掏出自己的老二。

荷莉努力保持冷靜。「你幹這種事，軍旅生涯就算完蛋了，強尼。你要三思，放聰明點，把傢伙收回去。馬上！我不會告訴任何人的。」

強尼對著她哈哈大笑。「我完蛋？這種事你才不會跟人說，少尉，除非你想驗毒失敗。」

荷莉覺得自己真是白癡。

「乖乖做就對了。」強尼粗聲說，視荷莉的沉默為同意。他住後靠到牆上，雙手覆到她耳上，將她的頭扭向自己挺立的陽具上。「別逼我揍你。」

「好吧。好，這樣可以了嗎？你先別急。」荷莉很快說道。

「乖女孩，別跟我耍花樣。」

強尼放鬆雙手，荷莉單膝跪伏，像準備起跑的賽跑者。

她垂下頭頂對準強尼的胯下，朝他奮力一撞，以四分衛的千鈞之力，直搗對方睪丸。由於背後堵著牆上。

壁，強尼無處閃躲，荷莉感覺他的身體像書被闔上一樣地對折。

強尼軟倒在地，痛喘不已，荷莉站起身。

「回頭見，強尼・萊特。」她甜聲說。

24

週日早晨醒時，凱蒂竟有些淡淡的失望。怎麼回事？她瞄著床舖空下的一邊，不對，不是那個。雖然她週六夜孤枕獨眠已有一陣子了，但她還受得住。事實上，通常就是在事後，她會想著如何婉轉地暗示里凱多或昆西歐，該去沖澡準備走人了。

是的，她知道失望感來自今天是週日，因此不必工作。

凱蒂看看時鐘，九點半，她睡晚了，但她凌晨兩點後才回到家。她跟皮歐拉工作到午夜，然後在聖匝加利亞教堂街角的小餐廳吃義大利紅酒飯（risotto all'Amarone）——這是經典的維洛納菜，以半乾燥葡萄釀成的紅酒煮出來的燉飯——一邊討論案子，直至兩人筋疲力竭。

凱蒂起身用摩卡壺煮了些義式咖啡，打算去沖澡，順便打開筆電。她還有些案件的背景資料得查——事實上，她列了一份想在得空時，再次檢視的事項清單。

凱蒂打開筆記本，找到跟美國軍官會面的筆記，在搜尋引擎中鍵入「鐸剛・柯洛維克」，然後按輸入。

一個小時後，咖啡壺都空了，凱蒂卻還沒沖澡。

✣ ✣ ✣

丹尼爾．巴柏一直沒睡，在嘉年華的街頭巷弄裡走晃，像隱形的天使，尋找戴多明諾面具的女子。他有好幾次跟蹤其中一人，結果卻看對方遁入其中一間賭場或網路妓院，那是嘉年華的主要娛樂場所。他相當篤定，這些女人都不是他想找的那位。

丹尼爾又回奇蹟聖母堂檢查，過去幾天他不斷重複做這件事。當他接近聖母堂時，看見兩個人穿過高聳的橡木門。丹尼爾加快腳步。

他在教堂裡看到一幅奇異的景象，教堂長椅上滿滿是人，三十名戴著一模一樣多明諾面具及黑色服裝的人，動也不動地垂頭面對聖壇而坐，空中飄滿了加密的訊息。那些共享一把通關鑰匙的人，應該都懂得訊息的意思：丹尼爾敢打賭，除了自己，這裡每個人都懂。

一位身材高大的人士，站在前方面對眾人，此人也戴了多明諾面具，而且還奇怪地穿著祭披與聖衣。

丹尼爾在一旁觀看。那人說：「Freg mkil yrt ortinariop?」

會眾齊聲答道：「Kptry iplf dwsta.」

是神父在舉行儀式，這點並無疑慮。若在其他時候，丹尼爾發現嘉年華被拿來做這種意想不到的用途時，必會覺得有趣。但在過去一週發生那些事後，丹尼爾的第一個念頭是：「為什麼？」

✣ ✣ ✣

荷莉在簡約但設備齊全的埃德里旅館房間醒來，空中飄著空調與靴油的氣味，荷莉想起今天是星期天。

她睡得極不安穩，甩不掉海軍軍官意圖強迫她的不快。荷莉確實非常氣他，卻也惱怒自己。共同吸食大痲，等於是自己往陷阱裡跳。荷莉反正不會舉報他——或責罵他，除非自己無力擊退他。軍中除了最嚴重的違紀外，並無抱怨文化，自己的仗得自己扛。

軍中也沒有告密文化。

外頭傳來的聲響與基地其他的日子無異，一個班排呼呼有聲地在上士的催促下，從她窗邊跑過。士兵們邊跑邊用百年傳唱的曲調吆喝著。

從前愛著美嬌娘
現在愛著M16

也許明天他們便會被派去阿富汗，被沒穿制服，以衣夾和手機拼湊出炸彈的敵人炸死。若有人回來後變得神經兮兮，也無須訝異。

不知自己多久之後，能目睹戰鬥，也許要好幾年後吧，屆時阿富汗戰爭可能已經結束，被新興的衝突所取代了。有人預測非洲會發生冷戰，中國成為新的敵人。其他人說，將來美國會與東山再起，由伊朗率領的伊斯蘭聯盟衝突。唯一能確定的是，美國總是會在世界某個地方作戰。

難道真如伊安．吉瑞所指，其中有些戰爭是美軍自己煽動的？荷莉知道並非不可能，就連軍中都有不少人認為，號稱在伊朗找到的大規模毀滅性武器，其實是五角大廈為了師出有名，而虛構出來騙英國的。荷莉深信幹下這種事的人，背叛了美國軍魂的基本理念。

荷莉穿上訓練服走到戶外，輕鬆地跟在部隊後方兩百公尺，由於她太熟悉大兵的喝唱了，因此直到他們開始不三不四地亂唱，荷莉才意識過來。

瞧那穿黑衣的大姑娘？
讓她躺著幹活去。
瞧那南方來的俏姑娘？
叫她開口吹喇叭。

荷莉想到強尼．萊特少尉，他會參與吉瑞描述的那種行動嗎？那種違反美軍所有信念的行動？如果別人計畫好了叫他去幹，他當然會，若沒有像她和吉瑞這樣的人，誰會去阻止強尼那種人？

別以爲這項任務簡單安全，就不需要勇氣或無所謂了，福斯特少校曾對她說。現在她接下的任務，顯然比以前的工作更攸關美軍的榮耀。

我會去做的，爸爸。

她想起跟吉瑞告別前他說的話。荷莉問他為何如此在乎這些過去的祕密，他不是該好好享受現在的退休生活嗎？

那時他們正要離開餐廳，威尼斯起霧了，運河沿岸的燈光變得氤氳濛濛，腳下的黑水，如輕輕晃動的幽黑鏡面，漫向遠方。

「荷莉．博蘭，我發現自己在乎三件事。」吉瑞終於說道：「一是我服務了三十年的國家，二是我以前工作的單位——我在乎中情局的剛正與名譽。還有第三。第三就是這個地方。義大利會融入你心裡，不是嗎？媽的，我在這裡住了那麼久，現在大概都變成半個義大利人了。如果我方有人想破壞義大利，而且還當著我眼皮底下，我很想一探究竟，並匡謬解誤——如果可以的話。」他大笑著拍拍她的肩膀，「也許只是因為那樣比上羅馬軍事史更有趣吧。」

兩人雖有年齡差距，荷莉卻當他是自己人，一位像她一樣，能以更寬廣的角度看待這個狀況的人。但此時細想今晚的事，荷莉看出吉瑞如何巧妙地引她上勾了。吉瑞說要幫她——講得好似願意供她差遣，荷莉卻發現事實可能相反：被徵用的人是她，而且是為了她尚未完全明白的理由。

25

「你瞧他！好可愛的小孩！把外婆逗得開心得不得了，對吧？」

凱蒂嘆口氣，她雖然深愛母親，有時卻希望老媽能收斂點，當她說話句句帶刺時，家庭午餐就變得很累人了。

老媽正在誇凱蒂十三個月大的外甥蓋比瑞，小鬼此時坐在凱蒂的外婆，蕊妮塔的腿上。蓋比瑞用肥嘟嘟的小拳頭，握住沾著油兮兮麵醬的湯匙，肥胖的臉蛋像被口紅橫七豎八塗過似地抹著醬汁。除此之外，小鬼還笑呵呵地任蕊妮塔邊餵他，邊用膝蓋輕搖著。

「她活到八十九歲，都看到曾孫子啦。」母親說：「當然了，這是她的第一個曾孫，蕊妮塔在你這個年紀時，已經生下我和你所有的舅舅了，而且在那之前，她還跑去打過四年戰爭。」

母親言下之意，當然是指凱蒂的妹妹克蕾拉成功產子，而凱蒂卻沒有。而且克蕾拉圓呼呼的大臉，跟小蓋比瑞相互呼應的燦爛笑容，不斷地提醒眾人，又有個寶寶也準備降臨了。相較之下，凱蒂這個做姊姊的太令人失望了，她從上大學後，連個男朋友都沒帶回家來，更別說是生孩子了。母親從一開始就對凱蒂選擇的職業有意見，而凱蒂身邊一直缺乏固定對象，更加劇她的憂心。

因為對她父母那一代人而言，憲警根本是個笑話。即使現在，母親在兩杯黃湯下肚後，還是很愛調侃他們。例如：

農夫看到一輛憲警車倒退著開上山。「你們幹嘛倒著開車？」憲警回答：「我們不確定山上有沒有地方調頭。」過了一會兒，農夫看到同一輛車倒著開下山，「現在你們幹嘛又倒著開？」農夫問。「結果我們找到地方調頭了。」憲警答道。

怎麼樣能燙到憲警的耳朵？趁他燙衣服時打電話給他。

乘客問憲警，他車上儀表板的指針可以運作嗎。「是，好的。」對方回答，「不，壞掉了。是好的。不，壞掉了……」

為了避開母親，凱蒂坐到她喜愛的蕊妮塔外婆身邊。凱蒂總懷疑外婆並沒有像老媽所想的那麼喜歡寶寶，因此當外婆很快地把「變得有點重」的蓋比瑞交給凱蒂時，她並不覺得訝異。凱蒂接手餵食，祖孫倆邊聊天邊擦著黏膩的手指。蕊妮塔外婆很愛聊她當游擊隊時的故事，當時德軍占領義大利，游擊隊退守山區，這些故事凱蒂從來聽不膩。

蕊妮塔咯咯笑說：「我們那時沒法結婚，因為找不到神父——他們全逃跑了。所以就算沒結婚的，也過得像夫妻一樣，只是不能生小孩。那也是沒辦法的事，戰時可不適合把屎把尿。」

「你比較喜歡哪一樣？」凱蒂狡猾地問：「打仗還是幫我媽把屎把尿？」

蕊妮塔外婆瞟著眼，看女兒是否在聽。「打仗！那是我這輩子最精采的時光，戰後我們以為一切會持續下來，可惜神父跟其他男人希望回歸原樣，所以女人又恢復生兒育女、煮飯燒菜了。」

「我想我應該也會喜歡打仗。」

蕊妮塔外婆點點頭。「我向來覺得你像我，告訴外婆，你的戰爭進行得如何？」

「我正在辦第一件謀殺。」凱蒂驕傲地坦承說。

老太太一時間沒會意，「你要去殺人？那種事好像已經不允許了。」

「對不起，外婆——我的意思是，我正在偵辦第一件謀殺案，我的上校長官非常厲害，至少辦過十幾件命案……」

後來凱蒂幫忙拿髒碗盤進廚房時，她母親問：「所以咱們什麼時候可以見到這位阿爾多．皮歐拉？」

「你聽見了？」

「我不想聽都不行——你講了整整二十分鐘，別的都沒提。希望他長得還行。」

凱蒂呻吟說：「媽，他是我老闆。」

「老闆又不是不能變男友，對吧？」

「人家已經結婚了。」

「結婚了！」母親一臉驚愕，彷彿逮到皮歐拉犯重罪。

「當然啊，人家為什麼不能結婚？」

老媽未直接回答，僅酸溜溜地說：「記得以前憲警隊是不許有女軍官的。」

「那是十年前的事了，我可先跟你說，人家是位標準紳士，不好色、不搶功，而且非常尊重我的工作。」凱蒂話還沒出口，就知道老媽會做出那種當她還十二歲，不解世事的表情了。凱蒂好想大吼，我是憲警隊的軍官啊，老媽！我看過被射死扔在運河裡的屍體！我要對付幫派份子和罪犯！我知道如何照顧自己！

但她只是嘆口氣，「趁老爸還沒睡著，我去跟他聊一聊好嗎？」

26

凱蒂原本打算從聖艾琳島父母的公寓直接回家，但母親的話搞得她心情大壞。經驗告訴凱蒂，這不是晚上看個電視和上上臉書就能搞定的。於是她繞道別處。

凱蒂只打算去散個步。她的確很喜歡威尼斯的冬日下午，寒冷的北風從高山捲下細碎的雪片，空氣裡像飄滿了閃閃發亮的金片。在這短暫疏曠的旅遊淡季裡，威尼斯的六萬居民，暫時未被其他季節裡，鑽動於窄小人行道上的六百萬觀光大軍逼壓到無處可躲。凱蒂充分擅用這點，邁步走向聖匝加利亞教堂，一開始她並未覺察自己往哪邊走。

凱蒂來到樓上的指揮中心，以為裡面不會有人。她決定花兩個小時閱讀最新文件，撰寫前一週的報告，以順利面對新的一星期。

孰料皮歐拉的玻璃隔間辦公室裡，竟有一名女子。女人站起來，緊張地檢視四周，凱蒂看到她的皮夾克下，穿了件低領上衣。

皮歐拉帶著酒和兩個塑膠杯回來，把東西放在桌上，女人搭住他的肩膀說了幾句話，皮歐拉認同地笑了笑。凱蒂雖盡量不妄下斷論，但女人確實故意拱起胸部，迎向他的目光。

就在此時，皮歐拉抬眼看到凱蒂，揮手要她進去加入他們。

皮歐拉對走進辦公室的凱蒂解釋，「這位是詩佩拉，今天很適合帶她來聊一聊，詩佩拉有點害羞。」

詩佩拉配合地高笑數聲，用一對狡黠的黑眼瞟著凱蒂的臉，打量她。凱蒂挨近後才發現女人的臉妝好濃，皮夾克亦十分廉價，沒錯，她是妓女。

「她男友星期日會去上教堂，然後陪他母親吃飯，所以詩佩拉可休息幾個小時。」皮歐拉繼續說道，詩佩拉點點頭，顯然很滿意他用這種方式描述皮條客的時程。「我對這個很好奇。」皮歐拉拿起從《威尼斯新聞》撕下的賣春廣告說。這是在珍蓮娜與芭芭拉．霍頓共住的旅館房間裡找到的。

「這些女生有些我認識。」詩佩拉指著打叉叉的小廣告插嘴說。她的鄉音很重——也許來自東歐，凱蒂心想；就像旅館的女房務員。威尼斯的性工作者大多也是非法從亞得里亞海對面過來的。

「關於她們，你有任何可以告訴我們的訊息嗎？」皮歐拉問。

「有欸，這個是金髮，這個皮膚較黑，這一位的皮條客會打她……」

「我的意思是指這群女生的任何共通點。」

詩佩拉仔細看著報頁，宣布道：「她們全都是克羅埃西亞人。」

「你確定？」凱蒂問。

詩佩拉聳聳肩，意思是愛信不信隨你，反正我都沒差。

「那麼這兩個女的呢？有沒有見過她們？」皮歐拉將珍蓮娜．貝比克和芭芭拉．霍頓的照片放到她面前問。

「有欸，這一個。」詩佩拉拍拍珍蓮娜的相片。

「什麼時候？」

「她想找個女的，在聖塔路西亞車站附近。」

「她挑中你了？」

「不是啦，我是說，她拿了一個女人的照片，想知道我們是不是見過她。」

「照片中的女性長什麼樣子？」

「黑頭髮、黑眼睛，也是烏斯塔沙人[20]。」詩佩拉說，用的是塞爾維亞蔑視克羅埃西亞人的貶詞。

皮歐拉悄聲建議凱蒂：「找人把旅館房間帶回來的東西再檢查一遍，看照片在不在裡面。」皮歐拉對詩佩拉說：「你呢？你有沒有見過她？」

詩佩拉用「你是不是腦袋抽風」的表情睨他。「那是在大街上欸，你認為我會想被人割破喉嚨扔到運河裡嗎？」

「不過你若真的再看見她……能認出她嗎？」

詩佩拉聳聳肩。「街上的人看起來都一樣，那話兒長得一樣，錢長得一樣，過了一陣子後，連臉看起來都一樣了。」

20烏斯塔沙（Ustasha）：倡議克羅埃西亞獨立的右翼組織，成立於一九二九年，在一九四一年納粹德國攻進南斯拉夫時，烏斯塔沙宣布成立克羅埃西亞獨立國，並加入軸心國陣營。一九四五年，烏斯塔沙被擊潰，克羅埃西亞再度併入南斯拉夫。短暫的烏斯塔沙政權與義大利法西斯黨關係密切，且成立集中營，鎮壓塞爾維亞、猶太人。

皮歐拉嘆口氣，「你若願意，我們可以立即安排你到一個能安頓你這類女性的機構，他們會幫你療養，安排你回家……」

「我若現在回去，會被家人趕出門，帶我到這兒的人一定會找到我。我在威尼斯至少有份工作，可以還債，我的皮條客會照顧我。」

皮歐拉沒說話，想給對方機會改變心意，最後詩佩拉說：「我可以走了嗎？」

「可以。」皮歐拉答道。凱蒂接口說：「還有一件事。」

「什麼事？」

凱蒂到她辦公桌上找到印有波維利亞島廢棄精神病院牆上圖紋的紙張。「你認得這些符號嗎？」她把紙張放到妓女面前問。

「這些嗎？不認得。」詩佩拉指著尤瑞厄神父已經指認過的符號說。接著，她用手指沿圖畫著，移到跟珍蓮娜·貝比克身上刺青相符的圖案。「但這些是烏斯塔沙人的符號。」

「克羅埃西亞人？你確定嗎？」

詩佩拉點點頭，說：「老婦人身上會有這些符號，是天主教的玩意兒，現在已經不多見了。」

凱蒂與皮歐拉互換眼色。「謝謝你，詩佩拉。」皮歐拉說著站起來，「你幫大忙了，我送你出去。」

✣　✣　✣

皮歐拉回來時，凱蒂已在谷歌圖片中搜過一輪了，她輸入「克羅埃西亞」、「天主教」及「刺青」幾個關鍵字，找到一些圖片，確認了妓女剛才告訴他們的話。

「你瞧，」她滑著螢幕給皮歐拉看。「這些叫stećak，斯圖塔克符號，據這上面說，波士尼亞的天主教徒會為孩子刺上這些符號，以免土耳其人將孩子擄走為奴——他們膚上若有天主教的印記，就不能被迫皈依伊斯蘭教了。鄂圖曼土耳其帝國滅亡後，刺青的傳統仍保留下來，成為克羅埃西亞地下教會的表徵。」

「有意思，不知那表示什麼涵義。」皮歐拉說。

但凱蒂已經知道了，她因解出真相而狂喜不已。

「那幾個符號之所以不同於其他符號，上面還濺了血，是因為珍蓮娜舉行彌撒前，便親手將它們畫到醫院牆上了。那是她的信仰符號，凶手擦不掉，又知道那些符號可能引導我們查出真相，只好自己再添上其他圖紋，故布疑陣。珍蓮娜不是邪教信徒，而是克羅埃西亞女子，是一位，或自認是貨真價實的天主教神父。」凱蒂搖搖頭，繼續說：「我們差點被誤導。我本以為芭芭拉．霍頓聯繫美軍埃德里基地一事，與她的死無關——因為跟神父或神祕事物毫無相干。沒想到竟然與克羅埃西亞有關。芭芭拉要求查詢克羅埃西亞將軍鐸剛．柯洛維克的相關資料，而將軍剛好因戰爭罪在海牙受審。如果美軍認為將軍可能揭露美方想隱瞞的訊息，便不難解釋他們為何想掩人耳目了。」

皮歐拉問：「珍蓮娜．貝比克為何跑去波維利亞島？為何要在那裡舉行彌撒？凶手為什麼要殺害芭芭拉．霍頓？她連查詢的資料都還未得手。而且與你談過話的那位軍官說，找到資料的機會不大。上尉，我們引發的問題比得到的答案還多。」

「我想我們只能靠埃德里的美軍了，我們得釐清芭芭拉．霍頓查詢的答案。」

「好吧。」皮歐拉站起身，「不過這樣一來，或許會扯上政治，咱們最好先跟檢察官談談。」

「我們有指派的檢察官了嗎？」

「上週五指派的，班尼托．馬賽羅。你知道他嗎？」

凱蒂搖搖頭。

「我也不認識，明早八點鐘到法院辦公室跟我碰面，到時再看跟他合不合拍。」

皮歐拉從門後取下外套——凱蒂發現是件亞曼尼的輕質深藍色喀什米爾羊毛外套，而且掛在正式的衣架上，沒有隨便吊在鉤子上。「該離開這裡了。」他沒來由地問：「一起走嗎？」

凱蒂頓了一下，發現自己挺希望皮歐拉能提議去喝點酒或吃點東西，然後再各自回家。

接著凱蒂在心中暗罵自己，今天是週日，這可憐的男人已幾乎一星期沒見到家人了。她說：「我還有些文件要趕。明早見，長官。」

27

檢察官班尼托．馬賽羅十分年輕英俊，穿著又體面，堪稱極品。

「你們認為這是美國的某項陰謀？」他不可置信地說：「你們瘋了。」

「許多跡象確實指出多國涉入其中，先生。」皮歐拉小心翼翼地說。

「太扯了，」馬賽羅嗤道。「上校，你們並未蒐集到任何實證，所以只能用可笑的臆測來填補空缺，現在你們竟然還想發傳票給美軍！」他誇張地搖頭，「我實在不懂你們憲警是怎麼辦到的。」

此人雖只稍稍觸及對憲警其笨無比的刻板印象，但殺傷力絲毫不減，凱蒂覺得臉都燒起來了。

她的上司竟能不動聲色。「我們此刻並未做出任何推論，先生，但我們認為在初步聽證會之前，需追查每項線索。」

凱蒂等著，她很清楚檢察官有權將他們的調查引向他所選擇的方向，然後再把調查結果拿到法庭上；法庭若認為馬賽羅握有足夠的初步證據能對某人提告，她和皮歐拉才能正式開始搜證。也就是說，理論上，在那之前的任何調查工作，到時都得重做一遍。這是個荒唐複雜的系統，令人喪氣。原因之一，許多案子雖已耗費法庭許多時間，結果卻未能起訴；其二，案子要不要起訴，全由檢察官一人定奪。

馬賽羅明快地說：「讓我提出另一種解釋。本案有兩名外國女子，一是美國人，一是克羅埃西亞人，在咱們美麗的城市裡共住一間旅館房間。我們在偏僻處發現褻瀆的儀式，現場有冒犯神明的邪教符號。其中一名女子穿上神父的袍子，更是將彌撒侮辱到最高點。此事雖討人厭，對某些人而言卻相當刺激——當我們查詢這兩名女子有何特質時，發現她們是酷好誇張陰謀論的人士，經常上可疑的網站，並選擇潛伏在網路的陰暗角落裡，任由狂想蔓生。我們還發現，有人看到她們在找妓女——某個特定的妓女；這名妓女一定跟她們有相同的癖好。」

馬賽羅頓一下，凱蒂心中一沉，知道他接下來要說什麼。

「也許兩個女的像情人一樣地起了爭執，其中一人不想與妓女共享她們的床。她們搞了一個性儀式，刺激，卻違法，或許參與者半受脅迫……假設美國人殺了克羅埃西亞人，後來因深切自責，在她們房中自殺，從窗口跳出去。我覺得這種說法，比二位編出來的陰謀論更具可能性，也比較沒有破綻。」馬賽羅十指交錯，把手擺到辦公桌上，對自己的冰雪聰明，曠世才華，滿意地點點頭——這不是他第一次有這種高見了。

「兩張床。」凱蒂說。

馬賽羅頗訝異凱蒂竟有那副熊膽說話。「你說什麼，上尉？」

「你剛才說『她們的床』，但這兩名女子並未共床，旅館房裡有兩張床，也都使用過。事實上，根本沒有任何東西能看出她們是同性戀。」

檢察官不屑地表示：「床可以推靠在一起。」

義大利司法系統為人垢病的另一點是，該系統助長檢察官編造荒謬聳動的推論，因為他們無須舉出支持論點的實證——事實上，他們編得越離譜越好，才能確保案子進入下一個階段。發生在二〇〇七年的美國學生亞曼達．柯納斯（Amanda Knox）命案的檢察官在審案時，宣稱她逼迫室友梅莉迪詩．柯裘（Meredith Kercher）玩暴力致死的性愛遊戲，結果招至國際媒體砲轟。

馬賽羅補充說：「何況，即使她們不打算共床，還是可能試試。我相信女人在這方面比男人更富彈性，或許因身處威尼斯，她們想試點別的花樣，可能是第一次……」

凱蒂瞪著他，無法相信自己的耳朵。她怒到雙頰飛紅，知道若說出自己對馬賽羅的推論的真正看法，她才剛要起步的事業，肯定就砸了。

「事情若真如你所說，那麼她就是在浴室舉槍自盡，然後走到窗邊，再射自己一槍的。」皮歐拉接著又說：「而且還以枕頭消音，並帶著自己的筆電加重，確保屍首不會浮上來。」

「怪事又不是沒發生過。」

「也是。檢察官，所以您的意思是，希望我們再次打撈運河，看能否找到槍枝。槍枝是否在旅館窗下，對你的推論至為重要是嗎？」

馬賽羅頓了頓。「並不重要，上校，槍枝很可能被漲潮沿運河河底帶出海了，不過，是的，我再重複一遍，你們應該將心力放在尋找凶器上，而不是擺在網路、陰謀論，或者——看在老天的份上——未經授權就跑去找美軍。」

皮歐拉點點頭。「是的，您說得極是。謝謝你撥冗見面。」

28

威尼斯方言中，以糞便罵人的詞彙甚是豐富，兩人還未回到街上，凱蒂已飆了其中四句。

皮歐拉則較為樂觀。「這是個很有用的測試。檢察官若認為可笑的性愛遊戲推論可信，說不定陪審團也會採信。我們去找他要的槍枝。如果找到了，至少可把凶器排除掉。你能為潛水夫做簡報嗎？」

兩人回到聖匝加利亞教堂，卻聽說有人在等他們。法朗西斯柯．羅帝表示：「對方不肯報上姓名，他說以前跟你們談話過，我讓他待在二號訪談室裡。」

他們在訪談室裡，找到曾跟他們提到波維利亞島燈火的基奧賈年輕漁夫，年輕人看起來很緊張。

「路希歐對吧？」皮歐拉招呼他：「有什麼事要我們幫忙嗎？」

漁夫揉著手指，不安地說：「上次有件事我沒提。」

「什麼事？」

「我跟你們提到波維利亞時……沒告訴你們，我還看到一艘船。」

「一艘船？你認得出那艘船嗎？」

路希歐點點頭，說：「當然認得，我知道所有船隻，我之前在那一帶也見過那艘船。」

「往下說。」

「是里奇．卡斯奇里昂的船。不過你們一定得發誓，不能跟任何人說是我講的。」他猶豫著說：「里奇常往那裡跑，你們明白我的意思吧，而且不僅是去打漁而已。」

「走私菸嗎？」皮歐拉機靈地問。

路希歐又點點頭。

「你抽的金陵牌就是他供的貨？」

「是的。」路希歐說，顯然很訝異。

「他還走私什麼？」

年輕人聳聳肩。

「他跟這事有關嗎？你懂我在談什麼，路希歐。」

路希歐不甚情願地點頭說：「我想我懂。」

「為什麼現在要出面？你一定知道這樣你會有危險。」

「我認識他老婆梅瑞塔。」路希歐尷尬地說：「梅瑞塔不是壞女人——跟里奇幹的事無關，但如今里奇失蹤了，梅瑞塔知道不能隨便報警，便問我能不能替她來跟你們談一談。」他瞄著門口，突然害怕起來。「在基奧賈若有人上警局，人人都會知道，梅瑞塔覺得到威尼斯會比較安全。」

那倒是，基奧賈社群的環環相扣是出了名的恐怖，從那邊僅幾個家族大姓便看得出來。

「梅瑞塔完全沒概念她老公可能跑去哪裡嗎？」

「她不知道，但我心數有數。里奇有間鎖住的船屋，就在城外頭，我曾去那邊買過菸。」

「幫我們在地圖上指出來。」皮歐拉說：「還有，路希歐，我們得做一份正式筆錄，但我們不會跟任何基奧賈的人透露是你告訴我們的。」

✣　✣　✣

路希歐離開後，凱蒂和皮歐拉面面相覷。

「跟組織犯罪有關，這案子越來越撲朔迷離了，上尉。」皮歐拉說。

「不過，如果真的相關——我們若選擇追查此案——就不符合馬賽羅檢察官的情殺論了。」凱蒂指出，「事實上，我們的偵查方向將完全違逆他的指示，他要我們找出芭芭拉．霍頓自殺用的那把槍。」

皮歐拉點點頭。

「管他的。派個士官去跟潛水夫做簡報，反正他們啥也找不到。咱們去基奧賈一趟。」皮歐拉終於說道。

✣　✣　✣

里奇的船屋位於小鎮南方，一排破船屋的最後一間。凱蒂覺得這裡看起來更像廢船廠，而不像船庫。半毀的漁船、破敗的尼龍網、老舊的捕蟹籠和生鏽的魚缸，四散在船屋之間的空地上。整個區域飄散著難聞的柴油及魚腥味，腳下閃著魚鱗的虹光。

雖然午餐時間未到，鄰近船屋卻連個人影都看不見。

「他們知道我們會來嗎？」皮歐拉問。

里奇的船屋以前上過深藍色漆，如今剝落的漆色下已露出鐵鏽。皮歐拉輕叩鐵門，無人應門。他小心翼翼地把門往後推開。門板底部刮著水泥地，令他大皺眉頭。

屋內與屋外一樣凌亂，兩人從架在支架上的小船旁邊緊挨著走過去，來到一處燈光昏微的區域，里奇顯然把捕來的螃蟹擺在這裡。四個大型鋼槽，每個約 1.5 公尺平方 1.2 公尺高，各個都散著惡臭的海水味。

「我的天。」皮歐拉突然畫起十字，凱蒂循著他的眼神望去。

其中一個鋼槽裡冒出兩隻人腳，腳上還套著漁夫的塑膠鞋。凱蒂不理會皮歐拉的警告，逕自走過去探看身體其餘部分。她一時間沒看懂——蟹槽一定比她以為的還深，或者那些石頭是堆在屍體上的，或……

接著那堆石頭動了起來，凱蒂才意識到自己看到什麼。她驚呼一聲，及時退開，接著喉頭一酸，連忙別過頭去，險些就吐進鋼槽裡了。那些螃蟹的模樣將永遠烙在她心裡：幾十隻螃蟹像冷酷無情的裝甲小坦克，躁動地挪移著，試圖擠開彼此，將毛絨絨的爪子刺入血肉中撕裂。男子的臉像從內部爆開似地，一個眼窩已被掏淨得有如蛋杯，直見白骨了；喉頭現在也僅存幾片碎皮，連在椎骨上被掀來掀去。她還看到其中一隻個頭較大的螃蟹，揚著厚實的右爪，將鉗住的小塊白肉送往自己嘴裡……

凱蒂再吐一口，穢物噴濺在水泥地上。「對不起。」她喘道。

「不必道歉……那實在是……我自己也沒見過這種場面……」皮歐拉環住她的肩膀，臉色變得雪白，「我先送你出去。」

皮歐拉要她坐到海邊的木桶上，讓冷凜清爽的山風灌入她肺裡。

「你留在這裡。」皮歐拉確定凱蒂不會昏倒後指示她，自己則回到屋內。凱蒂聽到沖水聲及刷子清刷水泥地的聲音。

幾分鐘後皮歐拉回到她身邊，「我清乾淨了，不會有人知道。還有，別擔心，地板上絕對不可能找到任何有用的DNA，我們並未對證據造成破壞。」

「謝謝你。」她感激地說，謝謝那句「我們」，也謝謝他幫忙清洗。

皮歐拉聳聳肩打斷她。「算了，咱們現在先別弄了。這地方得拆掉，屋裡有兩個像裝了金陵菸的箱子，還用塑膠套包著，因此頗吻合路希歐所說的走私。屋子後邊房間有張舊床墊，我還找到繩子——釣魚繩，但繩子打了活結，看起來像綁過人。」

「是受害者的嗎？」

「也許吧，或是他的受害者之一。無論如何，馬賽羅的蠢推論恐怕是沒辦法成立了。」

✣ ✣ ✣

病理學家跟犯罪現場鑑識人員花了好幾個小時後才到，這期間皮歐拉帶凱蒂到酒吧喝酒養神。不過鑑識人員花了更多時間，決定如何搬移屍體。等里奇的遺骸終於裝好袋，交給病理小組後，皮歐拉走過去跟他們談話。

「那些螃蟹要怎麼處理？」

鑑識組長望著鋼槽，聳聳肩說：「牠們對我們沒有用處。」

「幫我個忙行嗎？把螃蟹放回海裡，若把牠們留在此地，遲早會流入市場，這個案子已經夠慘了。」

之後，凱蒂與皮歐拉去找梅瑞塔報喪，但他們看得出，這名寡婦已知道丈夫死訊了，或至少有所懷疑。她叫路希歐找警方談，應該是因為對老公的存活不抱期望，想釋清疑慮罷了。梅瑞塔不肯回答任何問題，此地人對黑手黨畏懼甚深，她若隻字不提，還能得到給寡婦的養老金。

梅瑞塔雖看過老公囤放的數百包金陵菸，還是堅持里奇只是個窮苦的漁夫。

「女人呢？里奇有沒有從潟湖帶任何女人進來？」皮歐拉問。

梅瑞塔的眼神閃過一抹怒色，低聲嘀咕了幾句，卻僅是搖搖頭，他們恐怕無法從她嘴口探出什麼了。

「我們最好跟馬賽羅報告最新狀況。」兩人離開梅瑞塔家時，皮歐拉說：「不過這事可等明天再辦，他現在說不定正花枝招展地在歌劇院裡晃蕩。」

天黑了，他們得搭渡輪回威尼斯。凱蒂突然覺得疲累無比。渡輪抵達後，她癱坐在甲板上的硬塑膠椅上。當威尼斯的燈火漸漸從潟湖對面逼近時，兩人都沉默許多。

「走吧。」到了威尼斯後，皮歐拉說：「我送你回去，是梅斯特雷區，對吧？」

凱蒂想婉拒，但皮歐拉相當堅持，兩人一起到立體停車場取皮歐拉的車——沒想到是一輛年份甚高的飛雅特。皮歐拉跟每天開車進城的通勤族一樣，把車停到羅馬廣場的停車場，或威尼斯西緣碼頭邊的人造島特隆契多島上。

「你聽過停車場的詐欺事件嗎？」車子開上自由橋時，皮歐拉聊道。

「什麼詐欺事件？」

「車子會經常遭竊，通常被偷的都不是什麼貴重物品。但在威尼斯工作一天後，回來發現車窗被敲破闖入，感覺實在很差。於是他們搞了一套『貴重物品保留』設備，一天付五歐元，將你的相機、袋子等物品交給一名員工，把東西鎖在滴水不漏的房間裡。」他稍事停頓，「猜到了嗎？」

「東西還是被偷了嗎？」

「比那個厲害。財物被竊，是經營停車場那批人搞的，他們不僅偷走東西，還創造出一種以前沒人願意付錢的生意。」

凱蒂的威尼斯魂忍不住讚嘆，這種奸巧的商業頭腦也太強了。「他們怎會被逮著？」

「他們沒被逮到，每次保險箱的出租生意變差，他們就再多敲幾片車窗。」

「咱們總有一天會抓住他們。」

「也許吧。」皮歐拉說，凱蒂覺得，那是整天以來，皮歐拉首次露出倦容。

車子接近凱蒂的公寓時，她說：「我家就在前面，不過你可以在街角放我下來。」

皮歐拉將車子停下，「晚安，凱蒂。」

「晚安，長官。」

他看看凱蒂，似乎欲言又止。凱蒂有股強烈的感覺，皮歐拉想叫他們倆獨處時別喊他長官。

他低聲說：「凱蒂……我希望你知道，你是個很棒的警官，是我合作過最傑出的警官之一，今天很辛苦，明天不會這樣了。」

凱蒂衝動地靠上去親吻他的面頰，皮歐拉有些困惑地轉頭看著她，凱蒂僵住不動，嘴唇離他的僅五公分。

皮歐拉怯怯地吻住她的唇。

凱蒂渾身一酥，彷若從高橋上縱落，在空中墜跌，她知道遲早會擊中水面。親吻結束後將是一連的道歉、尷尬與懊悔，但她還在墜跌中，無暇顧及這些。只能想到自接下這項任務後，在心中逐漸綻放的情愫。

她對阿爾多．皮歐拉的感情。

她繼續回應他的吻，只要還吻著，一切就都無所謂了。

「凱蒂。」皮歐拉輕聲打斷她，一隻手仍捧住她的頭，似乎捨不得放。「叫我停住，叫我停住，我會發誓，以後再也不這樣了。」

「我不要你停。」說完凱蒂更加激烈地回吻他。

她既迷失當下，浸淫在唇齒濡潤相連，與腹中陡燃的渴慾中，卻也知道選擇權握在自己手中。她可以就此打住，或邀他上樓。

「上來吧。」她說。

「你確定？」

「我確定。」

皮歐拉鎖好車子，隨她來到樓上公寓。凱蒂將鑰匙插入門孔時，想起所有其他自己在或醉或醒、或快樂或寂寞、或需要陪伴或只是喜歡對方長相時，帶男人回家的情形。但這次感覺真的不同。

她的渴求更勝以往。

到了屋內，凱蒂再次轉向皮歐拉。兩人這次的擁抱從容許多，不急不徐，彼此都知道最後結果會如何。因而他們好整以暇，坦蕩挑逗地相互撫擁。

但皮歐拉仍忍不住抽身問：「你知道，你還是可以改變心意的。」

「你瘋了嗎？我跟你一樣想要。還是你想改變心意？沒關係，你可以。」

皮歐拉默默搖頭。凱蒂找來一瓶氣泡酒、火腿和橄欖。沙發的感覺太過正式，因此他們坐在地板上，啜飲清爽的氣泡酒。

凱蒂把頭枕到他胸膛，「你是什麼時候……？」

「第一次在安康聖母殿看見你光著兩腿，涉過冰冷的海水時。」他的手怯怯滑下她的腿，似乎有些不敢置信。「這雙玉腿。」

凱蒂挪動姿勢，雙膝微張，任他的手肆滑其間，爬升至她的大腿內側，沿途引燃悅人的慾火。「那你呢？」他移開手問。凱蒂微微一笑，這是個好兆頭：這個人懂得適時收斂。

「我不知道，也許是在太平間，或你第一次帶我到基奧賈吃午飯，逼老闆收你的錢時。」她身體一顫，「或許就是今天。」

皮歐拉又喝了些氣泡酒，然後轉向她。接吻時，她淺嚐在口中舞跳的氣泡和葡萄的香甜，伸手撫住他的鬍青。

「上床吧。」她喃喃說。

接著她將衣物褪盡，在他面前首次裸露，沒想到他的撫觸令她如此愉悅。皮歐拉循序漸進，緩慢冷靜地藉由愛撫，令尚未脫去他襯衫的凱蒂，幾近魂搖。凱蒂終於解下他的皮帶，用雙手捧住他，輪到皮歐拉發出享受的歡吟了。

裸身的皮歐拉，胸腹上圓捲著花飾般的黑色毛髮，他的身體厚實堅硬，彷若穿戴盔甲的中世紀伯爵；那是成熟男子特有的渾實胸腹。

「現在吧，就是現在。」她再也無法等待了。

他滑入她體內，凱蒂渾身酥悅，好想放聲尖叫。

皮歐拉頓住說：「你還是可以改變心意。」

她握拳捶他的胸膛。「你故意逗我，壞死了。」

他哈哈大笑，但笑聲歇去後，便不再做任何嬉鬧了。

✣　✣　✣

完事之後，凱蒂心緒未平，只能勉強擠出幾句話：「我的天，我的天哪，怎麼會發生這種事？」

「我也不知道。」

她轉頭望著皮歐拉。「這會兒我們在床上，我該喊你阿爾多，還是繼續叫你長官？」她調皮地說。

「事實上，我在床上還挺喜歡被叫長官的。」他抬手捧住她的酥胸，用拇指輕撫她的粉暈。「這會讓我感覺可以為所欲為。」

每場床笫關係之間的差異，每每令凱蒂感到驚訝。她與不同的人在一起，會變得如何不同。有些男人令她放鬆，有些讓她害羞，她可以正經、狂野、拘謹；有的除非她能掌控全局，否則便渾身不自在，有些則令她倒盡胃口。凱蒂發現，除非男女進入裸裎相見的床笫競技場——最後結局總是那樣——否則永遠無法測知。有件事倒是可以確定，只要第一次合得來，永遠都能合拍。

凱蒂說：「不過，長官，你可以為所欲為的。」她開心地說，知道這將成為他們的互動關係，一種她未曾有過或預料到的體驗：她將曖昧且半玩笑式地屈從他。

「很好。」皮歐拉說，一隻手繼續探索她的胴體——他細巧溫柔，不帶先前愛撫時的蓄意挑動，宛若只想專心記憶她的每分每寸；彷彿她是鍵盤，他用十指彈奏一首僅有自己聽得見的樂曲。

凱蒂對他探出手，發現他再度堅挺起來。第二次的交歡速度緩慢而細膩，她一心想帶給他歡愉，發現自己能令他欲仙欲死時，心中有無限滿足。

✣ ✣ ✣

直到後來，等凱蒂又去拿酒和橄欖時——才發現自己很享受在這名男子面前裸身；這種情形不是每人都有——皮歐拉才靜靜說道：「你應該知道我結婚了吧。」

「當然知道。」她淡淡地說。

「凱蒂，我無法自圓其說，無法為自己辯解，我有孩子……」

「我知道，咱們別談這事，絕口不提。」她說。

這句話裡的默契，在二人之間懸盪良久。

✣ ✣ ✣

兩人雙雙入眠。凱蒂夜裡醒來，發現皮歐拉正在著衣，她假裝熟睡——因為不能說破：不能問他要去哪裡，問他要如何圓謊。也許他想偷偷沖澡，也許老婆會熱情親吻他。

房裡的事，發生在一個孤立的泡泡世界裡；與查案之外的世界毫無相連。

凱蒂只能如此告訴自己。

29

慘了。

凱蒂一覺醒來便自知前夜幹了傻事。她咒罵自己，我爲何非要那麼衝動？

不過現已無暇多想了，重要的是，要裝作什麼事都沒發生。憲警隊總部是個八卦中心，尤其跟桃色新聞有關之事，因此她才會暗中設下規矩，絕不沾染同事。至於那些露水姻緣的對象，則說自己是從事旅遊業的。

一個晚上便壞了兩條規矩。唉，罷了。但凱蒂心底知道，問題比那嚴重。

第二個令她戒慎的理由是，她不確定阿爾多對他們的一夜情作何感受。在清冷的天光中，返家回到妻子與孩子身邊，他一定對整件事感到懊悔。她最好佯裝無所謂。

凱蒂抖擻起精神，打算走進偵察室，迎向皮歐拉的目光，並點頭客氣地說：「早安，長官。」可惜已無必要，因為皮歐拉正在他的玻璃牆辦公室裡。凱蒂現在已經夠了解他，知道皮歐拉那種故作客氣的表情，表示他已怒到快炸了。皮歐拉跟馬賽羅檢察官在一起——檢察官坐在皮歐拉的椅子上，旁邊還有一位女憲警和一名凱蒂似曾相識的女人。

對了！是歐洲旅館的房務員。

皮歐拉招手要凱蒂一起加入。「馬賽羅檢察官一直很忙。」他不慍不火地說。「你記得艾瑪嗎？」

「記得。」凱蒂對一臉惶恐的房務員點點頭。

馬賽羅說：「看過這位女士的供詞後，我發現有些漏洞，認為她可能因非法打工，想躲避警方注意，於是我私下傳喚她來，並建議移民局，此人若能提供更完整的線索，便放她一馬。」他拿起套著L夾的文件，「我拿到供詞了。」

凱蒂拿過來很快瞄一遍。

有一次我進房間，發現兩個女的在接吻……還有一次床單皺成一團，顯然兩人剛做愛……有一次聽見她們房間傳出激烈的爭吵聲……

凱蒂瞥著死盯住地板的房務員。「艾瑪？這是真的嗎？」

女孩點點頭，似乎有些不情願。

「嗯，這份報告看起來與您的假設相符，檢察官。」皮歐拉極盡冷淡地說。女憲警將艾瑪帶走。

「沒錯，上校，這份證據……」馬賽羅故意誇張地說，「是本案犯案動機的第一份有力證明，也說明了為何第二犯罪現場的物證會出現矛盾。因為房務員深怕引起警方注意，急欲除去犯罪痕跡，現場被她整理得超乎你們所知。」

「另一方面，長官，從里奇．卡斯奇里昂的屍體看來，我們發現此案與犯罪組織有關連……」皮歐拉話頭才起，馬賽羅便打斷他說：「那不叫關連，上校，因為無法證實之間的因果關係。一名罪犯被其他罪犯所殺——你一直如此堅持——但事實上他與你的查案根本無關。」

「我們有目擊證人的供詞，顯示他與犯罪現場有關。」

馬賽羅皺著眉，「誰的供詞？」

「案發當晚，一名漁夫在波維利亞看到里奇．卡斯奇里昂的船。」

「但不是看到卡斯奇里昂本人？」

「不是。」皮歐拉承認道。

「那就不能算是斷論。波維利亞島之行，或許能讓漁夫變成可能目擊證人，卻無法把那對愛侶變成犯罪集團的成員。」馬賽羅考慮片刻，然後雙指一彈。「先假設你是對的，里奇．卡斯奇里昂確實涉案。他去島上跟走私集團碰面，結果發現集合地被一對同性戀觀光客侵入，還打算在那裡舉行祕密儀式，惹得他頗為不樂，也許見到女神父的袍子還大為光火——有些漁夫非常迷信——所以便開槍射死其中一人。後來想到另一人說不定會指認出他，因此便跟蹤她回旅館，連她也一起斃掉。」

「用死者的筆電讓她沉屍河底……？」

「……為了讓現場看起來像遭到洗劫。」馬賽羅下結論說：「所以，上校，你昨天在她的旅館房間下方找不到凶器，也無法證明什麼——他可能把凶器帶走，後來才扔棄。」

「不過我們倒是知道，射殺兩名女性的凶器，可能是專為美國特種部隊設計的武器。」

馬賽羅聳聳肩，「里奇一定是從波士尼亞或克羅埃西亞，跟著香菸和毒品一起買下的。戰後有大批武器留在那邊。」

「那就看我們的鑑識小組，能否在船屋找到任何支持你新論點的證物了。」皮歐拉平靜地說。

馬賽羅搖頭說：「他們已經停工了。」

「停工？」皮歐拉不敢相信地說。「誰下的令？」

「負責偵案的警長。我把案子轉給國警，他們已在查辦幾件與走私及犯罪組織相關的謀殺案了。當然啦，我交代他們一定要跟你們分享任何相關的發現。」

「我明白了，您真好心。」皮歐拉冷冷地說。

馬賽羅起身道：「上校，我該走了。相信你們還有很多事要做，才能補齊一些漏洞，不過知道現在我們有如此長足的進展，真是好消息。」凱蒂心想，他輕輕強調「現在」那兩個字，是有意嘲諷嗎？「還有也祝你順利，上尉。」檢察官的眼睛掃向她，「我覺得你今早看來特別明豔動人，皮歐拉上校是位很有福氣的男人。」

「長官？」她驚駭地問，皮歐拉是不是說了什麼？

馬賽羅揮揮手說：「能有這麼多時間與你相處。」

她忍不住臉紅，雖然馬賽羅以為那是因為受到他的讚美，而非她良心不安所致。他的胸膛在西裝底下一挺，慢慢從房裡晃開。

✣ ✣ ✣

「爛人。」馬賽羅走後，凱蒂罵道。

皮歐拉無可奈何地笑了笑。「馬賽羅說要去跟移民局說情，我看非但無法幫助艾瑪留在義大利，還適得其反，恐怕這些文件的墨水還沒乾透，艾瑪就匆匆被趕回東歐了。」他拿起房務員的筆錄，扔回辦公桌上。「反正現在沒必要再偵訊她了，她知道馬賽羅想聽什麼，只會緊咬了說。」皮歐拉苦澀地表示：「問題是，馬賽羅十分精於此道，他遲早會想出某種可笑的推論，把一切圓過去——解釋所有細微的證據，到時我們就完全沒輒了。」

「除非我們能蒐集更多的證據。」

「除非能蒐集更多證據。」他同意說。

凱蒂彎身在皮歐拉的電腦上打出「班尼托．馬賽羅」幾個字。「有意思。」她說。

「怎麼了？」

「咱們的檢察官似乎是威尼斯司法部最成功的檢察官之一，報上稱他是『後起之秀』。」

「希望後面還加了個『但是』。」

「他似乎從沒起訴過犯罪組織，不是他對抗後輸了，而是他從未管過這類案件。」

「或者管到時，千方百計地把案子推走。我就覺得這傢伙看起來油頭滑腦的，我還以為只因他塗了髮油。」皮歐拉說。

凱蒂笑了笑，雖然兩人表面上都沒說什麼——雖然兩人一直小心翼翼，戒慎地不露聲色——但畢竟還是有些不同了。例如剛才最後那番話，二十四小時前，他絕不會當她的面說。

皮歐拉站到她身邊，低頭看著電腦螢幕。她一時衝動，用手輕輕碰觸他的手背，他也很快地回握一下她的手指。凱蒂只覺脈搏加速。荒唐，她心想，荒唐，但她對皮歐拉飛快笑了一下。當他皺起眼周，笑著回應她時，凱蒂簡直喜不自勝。

他往後退開說：「咱們剛才討論什麼？噢，是了——他們找到詩佩拉所說的照片了，就是受害者拿給阻街女郎看的那張照片，照片夾在其他從旅館搜來，等著列入紀錄的物品裡。」

他把照片交給凱蒂，上面是名漂亮的黑髮女孩，年紀不過十六、七歲。

「有好幾張照片。還有，」他拿起一個證物袋，「照片找到時，塞在這裡。」袋子裝了一本書，書封寫著「Svetom Pismu」的字樣。

「是聖經嗎？」

皮歐拉點點頭。「用克羅埃西亞語寫的。還有，書上並沒有神祕符號、倒立的十字架或任何亂七八糟的東西。」

「我敢打賭我們找到的那束頭髮，也是照片女孩的。我們應該做DNA檢測，也該開始親自拿照片四處打探。現在時間尚早，但今晚我可以到聖塔路西亞車站附近的街上問一問。」

✣　✣　✣

當天稍晚，有人送了一大束花到凱蒂的辦公室，花束未附短信，但她在自己的收件匣裡找到一封老闆發來的信。

最好趁那個爛人沒送你花之前，先下手為強。

她自顧地笑了起來，然後回覆兩個字。

多謝。

她會很小心，很小心的。發生在泡泡裡的事，將留在那個世界裡。

✣　✣　✣

於是當凱蒂在四點左右，離開聖匝加利亞教堂，準備回家換上更適合在漫長寒夜，到火車站附近破舊酒吧裡消磨時間的衣服時，還得捧著一大束花。看到美麗的憲警軍官捧著燦爛的花朵，等候在外的攝影師忍不住拍了她兩張照片，這時凱蒂才意識到自己成了相機獵攝的對象。

另外還有一名記者追著馬不停蹄的她發問，卻幾乎沒停下來聽她回答。「上尉，你是否參與黑巫術謀殺案的調查？你能確認那兩個女的是情侶嗎？凶手與嘉年華網站有關是真的嗎？」

凱蒂喃喃說：「暫無評論。」並繼續邁步。太好笑了。記者應該知道她不會對媒體發言，而且任何想打探消息的人，絕不會這樣當眾亂問。他們會偷偷打電話來，或安排到聖撒瓦洛（San Severo）後方一帶的酒吧私下詢問。

也許那表示記者已探到消息，就是希望聽到她說：「暫無評論。」

凱蒂拿出手機打給皮歐拉。

「總部外頭有媒體，他們稱之為『黑巫術凶案』。」凱蒂劈頭便說。

皮歐拉輕聲咒罵：「那個爛人真行，一點時間都不浪費，好吧，謝謝你的警告。」

✣　✣　✣

六點半，她已穿著牛仔褲和舊皮夾克，來到火車站附近了。車站目前仍十分冷清：這種時段女孩們通常靜靜跟著她們的皮條客坐著，拿着酒杯把玩，不太多話，男人則大聲嚷嚷地推擠著，相互揮動手機和錢。偶爾當男的跑去小解，或女生走出車站抽根菸時，凱蒂才能拉住一名女孩講幾句話，然後出示照片。「有沒有見過這個女孩？」凱蒂得到的回應幾乎一致：冷漠的眼神、聳肩，然後再偷偷瞄凱蒂一眼，發現她是條子，然後就直接扭身不理她了。

凱蒂掏出證件提出第二個問題：「以前有沒有人這樣問過你？」如果對方聳肩，凱蒂就算走運了。她運氣絕佳時會碰到嗑藥的女生，古柯鹼尤佳——因為會讓她們變得多話。有幾名女生說，以前有人拿過女孩的照片給她們看，「對方是個克羅埃西亞女人。」

所有她問過話的女孩皆為東歐人——克羅埃西亞、波士尼亞、斯洛維尼亞、塞爾維亞、馬其頓、阿爾巴尼亞、蒙特內哥羅。這一連串局勢動盪而歷經血腥衝突的國家，就隔著亞得里亞海，在義大利正對面。所有女孩均眼神空茫，許多人嘴邊起了膿包和灼傷，即使塗了濃豔的紅唇膏也遮掩不住：那是長期受虐的結果。

一名女孩對凱蒂說：「有兩個克羅埃西亞女人拿過這張照片給我看。」

「兩個？你確定嗎？」

「不過有一個人講話有美國腔。」

凱蒂心中閃過一個念頭，原來有美國名字的芭芭拉．霍頓會說塞爾維亞—克羅埃西亞語。也許她是美國的第二代移民，父母來自東歐。

另一名女孩看著照片，嚼了兩下口香糖，然後面無表情地說：「有個男的給我看過。」

「什麼樣的男生？」

「一個老美，可是他不買春。」

「他長什麼樣子？」

女孩聳聳肩，「長得像個大老二吧，個頭很大，看起來很壯。」

凱蒂有兩回被皮條客拿彈簧刀威脅，她亮出憲警證，讓皮條客稍稍收斂，但他們還是沒收刀。凱蒂很快離開那些酒吧。

接著還有一名十分清醒且口條清晰的女孩，旁邊沒見到跟著皮條客。女孩說，凱蒂若願意買她的時段，就跟她一談。凱蒂付了女孩要求的五十歐元，對方說她沒見過照片上的女生，也沒見過操克羅埃西亞語找她的女人，但聽說有個美國男子在找一名克羅埃西亞女孩，說不定她們跟他是一夥的。

女孩似很樂於往下談，於是凱蒂問她是什麼背景，女孩的義語說得比大部分人好，但仍帶著東歐腔。原本自稱瑪莉亞的女孩，改口說她的真名叫娜維娜，來自波士尼亞。她家在內戰時失去房子與所有積蓄，結果朋友建議娜維娜到義大利當保姆，錢很好賺，她爸媽便鼓勵她來。她自己也希望能寄錢回家，送妹妹們上學。她當然知道得偷渡進義大利，但朋友說，由於義大利女生都很貪婪，想拿更多錢，因此義大利人很難請到奶媽跟保姆，而偷渡聽起來似乎不是什麼重罪。

人口販子收走她的護照，或把她跟其他移民分開，送上不同的車輛時，她還不懂得擔心。司機載她到一處偏遠的農莊，粗暴地性侵她，但小心不弄傷她。娜維娜說，最糟的是那種完全無助的感覺：知道此人可以為所欲為，而她卻絲毫沒有招架之力；無處向人舉報。她好恨他，當他把她交到另一名男子手上時，她感覺鬆了口氣，而非害怕，雖然當她看見兩人拿錢交易時，心中一驚。

第二名男子用廂型車載著她跟另外三名女孩，來到一處漁人的小碼頭，讓她們搭船趁夜橫渡至義大利。眾人上岸後，又被帶到某處，其他女孩已經等在那裡了。其中一人解釋：她們被層層轉賣，最後來到義大利的大城市，她們得把錢賺回來，還給最後買下她們的人。由於沒有護照，她們無法逃跑，她們若逃去報警，家鄉的家人便會受到攻擊。

娜維娜問說，當保姆賺的錢那麼少，怎麼可能償債，其她女孩的沉默迫使她了解，自己往後會有何遭遇。

她們又被轉至另一間義大利偏郊的農舍，女孩們在那裡「受訓」。反抗者會遭受強暴，直到她們停止反抗。那些沒反抗的則被迫看色情影帶，被指示要「依樣學習」。所有女生的性愛過程都被拍下來，如果她們敢跑，就把影片寄給她們家人。

娜維娜當時鐵了心一定要活下來，便咬牙照做。娜維娜說，一陣子之後就習慣了。你若知道自己在幹啥，而且裝作你想取悅他們的樣子，男人便不會傷害你。等她終於來到威尼斯後，又被人以一千五百歐元賣給一名皮條客，對方說等她賺夠了，就會還她護照。

結果事情比想像困難，她伺候嫖客的房間費會從她的所得中扣除，還有給黑手黨的保護費。她得付食物、電費暖氣、洗衣及醫療檢查。不過熬過一年夜夜賣春給六名男子後，娜維娜還是幾乎做到了，可惜在她即將存夠那個神奇數字前不久，她的皮條客又把她轉賣給別人了。這下子她只得重新來過，但娜維娜意志堅定，不讓自己放棄希望。

娜維娜把凱蒂給她的錢攤在桌上，將十歐元推到一旁。「那是保護費——得交給黑手黨的錢。」她拿起另一張十元放到上面，「那是生活費。」還剩三張十元，「他分那麼多，我分這麼多。」說著她把兩張放到一邊，自己留下一張。

凱蒂給娜維娜一張自己的名片，她一如往常地說：「外面有各種組織能幫助你。他們可以把你從火坑中救走，送你回家……」

女孩一時似乎頗為心動，接著她從桌子對面把名片推回來。「謝謝，可是我若那麼做，便會失去所有儲蓄，而且他們還是會來追我，最好還是按他們的方式去做吧，那麼等我回家時，他們就不會寄影片，不會攻擊我家人，我也能假裝自己是來當保姆的，就像家人以為的那樣了。」

凱蒂柔聲問：「萬一你的皮條客再度將你賣掉呢？你有沒有想過？」

女孩說：「我不認為他會那樣，我覺得他不像別人那麼壞。」

「還是把名片留著吧。」凱蒂將名片留在桌上，「收到安全的地方。」

✣　✣　✣

十一點左右，當酒吧逐漸喧鬧，皮條客越來越咄咄逼人時，皮歐拉來找她了。

「我想你會需要同伴，幫你提防點。」

凱蒂疲倦地說：「我想離開這個鬼地方。」

「要不要去吃東西？」

她搖搖頭，「咱們回家吧。」

公寓裡，凱蒂吻住皮歐拉，感受他暖厚的軀體，並開始解去他的衣衫——當她想到有個來自波士尼亞的女孩，以為自己要去當保姆，卻被迫看色情影帶，模仿所見的內容時，便突然停住了。

她說：「我沒辦法這麼做。」

「我明白，來吧，我帶你上床。」他柔聲說。

他帶她沖澡，然後帶她走出淋浴間幫她擦拭，讓她拿毛巾幫她擦柔頭髮。小時候，凱蒂的父親就是這樣幫她擦頭髮的。

皮歐拉送她就寢，幫她蓋好被子。「要我走了嗎？」

「不要，再待一會兒。」她說。

他合衣上床擁住凱蒂，睡意卻遲遲不肯降臨。

凱蒂跟他訴說娜維娜的事。「法律會如何處置娜維娜？」她憤恨地面對一片漆黑說：「說她是犯罪，根本不算我們的市民，說她沒有任何權利，所以得繼續被壓榨，因為我們不願意幫她。」

「而且總是任黑手黨從中剝削。」

「就像這個城市裡，所有其他一切爛事一樣。」

「你知道嗎，我剛幹憲警時，情況並沒這麼糟，可是現在……我知道每個貢多拉船夫都得付保護費，每個市立賭場的管理人都由黑手黨任命，半數旅館都在洗賣毒品賺的錢，一個剛畢業的孩子能輕易借到錢買手槍和一公斤的古柯鹼自行開業。警方在幹嘛？我們的說法是：咱們專心辦像凶殺和財產犯罪這種大案就好。偏偏檢察官不這麼想，找陪審團比中樂透還難，法官亦隨之起舞，否則便被轟死。那還不叫大事嗎？」皮歐拉沉默片刻，「我一直不斷問自己，為什麼是義大利？」

「什麼意思？」

「為什麼我們國家特別腐敗，而其他國家不會？西班牙、希臘、葡萄牙、法國……有些國家更窮，卻沒有一個像義大利有這樣的組織犯罪問題。義大利究竟哪裡特別了，我們竟無法根除這項積弊？」

「或許這只是問題的一環。」

「也許吧，或者問題出在我們身上，我們的民族性格，說不定我們永遠擺脫不了。」

「別那麼悲觀，連娜維娜都還抱著希望。」

「娜維娜的希望是被養出來的。」他說：「就是那樣問題才更大，他們的騙術已臻化境了，不是嗎？以前他們用暴力讓女孩乖乖就範，但希望更廉價，且一樣有效。最溫馴的妓女，都是那些自以為努力賣春，便能殺出血路的女生。資本主義是皮條客最好的朋友。」

「你認為她在清還債務前，會再被轉賣一次？」

「很抱歉，沒有的話我頭給你。」

兩人打盹了一會兒，後來凱蒂喚醒他，兩人在黑暗中慢慢輕柔地做愛。凱蒂心想，男女歡愛竟能如此美妙，又如此可怕；性愛讓娜維娜這樣的女孩困陷於債務中，卻讓她和阿爾多如此靈肉相合，渾然忘我。

30

《威尼斯新聞》的晨報上寫道：

「黑巫術謀殺案」誘殺外國觀光客

・女屍「身著天主教法衣」

・檢察官警告「神祕的邪惡世界」

‧「非法」網站涉及死亡案件

檢察官昨日確認，主顯節期間，安康聖母殿附近發現的東歐女屍身上，穿著天主教神父的法衣。該女子應是闖入波維利亞島時遇害，潟湖委員會曾宣布該島對訪客十分危險。第二具屍體是具有東歐血統的美國女子，警方在兩人同住的旅館房間旁的運河中發現屍體。據旅館房務員表示，至少聽到兩名女子激烈爭吵過一次。

陪伴她們到該島的本地漁夫，三十七歲的里奇．卡斯奇里昂，亦在週一時被發現身亡，據本案相關消息來源指出「可能是自殺」。

檢察官班尼托．馬賽羅——公認爲本城效率最高的檢察官之一——昨天發表聲明：「現在論斷仍失之過早，但在第一謀殺現場確實找到神祕符號。當然了，神祕事物長久來被視爲極度危險，即使以現代觀點，也不難理解其原因。」

他又表示：「若這名本地人因被扯進其中而自殺身亡，那只表示這些危險仍非常眞實。」

關於兩名女子是否爲愛侶，憲警發言人表示：「暫無評論。」

更離奇的是，兩名女子可能曾在某爭議性網站上吹噓她們的活動。設於威尼斯的嘉年華網站吸引全世界上網人士，讓使用者匿名交換訊息，甚至影片。由於擔心該網站可能遭色情及神祕主義人士利用，義大利政府近期依反祕密法，申請進入嘉年華的伺服器。網站業主丹尼爾．巴柏因拒絕合作，目前正等待判決。

至本報導截稿前，巴柏尚未對此事發表評論。

「所以里奇．卡斯奇里昂是自殺的。」凱蒂厭煩地說。

皮歐拉表示：「顯然因殺害兩位東歐同性戀女巫後，自責不已，把自己淹斃在裝滿螃蟹的螃蟹槽裡。真是令人印象深刻。」

「你說過，馬賽羅十分精於此道，這份報導幾乎完全與證據相吻，只有一絲勉強。」

「除非你知道他略掉什麼。」皮歐拉同意道。

上午十點，但指揮中心十分安靜。一夜之間，調查本案的警官半數都被派去辦別的案子了。

皮歐拉嘆口氣：「問題是，我們沒有確切證據能做其他解釋。本案有許多影射元素，但一經追索，又變得撲朔迷離了。」

凱蒂告訴皮歐拉：「別擔心了，我們會查出來的，我相信一定有破綻。」

✣　✣　✣

自從發現珍蓮娜屍體上的刺青源自於天主教後，凱蒂便再度發信給自稱神父的女子「凱倫」。去信如石沉大海，但現在她的收件匣裡卻突然殺出一則訊息：

現在就上嘉年華網站，到聖匝加利亞教堂跟我會面，獨自前來。

凱蒂按對方指示，只有一件小事除外：她在嘉年華的化身看似隻身一人，但現實中，皮歐拉興奮又不解地站在她身邊。

「所以這是某種電腦遊戲嗎？」皮歐拉問。這時，凱蒂正匆匆穿過虛擬的威尼斯，趕到聖匝加利亞教堂。

「馬禮跟我說，技術層面上，這叫鏡世界，即真實世界的電子版，有點像多人虛擬環境，在網路世界裡十分龐大。光是Second Life、World of Warcraft那幾個網站，就有數千萬用戶。我老弟以前就很迷一個叫Twinity的鏡世界，每天掛在上面做幾小時互動。相較下，嘉年華算是小咖了。」

「所以這些鏡世界主要是給青少年用的？」

「有些是。但嘉年華不太一樣，因為每個人都戴了面具。想要的話，你可以使用嘉年華裡的角色，有效遮掩自己所有在網路上的活動。」

凱蒂的身分是哥倫比娜七七五九，她穿越擬真到幾可亂真的聖馬可廣場，沿拉斯夫人堤岸而行，然後往北進入聖匝加利亞教堂。

「到了。」

兩人一起坐在一棟建築物裡，看著螢幕上同一棟建築物的完美複製品——連門楣上方山形牆的裂縫都不放過——感覺好詭異。

「真是嘆為觀止。」皮歐拉驚呼。

一名戴著多明諾面具的人影，出現在憲警總部前等候，當凱蒂匆匆走向那人時，人物頭頂上彈出一個小視窗。

多明諾六七九八〇想與你聊天，接受嗎？

凱蒂點選「好」。

謝謝你，你們的談話會加密。

人影嘴中冒出一個對話框。

跟我來。

凱蒂跟過去，那人帶她來到廣場的安靜角落。

你想知道什麼？

凱蒂輸入：

——你是神父嗎？我是指真正的神父？

你一開始就問了個難題。

多明諾六七九八〇頓了一下，然後寫道：

據教宗的說法，我不是神父，但神學站在我們這邊。神父由主教選任，不是教宗。主教若決定授與女性神職，只要她受過擔任神職的聖禮，那麼在上帝眼中，她就是神父了。也許不算正統，甚至令人憎惡。教會可將她逐出門外，可在教會法庭上審判她，並解除她的神職。但根據天主教的基本教義，她將永遠擁有神父「抹滅不去的印記」，儘管違法，但她主持的聖禮與禱告的正當性，並沒有理由遜於其他神父。

——因此你才不願把你的真實姓名或所在地告訴我？

沒錯。教會知道，或至少懷疑我們的存在。教會正撒下天羅地網想找到我們，一旦被教會尋獲，我們便會受到迫害。

——如何迫害？

方式不一而足。例如有位芝加哥女神父，珍妮．狄諾米，她在二〇一〇年去世後，主教教區的人才發現她是神職人員。該教區拒絕在天主教堂爲她舉行喪禮，或讓她安息於聖地。

——你為什麼要這麼做？我是說，如果風險這麼大的話？

對方再度沉默良久，接著：

我無法代別人回答，但所有天主教徒都相信，接受神職會改變一個人，在靈魂上留下不可磨滅的印記，那是一種靈魂最深處感受到的聖召。你若跟我一樣感受到擔任神父的聖召，卻不予回應，便會有所缺憾。

——那教會的立場呢？

根本是錯的。的確，《教會法》說，唯有受過祝聖儀式者，方能舉行聖禮。但法律界長久來早已接受，泛稱男性的詞語，亦可包含女性在內。「人爲的災禍」是全體人類的共業，不僅限於一半的男性。基督說：「人皆有罪。」並非指女人就無罪了。對女性的禁制，純粹是出於厭惡，死守語義，是男性打著上帝旗號的怪誕念頭。

——你在上封信裡提到「墓穴授任禮」，那是什麼？

墓穴派神父是指祕密授任，未獲梵蒂岡許可的神父，這個說法主要用在共產國家，如東歐地區。墓穴派神父的規定寬鬆許多。例如，墓穴派神父爲免啓人疑竇，可能會結婚。另外，在梵蒂岡意識到女神父造成的爭議前，已出現一小批女神父了。其中有些人最後還成爲主教，並回頭爲其他女人祝聖。現在的女神父，便是承襲了這批前輩授予的使徒傳統21。

「又是東歐，每件事都回溯到鐵幕之後。」凱蒂說。

「問她波維利亞島的事。」皮歐拉說。

——你知道威尼斯有個叫波維利亞的小島嗎？

知道，那地方在女神父運動中，具有歷史重要性。

凱蒂訝異地問道：

——為什麼？

因爲瑪汀娜．杜維雅克的關係。

——她是誰？

瑪汀娜．杜維雅克是一九五〇年代，南斯拉夫尚爲共產國家時的一位墓穴派神父。目前就我們所知，她是第一批被祝聖的女神父之一。瑪汀娜甘冒奇險，故意被捕，以便到共產政權的監獄中對女性傳道——在那個沒有法紀的地方，人很容易憑空消失。她聽人告解、舉行彌撒、做臨終塗油禮……盡所有神父對信眾當盡之義務。

——後來呢？

一開始，梵蒂岡對她的作爲視而不見，但後來透過她的主教放話，叫她停手。杜維雅克質疑這項決定，一九六〇年代，梵蒂岡邀她到羅馬討論她的狀況。旅程中自然困難重重，因爲得進入西方，身爲獲判有罪的罪犯，她不可能拿得到簽證，所以被安排從克羅埃西亞偷渡進義大利。

——然後呢？

不好意思，我是在網咖上網打字的，所以有人經過且太靠近時，偶爾得停一下。杜維雅克老遠跑到威尼斯潟湖的一個小島——波維利亞島——跟傳教士代表團會面。當她拒絕放棄傳教時，他們便把她帶到島上的一間精神病院，終生監禁院內。

——就是波維利亞島上那間舊醫院嗎？她被關在那裡？

關得死死的，她沒有任何權利、沒有護照……西方幾乎無人知曉她的存在，她只是一個麻煩，大家全裝作她瘋了。杜維雅克最後死在島上，徹底被外界遺忘，但對我們而言，她是烈士；甚至總有一天能成爲聖人。

——你能解釋一下，現在的女性神父為何會想去那座島上舉行彌撒嗎？

當然可以。對我們來說，杜維雅克被幽禁的地方，成了朝聖地。我相信一定有神父去做過彌撒，讓瑪汀娜．杜維雅克的靈魂安息。

「那嘉年華呢？」皮歐拉悄聲說。

——有名女子，就是我提過的那位女神父的同伴，常上嘉年華網站。你知道她為何那麼做嗎？或許她也是我們社群的一員。

——社群？

我們的人數非常少，且散布在世界各地。當然了，我們大部分人，在遊說梵蒂岡讓女性合法接受

---

21 使徒傳統：指耶穌交給聖彼得等使徒的宗教權力，由各代主教相傳下來。

祝聖的國際運動中都很活躍，但連我們的激進份子都相當謹愼。因此，對外我們是祭壇的輔祭、事工……但在嘉年華裡，我們則能正大光明地作爲。

——你的意思是，這就是你們彼此溝通的方式嗎？像我們現在這樣私下談話？

我指的不止於此，這是我們與上帝溝通的方式。

——不好意思，這點得請你解釋清楚。

隨我來，我帶你去看。

多明諾六七九八〇轉身領著凱蒂進入教堂旁的建物，來到憲警總部的聖匝加利亞教堂，教堂融合了十五世紀的哥德與文藝復興風格，凱蒂覺得那是威尼斯最棒的教堂之一。然而威尼斯的華麗建築繁如星子，黑暗而回聲盪漾的教堂，則幾乎連一名觀光客都吸引不了。

嘉年華裡的虛擬實境幾無二致，獨有一點例外。凱蒂進去的教堂裡滿滿是人，戴面具的人們面對祭壇而立，壇上一名穿神父法衣的人高舉金色餐杯，空中充滿歌聲——純然的女子大合唱，一排排的化身者，彷彿都在唱著歌。

這就是我們禮讚的方式。

「當然。」凱蒂說，手指一邊飛快敲擊鍵盤。

——這樣做有效用嗎？我是指在神學上？

是的。我們之中有幾位在國際上極受尊崇的神學家，他們同意聖靈可通諸四海，因此在嘉年華裡舉行的彌撒，與任何其他彌撒一樣「眞實」。只要在彌撒舉行時，有一名參與者拿著代表基督肉體與血的聖餅與酒即可。

——那實在太有創意了。

梵蒂岡若是發現，一定會不高興。

——為什麼？

你想想看，嘉年華裡的人若願意透露，你頂多能知道其性別而已。女性若化身男性，就表示她可以合法地舉行虛擬彌撒了嗎？教會的規定豈不全都白搭了。

——你認為他們會加害你嗎？

人身的危害嗎？我想梵蒂岡應該不至於。不過別忘了，中世紀審判異教徒時，用木樁燒死女巫的，從來不是梵蒂岡本身，而是接受委任處理的地方政府，教會明知會遭受拒絕，還是會正式而僞善的請求赦免其罪。人們對著被揭示身分的女神父吐口水，燒毀她們的房舍，將她們逐出社群與教區，無所不用其極。如果那些自認行上帝之事的人欲加害我們，讓我們面臨更大的風險，我也不會太訝異。

——我必須很遺憾地告訴你，我所打聽的兩位女士均已遇害——是被謀殺的。

雙方沉默良久，接著：

太可怕了，我會爲她們祈禱。

——你可知有誰可能下手？

世上的天主教徒超過十億，只有一小批人無怨無悔地接納教宗訓示，想信其中有些人會自願爲教宗下殺手，但我無法幫你查出是哪些人。

凱蒂面前的人影一晃，然後消失了。

「她登出了。」皮歐拉說。

「很好，」凱蒂靠回座上。「至少完全破除了珍蓮娜．貝比克不是神父的假設，就珍蓮娜自己的認定，她跟任何男性一樣，是不折不扣的神父，也說明了她在波維利亞島上的作為。」

「這些事沒有一項能夠確認。」皮歐拉警告說。

「我覺得有一部分可以確認。我跟尤瑞厄神父談話時，他提到克莉絲蒂娜修院的年長修女中，有些曾在波維利亞島上的精神病院服務。我去查查看，是否有人能確認瑪汀娜．杜維雅克的事，反正我也想回修院一趟——我想讓尤瑞厄神父知道，他的話我沒法盡信。」

「好，但別太離題，本案的核心，還是與組織犯罪有關。」

「那倒未必。」凱蒂駁道。

皮歐拉搖搖頭。「香菸、漁夫的死……我同意馬賽羅的女同志吵架說乃子虛烏有，但至少他的說法很單純。我是這麼想的，也許這只是兩個世界擦撞時發生的事。假設珍蓮娜．貝比克去以前另一名女神父被監禁的波維利亞島上舉行彌撒，而不管里奇．卡斯奇里昂去島上做什麼，都與黑手黨有關——例如他去拿走私品。到目前為止，都還算清楚，對吧？」

凱蒂點點頭。

「里奇發現島上有別人，所以便把她殺了——是的，馬賽羅說槍枝可能是里奇從亞得里亞海對面走私來的，這建議並不算壞。里奇殺害珍蓮娜後，試圖把謀殺現場布置成黑彌撒的模樣，一則掩飾自己的罪行，二則強調波維利亞島的惡名，叫一般人切莫亂入。後來屍體被沖至威尼斯，凶案開始引起關注了，里奇的老闆決定趁他走漏風聲前殺人滅口。」

聽起來雖合理，凱蒂卻不甘心接受凶案與女神父受迫害無關的說法。「既是漁夫，里奇不是應該比別人清楚，不能把屍體扔到波維利亞島外嗎？」她抗議說：「他應該知道水流會把屍體沖到威尼斯才對。還有美軍公開資料的查詢？跟鐸剛．柯洛維克相關的問題呢？難道你要說，那些都無關嗎？」

皮歐拉聳聳肩，「既然上頭不許我們跟老美談話，最好還是希望無關吧。至於教會……若不必把教宗陛下扯進來，便能結案，我當然不反對。我有預感，檢察官也不希望變成那樣。」

「珍蓮娜．貝比克和芭芭拉．霍頓遇害，是因為她們的信仰，這點我很篤定。」凱蒂固執地說。

皮歐拉靜靜地表示：「你這說法是依照證據，還是自己的想法？」

「什麼意思？」

「我的意思是，你和這些受迫害的女人也許有關。」他指指電腦，「你為迫害者感到憤怒，所以希望將他們繩之以法，但那並不是我們所要調查的案子。」

皮歐拉的邏輯刺痛了凱蒂，因為她知道，就某種程度上，皮歐拉說對了。

「你胡說！」她大聲叫道，皮歐拉很識趣地沒再咄咄逼人。

「你知道嗎？這件案子有個我們一直都沒談到的關係人。」他說：「丹尼爾．巴柏。如果他能讓我們讀取芭芭拉．霍頓登入嘉年華的資料，我們便能知道你的想法對不對，受害者的死是否與她們的信仰有關了。」

「『如果』他願意。但就我了解，巴柏不會跟政府合作的。」

「值得一試，反正你會見到他。」

「你不一起來嗎？」

「你一個人去，他的反應也許會好一點。」

「你是要我對他送秋波嗎？」凱蒂吃驚地問。

「沒那個必要吧，像你這類型的女人，只要走進房間，屋裡任何男人都會想討你歡心，即使他並不自覺。巴柏是個很宅的電腦怪胎，不是嗎？我懷疑他見過像你這樣的女人，至少不是活色生香的本尊。」

「我覺得現在換成你不夠客觀了。」凱蒂不知該怒還是該喜。

「相信我，我非常客觀。」皮歐拉不可置信地望著她，「你該不會真的不了解自己有多美吧？」

「你這樣讓我很不自在，那已是八百年前的落伍想法了。」

他聳聳肩，「你自己決定怎麼辦最好，不過我直覺地認為，還是由你出面最佳。」

31

荷莉．博蘭開著她的新飛雅特五百，沿A13高速公路急馳，這車小得跟兒童玩具一樣，開起來卻十分暢快。天氣晴朗，清爽的冬日空氣縮近了距離，將視野拓展開來。她經過一個個在地平線上閃閃發亮，如文藝復興畫作的城鎮，帕多瓦（Padua）、費拉拉（Ferrara）、波隆那（Bologna）……然後穿過山區來到佛羅倫斯——五顏六色的圓頂與高塔，像海市蜃樓般地高踞在這個歷史中心的城市上。荷莉很想到比薩停留一下，看看以前的老友和鄰居，還有多少人住在同一條街上——她相信大部分人都還在——可惜她的第一個目的地必須是達比基地。

荷莉在四小時內，從義大利東岸趕至西岸，這會兒沿著寬約三十公里，夾在第勒尼安海與山區間的平坦林帶朝南而行。達比基地在松林裡伸展約二十五公里，一路直下利佛諾（Livorno）的美國海軍碼頭。基地雖大，但荷莉知道駐紮此地的軍事人員相對少數。達比基地近期主要作為儲存飛彈及娛樂中心之用，每年約有五萬名士兵及軍眷，從義大利及德國其他美軍基地來到此處度假，孩子們就在離核彈庫房幾公尺外的地方玩耍。理論上，義大利沒有私人海灘，但實際上，義大利政府對美軍堅固的雙層圍欄、層層證件檢查及監視攝影機，從來不敢有所抱怨。

荷莉將通行證交給警衛室去刷，並詢問如何到回收廠。她在基地中開了三公里路程，才抵達像一叢巨型白色蘑菇的水泥圓頂邊，那是地下飛彈發射井的蓋子，碩大的廠棚就在附近。

她在棚子裡找到坐在辦公桌邊，跟她通過電話的男子。荷莉一眼便瞧出對方的類型：年近六十，皮膚黝黑，突出的肚腩擠在整整小了兩號的制服裡，像穿束腹般突出了兩圈。柯薩潘上士再兩年就要退休了，這段時間能混就混。

「我在找從埃德里基地送到這邊的舊檔案。」荷莉告訴他：「你說過我可以看一看，記得嗎？」

「當然，你可以看一看，但別指望我幫你太多。」男子重步走到堆在角落裡，約兩公尺高的碎紙，「那就是那批檔案。」

荷莉瞠目結舌地瞪著那堆廢紙，「已經絞碎了？」

「看起來是。」上士同意說。

「什麼時候的事？」

「昨天。命令終於下來了，把檔案全部絞碎，以防萬一。我告訴你，我們有一部很大的碎紙機，可是總也絞不完，其實我們還沒絞完。」

「還有嗎？」

上士用大拇指比著另一個角落成疊的箱子，「在那邊。」

「我能至少翻一翻那些箱子嗎？」

「應該可以吧，」他有點不確定地說。「他們都派你老遠跑來了，反正別帶走任何文件就行了，因為我得到的命令是把它們絞碎，若是被你帶走，我就無法交差了。」

「謝謝。」荷莉感激地說。

她的首要工作是找出任何與芭芭拉．霍頓查詢年份相關的箱子，從一九九三至一九九五年，可惜那些箱子似乎都已絞完了。

「媽的。」她大聲罵道。

「找到你要的東西了嗎？」柯薩潘晃過來問，他的鮪魚肚大到走路身體略往前傾，宛如用後腿直立走路的狗兒。

「沒，沒找到。」

「那你打算怎麼辦？」

「呃……」她對著紙箱揮揮手，「我打算翻遍每個箱子，看能不能找到任何用塞爾維亞─克羅埃西亞語寫的文件。」

柯薩潘邊思忖荷莉所說的話，邊蠕動嘴唇，彷彿把一根假想的香菸推到嘴角。「然後你打算怎麼樣？把文件帶走嗎？」

「不會的，上士，絕對不會，因為你受命銷毀文件，不是嗎？」她堅定地點點頭。「所以等我找到文件，就麻煩你告訴我影印機在哪裡，我會影印後交由你銷毀原件，這樣大家都開心。」

「我沒問題。你繼續找吧，老實講，我們這裡不常有訪客。」他說。

荷莉發現上士只不過是以粗魯的舉止，掩藏自己的寂寞罷了。「謝謝你，上士，我可以先從這堆看起嗎？」接著她又說：「你知道嗎？我也算是在這個基地長大的，家父是泰德．博蘭。」

果然如她所料，對方眼睛一亮。「泰德．博蘭！沒想到啊，我自己在這個基地待了十五年啦……」

上士滔滔不絕地講了兩個小時，荷莉又找出十幾份塞爾維亞—克羅埃西亞語的文件。辦公室裡有影印機，於是她份影印了兩份，一份給自己，一份給伊安．吉瑞，然後才將原件交還給柯撒潘上士依令銷毀。

32

就像大部分的豪邸一樣，巴柏府富麗堂皇的主入口面對著運河，讓乘船抵達的人士能留下深刻印象。反之，側邊臨街的門則相對低調——以橡木雕製的木門枯朽老舊，幾乎看不出門內是威尼斯最華麗的豪宅之一。僅有嵌入門邊牆裡的獅頭雕刻，能透出這棟宅子的風格，那獅子黑洞般的張口，能容下凱蒂的拳頭。

凱蒂按著黃銅製的門鈴，一邊等待，一邊仔細檢視獅頭。她知道威尼斯城裡像這樣的獅口（bocca di leone），所剩已不到半打，這是威尼斯海事極盛時代留下的遺物，當時的共和政體認為有必要監視市民。凱蒂彎下腰，把耳朵貼到獅口上，漆黑的獸口裡，傳來隱約的呢喃；如洞穴裡的回聲，或海螺殼裡傳出的遙遠浪音。

「你想幹什麼？」

凱蒂驚跳起來，一名年約四十的男子站在打開的門口，雖然凜冽的東北風從窄小的運河上颯颯灌入，但他只穿了休閒T恤和斜紋棉褲。男子眼神明亮銳利，頭髮垂至肩上，蓋住雙耳。但最後吸引凱蒂注意的，卻是他的鼻子。原本該是鼻孔的地方，成了平滑的殘疤，像第二顆肚臍般。

「我是憲警隊的凱蒂．塔波上尉。」她想伸手拿皮夾，卻被對方打斷。

「不必出示證件了，上尉，不管你的身分是真是假，對我來說都沒有差別。」

「我寄過幾封信給你……」她才起了話頭。

「我知道。」

「可是你沒回信。」

「我決定不見你。」

「但我還是必須占用你半小時的時間。」她堅決地說。凱蒂記得在維基百科上讀到丹尼爾有某種社交迴避症，於是決定硬幹。「如果你喜歡，我們可以來正式的，拿逮捕令，讓你到憲警總部走一趟。不過那得花更多時間，你也可能會在拘留室待一陣子。現在這個時節，那邊人挺多的。」

丹尼爾．巴柏易感的面容上掠過一抹嫌色，他突然說：「好吧。就半個小時，不能多了，我很忙。」

凱蒂發現丹尼爾的腔調很怪——不盡然是美國腔，但全無威尼斯常見的，唱曲般的腔調。也許那跟他半聾有關吧。「謝謝你。」她用一朵微笑軟化剛才的堅持，巴柏只是咕噥一聲。

他帶凱蒂進入大廳，廳中幽暗空盪，凱蒂並不意外——這些宮殿的一樓是為了交易與儲藏而設；堂皇的大接待廳則設在樓上。空氣中有股明顯的潮味，「我可以看看獅口內長什麼樣子嗎？」她問。

「為什麼？」

「我只是好奇罷了，機會難得。」

丹尼爾似乎想拒絕，接著雙肩一聳。「反正你只有半小時，隨便你愛怎麼用。」他帶凱蒂來到走廊盡頭的一扇門，「就在那邊。」他指說。

我不是在調情，凱蒂告訴自己，只是在替一場高難度的訪問做暖場。

她往下走到一處低長的房間裡，裡頭排放著皮裝書，一面牆邊有一整排的櫃台，牆上的窗格是唯一光源，比櫃台稍高，但與在一樓走動的人腳步同高，這裡一切都潮得泛光。

凱蒂約略知道獅口的運作方式，市民將他們短信——對威尼斯同胞的匿名告發、資料、八卦等——扔進外頭的獅口中，短信從獅口的斜道落至這個房間。房中有十幾名情報間諜，日以繼夜地在燭光下分析，幫每個市民建立祕密檔案。

「威尼斯十大家族也藉此建立所謂共和國的平靜。」丹尼爾．巴柏的聲音在她背後響起，他從凱蒂身旁伸出手，拉動其中一個分類架：腐壞的木頭在他手中散開。「現在連十年都撐不下去，甭說再用上三百年了。」

「是因為高水位造成的溼氣嗎？」

「不盡然是。」他再度猶豫了一下，接著突然說：「來吧，如果你那麼感興趣，我帶你去看。」丹尼爾走到另一扇門，將門拉開，橡木門抖抖顫顫地刮在石地上。

寒冷潮溼的空氣向凱蒂撲來——那是地窖的空氣，眼前是滿目的漆黑和海洞的濺水聲。丹尼爾撥開開關，從門邊退開。石階往下通到另一間更大的房間，堅實的圓柱通往屋頂——應該是用來支撐上面所有大理石的吧。不過原本的地板，現在已成一潭濁水，亂七八糟地波盪著，整個房間有若被巨人歪拿著的盤子。

「這裡一天要泡在水裡兩次，但夏天通常會乾掉。」丹尼爾指著牆上，像紀錄孩子抽長的身高，以炭筆寫下的日期，那是水位的標記。「這些可回溯至一七七六年，有些最老的標記已被沖掉了。十九世紀時，英國的藝術評論家羅斯金（Ruskin）曾說，威尼斯像茶杯裡的方糖，漸漸消融在海水裡，他指的就是巴柏府——訪客簿裡有他的名字。」

若不踏進水裡，凱蒂僅能觸到最近的架子。她抽出一份棕色檔案夾，看到手寫的紙頁墨水，如今已潮得模糊發霉了。「這些東西是不是應該搬走？」

丹尼爾．巴柏聳聳肩，「現在誰還對這些東西有興趣？只是些古老的祕密罷了。要不要上樓了？你在浪費你的三十分鐘。」

他帶凱蒂走上主階。那轉變有如天壤——樓上的地板牆壁，全是精緻的大理石，光線從精雕如麥芽糖卷的哥德式拱窗篩落。但凱蒂無法忘卻整座房子岌岌可危地棲踞在拍濺的海水上，也忘不掉那些腐朽污濁的特務辦公間。但威尼斯就是那樣：是建立在醜惡之上的美；是蓋過溼鹹海水的芳甜香水；是夾在義大利最輝煌文明裡的割喉商戰。

「好神奇的地方。住在這裡，你一定覺得很幸運。」凱蒂找話說，但丹尼爾懶得回答。

他帶凱蒂沿著主廊來到一間沙龍裡。一般會在這種房間看到的細雕櫥櫃與繁複華麗的玻璃製品，顯然都沒有。房中反倒有股大學研究室的氛圍，都是低廉而功能性十足的家具，還有一面寫滿了看似數學公式的大白板。

丹尼爾坐下來說：「所以，你想問什麼？」

「我需要取得一些嘉年華網站裡的對話紀錄。」凱蒂坐到他對面，拿出從歐洲旅館列印出來的上網紀錄清單。「在這些時間點登入網站的人，沒多久後便遇害了。我們想知道她在嘉年華裡跟誰聯絡，以及聯絡的原因。」

丹尼爾幾乎沒去看清單。「這就是報上說的邪教女子之一嗎？」

「我們認為媒體的臆測毫無幫助。」

丹尼爾眉毛一顫，彷彿終於聽到她講出一些出乎意料的話了。

凱蒂又說：「你若能協助我們調查，我們可以提供一份心理評估的參考，或許能影響你的判決。」

丹尼爾的上唇一揚，「我懷疑會有幫助。」

「我可以寫信給法官……」

丹尼爾打斷她的話。「只怕讓你白走一趟了，上尉。我跟你一樣無法讀取嘉年華裡的對話紀錄，網站裡說的話全都加過密。」

「但是你可以看出她有多麼常上線，及上線多久。」凱蒂繼續堅持，「你可以看出她是跟一個人或跟許多人對話，以及所有你從用戶電腦上搜刮下來的資料——『搜刮』，那是正確說法，對吧？電郵地址、所在地點、購物習慣、用戶有哪些朋友……那類訊息對我們而言極為有用。」

「就算我可以給你那些資料，但若沒有她家鄉轄區法院的許可，我就會犯了國際隱私法，你還不如試著去讀她的電腦硬碟。」

「我們試過了，是在運河裡找到的，電腦泡在海水裡，我們什麼都無法讀取。」

「嗯。」巴柏不置可否地說。

一會兒後凱蒂接著表示：「除此之外，我發現女性神父——也就是那些宣稱她們有聖召的天主教女子——使用嘉年華舉行彌撒。你知道這件事嗎？」

巴柏聳聳肩，「人們要在嘉年華裡做什麼，隨他們便。」

「但你似乎並不訝異。」

「並非所有需要隱私的人都是罪犯，雖然政府希望我們如此認為。」

這樣下去不行。凱蒂身體微傾，雙肩後挺，並稍稍瞠大眼睛，希望能裝出學生崇敬的萌樣，而非躁動的女色情狂，但之間的差異也許不若所期。

「丹尼爾，你的義助意義重大，我是指對我個人而言。」她說。

丹尼爾冷冷看著凱蒂。「你真的認為那樣會有差嗎？」他很不給面子地說。

凱蒂知道他指的不僅是她所說的話。她覺得有點荒謬。但這不是她第一次惱羞成怒了。

「去你的。我幹嘛對你那麼好聲好氣？你是個即將入獄的可憐怪胎，對了，我希望你爛死在牢裡，我不用你幫忙，也能把案子偵破。」她說。

丹尼爾眨眨眼，「你說完了沒？」

「應該說完了。」凱蒂起身，「謝謝你撥冗見面。」

他淡定地說：「我又沒說不幫你。只是沒法按你建議的方式做罷了。我們的利益剛好一致，上尉，我會把資料給你，但不是從嘉年華上抓，而是從筆電上截取。」

凱蒂皺起眉頭。「我剛跟你說我們已經試過了，沒用的。」

「你們錯了。」

「你憑什麼那麼有把握？」她好奇地問。

「因為我以前成功過。」

丹尼爾十歲時，父母送他一部電腦，Commodore 64，是早期有硬碟的量產電腦，處理資料的效率是八位元，不到現代信用卡容量的千分之一。不過丹尼爾十二歲時，程式語言BASIC的熟練度已不下於他的義大利語和英語了，前者是他父親的母語，後者是他母親的母語。更有甚者，丹尼爾在BASIC流通的世界中，比在其他人所謂的「真實」世界裡更如魚得水。在這個新的宇宙裡，一切遵循著一套嚴謹、可預期的規則，所有事物都化為程式，事情若不按你想要的方式進行，重寫程式直到達成目標即可。

那年夏天，他們家到威尼托的鄉間別墅避暑，每年威尼斯的暑氣與臭氣高漲到令人無法消受時，他們便會去威尼托。丹尼爾堅持帶他的電腦，他父親抱著電腦來到外頭的汽艇邊時，手滑了一下，電腦落入運河裡。丹尼爾二話不說便潛入水裡搶撈電腦，把他父母給嚇壞了。由於河水污染，丹尼爾發了高燒，但好轉後，丹尼爾便開始搶救硬碟裡的資料。那是個勞心費神的工作，就像重建一個摔到粉碎的花瓶，但他最終畢竟成功了。

丹尼爾至今仍懷疑，父親是真的手裡打滑，或只是覺得兒子在電腦這個陪伴物上花太多時間。這些事他當然都不想跟塔波上尉分享，雖然他發現對方正好奇地盯著自己。

「那硬碟是個證物，若是離開警方保管——更別說落入一名獲判有罪的罪犯手裡——就再也不能當呈堂證物了。」她說。

丹尼爾指出，「它如今在法庭上反正也沒用處，你們有什麼好損失的？」

凱蒂猶豫著，畢竟硬碟還在她手上，馬禮也確實說乾脆扔掉算了。把硬碟丟掉跟拿給巴柏有何差別？但凱蒂提醒自己，萬一硬碟裡眞的有線索，而丹尼爾也能取得出來，她可不敢保證丹尼爾會拿那些資料做什麼。他可以輕易做為利己之用，然後說資料取不出來。凱蒂知道皮歐拉會認為這種提議完全不可行。

她搖頭說：「很抱歉，我不能那麼做。」

丹尼爾聳聳肩，似乎料中了答案。「我可以理解，不過你能幫我個忙嗎？」

「什麼事？」

「當你們的調查受到不知名人士的牽制；當證物失蹤或證人緘默不語；當你和皮歐拉上校受阻，不許追究你們認為很重要的線索時……你能重新考慮嗎？」

凱蒂沒說上述那些事大多已是進行式了，她只是點點頭，說：「也許會。」

「那樣的話，上尉。」丹尼爾說著，站起來，「我會期待你的電話。」訪談結束了，她瞄了一眼自己的手錶，剛好花了二十九分鐘。

凱蒂離開時，看到丹尼爾已走到白板邊仔細研讀，一邊拿筆順著數學公式畫著，彷彿閱讀一頁僅有他能聽到的樂譜。

33

凱蒂開車到克莉絲蒂娜修院。尤瑞厄神父勉強同意讓她跟其中一名年長的修女談論波維利亞島的事，凱蒂懸念的倒不是即將面臨的訪談，而是她跟丹尼爾．巴柏的談話。

凱蒂盡量不對別人妄下論斷。偵查的經驗讓她明白，滿面堆歡，驕傲地出示子女照片的父親，可能會虐待孩子；多半時間都在照顧菜園的可愛老頭，也許是黑手黨殺手；跟她一樣的年輕專業人士，可能有毒癮或會毆打父母。

然而凱蒂卻強烈地認為，丹尼爾對這次調查會有幫助。她目前不至於信任丹尼爾——但丹尼爾堅持不讓政府進入他的網站，至少顯示此人挺堅持自己的原則。

凱蒂知道皮歐拉會說，決定權不在他們手上。當辦案的警官開始自設規則時，他們就會成為問題的一部分，而她的邏輯——丹尼爾因拒絕政府合法查詢，因此值得信賴——在法庭上根本站不住腳。

凱蒂被帶到尤瑞厄神父的辦公室時，心裡還糾結著這件事。一名女子坐在扶手皮椅裡，嬌小的身材被椅子襯得有如侏儒，看起來簡直像個小孩，但微微佝僂的脖子，洩露了她真實的年齡。女子穿著灰色修女服與白色頭巾。

尤瑞厄神父顯然打算留下來聽她們談話，但凱蒂堅持不讓他得逞。在說服神父離去後，凱蒂先寒暄般地問了幾問題，讓修女寬心。凱蒂很快就發現根本多餘了，安娜修女巴不得找人聊天。

修女立即表示自己是修院服務最久的護士之一。她大聲說：「那就是當修女的優勢，不會有人逼你退休。」

「所以您在這之前，曾在波維利亞島上的醫院工作過嗎？」

「是啊。那地方好恐怖，噢，我不是指醫院，醫院還不錯。可是島上的人對醫院很反感。」修女壓低嗓音，「人們說醫院鬧鬼，雖然我沒看到任何東西，但那裡確實鬼氣森然。好多可憐人死於瘟疫，沒人敢吃那邊捕到的魚。」她鄭重地點點頭，意思好像是，不吃魚便足以證明一切。

「都是些什麼樣的病人？」

「噢，當時不像現在。」安娜修女跟她保證。「我們這裡醫治的神父大部分……呃，你若不知道他們在想什麼，看起來似乎都很正常，不是嗎？當年我們的病人很多是所謂的瘋子，腦筋不對勁的人。」她強調說，怕凱蒂聽不懂什麼叫瘋子。

修女大嘴巴地洩露當前修院中的患者身分，凱蒂將之記下，做為將來參考用。一些需要尤瑞厄神父親自禱告與治療的神父……也許這間修院便是傳聞中，那些做出令教會蒙羞之事的神父被悄悄送去治療的祕密地點之一。難怪尤瑞厄神父會如此閃躲了。「當年的精神病院裡可有女性？」凱蒂問。

修女用力點著她那張看起來像小鳥的臉龐。「噢，有的，我看幾乎跟男生一樣多。好可憐哪，你很難相信……」

凱蒂打斷她，並問：「你記得有位叫瑪汀娜．杜維雅克的女性嗎？」

安娜修女快速眨眨眼。然後說：「噢，天啊，記得，他們稱她為可憎的人。」

尤瑞厄神父也用了同樣的說法。「為什麼？」

「嗯，」安娜修女嘟著嘴說：「那可憐的女人腦筋有問題，她以為她是……」她萬分遺憾地搖頭低聲表示：「是神父。」

「她是嗎？」凱蒂大膽問道。

老修女駭然回答：「當然不是。」

「但她認為自己是？」凱蒂追問說。

「精神患者會相信各種事情，那些可憐的人。」安娜修女拘謹地說：「是的，她就是那點執迷不悟令我難忘。」

「醫生如何治療她？」

「通常以藥物、祈禱與電擊做治療。」

「有成功嗎？」

安娜修女思索道：「我只能說，有時她會變得比較平靜。我知道她剛來時狀況很糟，直嚷著教宗陛下要召她去羅馬，她要讓世人知道，女人可以擔任神職。聽說有時他們只得把她關起來。」

凱蒂試著想像瑪汀娜．杜維雅克當時的情況。偷偷被擄至異國，囚禁在精神病院中，沒有半個人相信，或願意相信她就是她自稱的神父。她最信任的那些人，徹底背叛了她。

「可是你說，她被稱為可憎的人？」凱蒂說。

安娜修女點點頭，「沒錯。」

凱蒂問：「他們為什麼要那樣喊她，如果她並不討人厭？」

凱蒂滿意地看到，修女在對談中，首度無言以對。

✣　✣　✣

在走廊上徘徊不去的尤瑞厄神父匆匆迎向前說：「這次訪談相信應該很有用吧。」

「安娜修女告訴我很多事。」凱蒂告訴神父。

「很好。呃，若沒別的事，讓我送你回你車上吧。」

神父帶引她走向入口時，凱蒂說：「對了，我們也辨識出波維利亞島犯罪現場牆上的其他符號了，也就是您沒能認出的那幾個。」

神父轉頭看著凱蒂問：「所以，那些符號是什麼？」

凱蒂覺得他有點矯情，神父努力維持淡然，卻忽略了一般人聽到謎團破解後，必然會有的好奇。

「那些符號叫斯圖塔克符號，是天主教，而非邪教的符號，來自波士尼亞與克羅埃西亞。」

神父依然不動聲色。「結果並沒有那麼神祕，是吧？不過我還是得說，宗教符號也會被江湖術士拿去濫用。」

「是啊。不過這幾個符號在其他符號被添上去前，就已經畫在牆上了。甚至是在女神父被殺之前。」

尤瑞厄神父忍不住一顫。

凱蒂表示：「對不起，我應該說『作神父打扮的女人』。請告訴我，神父，今天您若有個女病患，真的相信自己就是神父，您會如何治療她？」

神父思索道：「每套治療方式都不同，得視每個人狀況而定……」

「但您會治療她，對吧？」凱蒂對尤瑞厄神父窮追不捨。「你會說她心神迷亂，就像瑪汀娜．杜維雅克一樣嗎？」

尤瑞厄神父對她提及瑪汀娜．杜維雅克一事不予回應，「從那之後，醫療技術已有長足的進步了。」

「但教會並沒有。教會對女神父的看法反而變得更堅持。」

神父沒答腔。

凱蒂衝口說：「上次我來這裡時，你說要帶我四處看看。」

他皺起眉，「我有嗎？」

「我現在還有幾分鐘時間，能請你為我導覽嗎？」

凱蒂看得出神父在考慮後，決定最簡單的辦法，就是配合她的謊言，但此人喜怒全然不形於色。「沒問題，我們這裡沒什麼需要隱藏的，上尉。」

神父猛然轉身，幾乎不等她跟上。「這些全是診間，」他馬不停蹄地朝左側房間揮揮手，「不過我們不能打擾患者治療。」

「神父，你所說的『患者』，是指『神父』嗎？」

就算尤瑞厄神父氣惱安娜修女洩露這項訊息，也沒表現出來。「本院是私人贊助的慈善機構，在天主教會資助下運作，因此，我們會以來自教會團體的事務為優先。」

「墮落的神父。」

「生病的神父，」他糾正道。「我好像對你說過，本院採取結合醫療與心靈治療的方式，其交迭使用的程度超乎許多人的想像。例如，認知行為療法和修道士嚴謹的自省工作，有許多雷同之處。祈禱與想像治療……告解與非指導精神分析……即使苦修與悔罪這類看似守舊的觀念，與治療癮症的十二步驟，也有類似的地方。」

「那麼貴院所使用的藥物是？」

「能幫助控制症狀，讓病人更容易接受治療的藥物。」

「你是指更容易受到暗示吧？」凱蒂想激怒他，但這是尤瑞厄神父擅長的領域，他的遣字用語精到而老練。

「如果治療患者，能像暗示病人已經痊癒那麼簡單就好了。」他淡淡表示：「上帝固然可以如此，但醫院裡的奇蹟實在難測。」

她聽見其中一扇關起的門後——雖然隱約，但肯定沒聽錯——傳出女人類似狂喜時的呻吟。「我是不是聽到色情電影了？」

神父沒有停下腳步，斜著頭，說：「有可能，有些形態的性成癮，標準治療方法就是給予患者大量他們渴求的事物，或逼他們正視自己的癮症。」

神父帶她穿過天花板高聳的食堂，進入廚房。一群穿棕色修士服，腰上圍著帶子的男子，正在長長的櫃台邊準備食物。有幾個人抬起眼，凱蒂覺得他們的目光刺向她，旋即又垂眼回去忙工作了。

「我們這裡既是社群，也是醫院。」尤瑞厄神父說：「病患在這裡，也得遵守修道院的規矩。這裡安靜得詭異，「包括守靜嗎？」

「是的，但治療室及其他特殊指定的區域除外。我們發現守靜有助他們專心治療。」

一名高大壯碩，身穿極不搭調的僧袍和黑色毛帽的男子，扛著一頭死鹿走進來。男人把鹿放到台子上，然後伸手取刀，一對粗短鹿角間的小洞，還淌著鮮血。

「那頭鹿是被射死的。」凱蒂吃驚地說。

尤瑞厄神父點點頭。「沒錯，我們這裡幾乎自給自足——有兩百畝的農地，建物四周樹林環繞，大部分病人都會在土地上耕作。」

「真是令人佩服，我很訝異你們會讓精神病患用槍。」

「我們非常小心，這點我可以跟你保證。不過信任與康復是我們院內的基本原則，我們從不鎖門，只有接受特殊治療的人例外。」

「我需要一份你們所有武器的清單，以及每把槍使用的子彈口徑。」

「沒問題，」神父冷冷地說。「不過我可以跟你擔保，你不會查到違法亂紀的事。」

他從另一扇門帶她離開廚房，來到一道悠長的通道。顯然是原本修院裡的一部分，巨大石拱在她頭頂上散布成扇形的天花板。尤瑞厄神父繼續快步前行。

凱蒂瞥見右側一間有著石頭地板的房間門上，以花體字塗寫了幾個字：Il celibate èla furnace in cui si forgia la fede（獨身是鑄造信仰的熔爐）。她折回來仔細一看，房中除了一排木製掛釘，空無一物。其中幾根釘上掛著編好的皮繩，地板上的凹槽顯然作為排水之用。

尤瑞厄神父走回她身旁。

「這是鞭笞室，對不對？」凱蒂興師問罪地問。

「是的，不過已經有幾十年沒用了。」神父淡然一笑。「以前教會所讚許的『自律』，現在被視為『自我傷害』，因此我們做了修正。這也算是教會確實有進步的證明吧。」

凱蒂蹲下身，牆壁已褪色斑落，但她仍能在離地幾公分處，看出幾塊鏽色的褐斑。

「我覺得這些血跡看起來並沒有那麼古老，神父。」

「這房間曾被拿來當做殺豬的場地，因為有溝槽，很方便。」

凱蒂站起來，覺得自己有點蠢。「噢。」

「還有別的事嗎？」

「有件事想麻煩你，我想看看一月份第一週，完整的住院患者名單和他們的照護細節。」她假裝還不放棄查問。

神父歉然地攤開手。「除非你帶了搜索令，否則恐怕沒辦法。我們很願意與警方合作，但我們也有責任保護病人的隱私。」

凱蒂知道，沒有任何進一步的佐證，馬賽羅絕不會給她搜索令。她懷疑尤瑞厄神父也知道這點。

「你似乎疑心很重啊，塔波上尉。」他溫和地說。「我能問一下，你究竟在懷疑我們什麼？」

凱蒂天人交戰了一下，不知該戒慎以待，還是去激怒神父。凱蒂說：「我認為關於那些符號，你對我撒了謊。我覺得你從一開始就認得那些符號。」

「啊。」尤瑞厄露出有點慚愧的面色。很快地接著說：「我的確想過它們可能源自克羅埃西亞，不過我並不認為自己撒謊，我只是傻傻地沒把心中的猜疑告訴你罷了，我應該想到你遲早會查出來。」

「你當時為何不想告訴我，那些符號是什麼？」

「教會現在處境艱困。上尉，我無意冒犯，但你對我們的敵意與偏見，正反映出外界對教會的看法。我擔心你若錯把波維利亞島上的事，跟教會串在一起，本院也許會被捲進調查中，然而保持低調對我們的工作至為重要。」

「貴院有許多患者在自己國家內便犯了法，警察在此四處查探，也許會把他們嚇跑。」凱蒂猜道。

「也許吧。」他同意說。

「咱們乾脆把話說開了。事實上，在貴院接受治療的許多神父，或多或少都憎恨女人，他們沒有人喜歡女神父，對吧？你可以明白為什麼我有懷疑的理由了。」

尤瑞厄直視凱蒂的眼眸，說：「上尉，我接受本案受害者會去波維利亞島，或許跟本院以前某名患者有密切關係所致，但最多也僅是這樣了。你也看到本院地處偏遠——病人若失蹤跑去犯罪，我們絕不可能沒有察覺。身為神職人員，我跟你保證，我若有任何證據，能證實過去或現在的患者跟你們的謀殺案有關，必定相告，不勞你去申請搜索令——可是我並沒有。」

34

阿爾多．皮歐拉開車到基奧賈，故意把車停到遠離他想造訪的住家。梅瑞塔．卡斯奇里昂打開門時，認出是皮歐拉，登時一僵。

「我能進來嗎？」他低聲說，片刻後她點點頭，放皮歐拉進門。他發現梅瑞塔在關門前，還查看了一下是否有任何鄰居監看。

「沒有人看見我的。我只是想再問你幾個跟令夫有關的問題。」皮歐拉說。

「什麼跟他有關的問題？」

「我們坐下來談，好嗎？」

✣ ✣ ✣

凱蒂在總部上網，搜尋克莉絲蒂娜修院的資料，果如所料，沒什麼斬獲。網站內容乏善可陳——她發現沒有地圖，除了電郵地址，連聯絡細節都付諸闕如，也沒解釋修院到底做些什麼。

她點了一下「關於我們」，讀道：

本院為私人贊助之慈善組織，由海內外捐贈者資助，長期以來尤其受麥基洗德修會團支持。

就這樣而已。凱蒂接著查詢「麥基洗德修會團」，找到了幾個連結。大部分指出，麥基洗德是舊約中提到的第一位神父，因此所有的神父有時候會說自己屬於麥基洗德修會。還有幾個名稱相似的組織，但大部分一看就知道是業餘人士弄的，沒有一個與克莉絲蒂娜修院有連結。

接著凱蒂看到一個網站，內容雖然不多，卻顯然經過專業設計。上方有個符號引起她的注意。符號上半部是傳統的十字架，下半部卻像一把劍，木條化成一把粗短的利刃。她在尤瑞厄神父的翻領上也見過類似的別針。

麥基洗德修會團致力提倡，並捍衛神父最高之私人與道德標準。「上帝起了誓，就永不後悔：遵守麥基洗德修會，終生為神父。」——〈詩篇〉110：4。

進入修會僅能透過邀請，修會有十二個級別，候選人必須達成每一個級別後，才能進入下一個階級。

「他不是毫無理由地佩劍：因他是神的僕役，刑罰那作惡的。」——〈羅馬書〉13：4

就那樣而已，她試著點選各別的字，卻沒半個字有連結。「與我們聯絡」的欄位看起來雖很有希望，點進去卻是一片寫著「建構中」的空白頁。

如果整間私人精神病院由麥基洗德修會贊助，他們的財源必定很廣。這點並無可疑之處——她知道類似的宗教組織，如馬爾他騎士團及康斯坦丁紅十字會，便能融合儀式、優越感及慈善手法，吸引各方人士，募得大筆資金。但那些組織——為了確定，凱蒂還查了一下——有數千個各別的網頁在幫他們工作。

但網頁上並無法看出修院從事惡行的資料。也許尤瑞厄神父說得對：她對教會生來反感，因此一心想找出證明，反而未能追尋真正的線索。

✣　✣　✣

皮歐拉痛恨這麼做，但他別無選擇。

「我認為你知道內情，梅瑞塔。」他繼續堅持，說：「你知道他用船載的那些女孩，女人向來知道這種事，不是嗎？所以他有時才會拿到錢，他不會平白載那些女孩的。」

梅瑞塔已哭了起來，她緊閉眼睛，拚命搖頭，像狗兒甩乾溼掉的毛髮似的，將淚水甩到空中。

皮歐拉繼續冷酷地說：「我要的是證據，我可以拿給檢察官看的證據。」

「沒有。」她哭喘道。

「是沒有，還是你都不能告訴我？梅瑞塔，我知道有些事講了會有危險。但那種跟別人老公胡搞的女孩，根本就是蕩婦，你何苦保護她們？」

「我找到一部影片。」她說。

梅瑞塔一說出口，皮歐拉便知道這就是他要找的突破點了。他努力壓抑亢奮的語氣，「什麼樣的影片？」

「一張光碟，嗯，裡面有一個那種……那種人。」

「什麼人，梅瑞塔？」

「我先生，還有一個……妓女。」

「你看了多少？」

「看了幾秒，夠了。」

「你有跟他說你看過嗎？」

梅瑞塔默默搖頭。

「片子呢？你怎麼處理，梅瑞塔？」

「我把片子放回去了。」

「是嗎？放哪兒？」她若把片子放回藏放處，且從未跟丈夫表示看過，那麼片子還有可能在原處。

梅瑞塔的眼神瞄向地板。

皮歐拉用鞋緣推開地毯，露出一片沒釘釘子的木板。他跪下拉開木片，卻扯不動，只得掏出車鑰匙，將板子撬開。

木板下的洞裡有兩大袋白粉和一張光碟，沒有記號，沒有標題。

皮歐拉把毒品留在原位，拿著光碟站起來，小心翼翼地拎著光碟邊緣。「很好，梅瑞塔，你做了正確的事。」

「別告訴任何人。」她緩緩說道：「拜託你，上校，這太危險了，里奇的口風向來很緊，通常連對神父都不講，結果你瞧發生什麼事了……」

「我得寫份報告，任何證物都得寫，但只有檢察官會看到報告。」

她搖頭哀求說：「不行……」

「梅瑞塔，我必須把東西帶走。」

「我不會給你，東西還我。」她突然伸手去抓光碟。

「梅瑞塔，你聽我說。」皮歐拉從口袋拿出一個證物袋，把光碟裝進裡頭。「我要帶走這張光碟，因為它很可能是犯罪物證，跟你先生做愛的那個女孩，也許並非出於自願，所以在法律上，我有權將光碟帶走，這叫『合理的根據』，你明白嗎？」

「不，不行，不可以。」她急了，開始抽自己巴掌，皮歐拉分不清她是難過，還是氣惱自己笨到把光碟的事告訴他。「你絕不能拿走，他們會殺了我。」

「我會保管好。」

「我知道你想要什麼。」她瞪大眼睛瞪著他。「好，你把毒品拿走，但別拿影片，我會……」

「你會怎樣，梅瑞塔？」

她喃喃說：「我會跟你上樓，那比任何影片都強，不是嗎？真槍實彈的。」

皮歐拉心中一酸，站起來柔聲說：「我得走了，我保證一定把光碟保管好。」

梅瑞塔雙手往眼上一蒙，發出悲悽的哀號。皮歐拉離開房間時，只能看到她臉上披散的黑髮，和那雙不斷往自己身上猛力痛打的手。

皮歐拉直接回聖匝加利亞教堂樓上的辦公室，把光碟插入電腦中，不理會隔著玻璃，試圖引他注意的凱蒂。

✣ ✣ ✣

光碟機不起作用地轉動片刻，皮歐拉正打算找技術人員來修理時，影片開始播放了。他關掉聲音，強迫自己看了幾分鐘。

凱蒂敲門直接進入，皮歐拉跳起來按下暫停。

「那是什麼？」她好奇地問。

「別看，拜託你，凱蒂，我不希望你看到。」

「為什麼？」

他做了個無奈的手勢，「是里奇．卡斯奇里昂跟一個女孩。」他吸口氣，「我原以為是他拍攝自己和其中一名女生的片子，沒想到更糟。」

「到底是什麼？」

「這是他們用來……逼迫女孩就範的影片。」

「讓我瞧瞧。」

皮歐拉搖頭說：「我不能讓你看。」

「因為我是女人，或因為我是你的戀人？」她難掩怒氣壓低聲音地問。

「因為我想保護你，別接觸這麼齷齪的事。」他喃喃說。

「我們的工作就是處理齷齪的事。」凱蒂不等他回答，逕自衝上去按「播放」，並把螢幕轉過來，讓兩人都能看見。

「我的天。」一會兒後她說：「這是在強暴。」

皮歐拉點點頭。「梅瑞塔一定知情，但或許里奇也這樣待她。有些男人……以為就該那樣，有些女人也是，因為她們只曾被那樣對待過。」

凱蒂伸手讓影像再次暫停。「你說得對，也許我不該看。但現在既然看了，就要連聲音一起全部看完，看看是否有任何線索，任何一丁點能幫我們指認女孩或事發地點的線索。」

「凱蒂，你了解這表示什麼吧？我想我們找到一條管道了，波維利亞就是他們走私香菸、毒品、槍枝，甚至女人的地方。我敢打賭他們在最後一段路程雇用了一票像里奇這樣的漁夫，以免啟人疑竇。如果我們謹慎處理，或許能一步步追索案情。先破解這條線索，然後追回東歐，最後甚至逮到幾隻大咖，逮到那些端坐家中，從來不必把手染髒的金主。」

「這也不算新管道了。」凱蒂緩緩說：「記得瑪汀娜．杜維雅克嗎？她被人從克羅埃西亞偷偷帶進義大利去梵蒂岡，最後流落到波維利亞島。」

「那就對了，不過當時的組織犯罪，當然都跟走私物品到東歐有關，而不是從東歐運東西出來。當時一件李維牌牛仔褲或新力牌隨身聽，拿到莫斯科可賣到西方的五倍價。」

她頑皮地瞄著皮歐拉說：「隨身聽，是不是有點像iPod？只是沒那麼酷？」

「先假設這條管道是雙向互通的，」皮歐拉站起來踱步，繼續說：「而且已通行幾十年了。天啊！」他停住腳，「我在想……」

「想什麼？」

「你記得我跟你說過，我的警探生涯最初調查的案子中，有一個是波維利亞島的死亡案件嗎？一位年輕醫師的屍體在鐘塔下被發現，體內飽含毒品。可是實在沒道理，因為他沒有吸毒史，用迷幻藥注射自己不是很奇怪嗎？當時大家說他八成是瘋掉了，但假若他只是看到了不該看的事，而被滅口呢？」皮歐拉搖搖頭，「可憐的傢伙。」

「這跟珍蓮娜．貝比克和芭芭拉．霍頓有何關係？」

「我還是認為她們在波維利亞島，不小心遇見她們無法預料的事，而付出代價。」

「而我依然認為事情沒那麼單純。」凱蒂把她今早去克莉絲蒂娜修院拜訪的事告訴皮歐拉，「如果是麥基洗德修會的人把瑪汀娜．杜維雅克囚在波維利亞島，他們說不定與那條通路也有關係。」她下結論說。

「天主教會跟犯罪組織聯手？你會不會想太多？」

凱蒂發現他們的看法因為性別的不同而出現了歧異。皮歐拉覺得黑手黨的關聯斬獲更大，但對她而言，證實教會以某種方式支持殺害女性神父，則更為重要。

「咱們別再爭執了。」他輕聲說。

她搖搖頭，「是啊，別吵了。」

「我們早點離開，到你家附近吃飯——找個不必想工作的地方。」

「我有更好的點子。我來下廚，也許煮點麵，加鴨肉醬？不過大概沒法早點吃了。」她從皮歐拉的電腦拿出里奇的光碟，「我還是打算一格格把影片看完。」

✣ ✣ ✣

後來皮歐拉抬頭時，看到凱蒂正一邊看螢幕，一邊仔細寫筆記。她比我還要堅強，皮歐拉發現，她較不浪漫，較不受情緒左右。

他實在不懂凱蒂怎會與他共枕，也不知道自己敢不敢告訴她，他已深深愛上她了。

那天下午他之所以沒帶凱蒂當後援，單獨回去找梅瑞塔，是因為知道自己得硬逼這位寡婦供出里奇亂搞別的女人的事。他不確定當著凱蒂的面能不能辦得到，他不想讓凱蒂看到他欺壓別人，看到他偽善的一面。他是怎麼跟梅瑞塔說的？那種跟別人老公胡搞的女孩，根本就是蕩婦。那當然不是真心話，但凱蒂若也在場，恐怕他就說不出口了。

他隔著辦公室玻璃牆與她四目相望，不會太久了，皮歐拉在心中默默告訴凱蒂，再幾個小時，我們就會一起待在床上了。

35

荷莉．博蘭在腋下穩妥地夾著一箱檔案，往教育中心走，一進去便往伊安．吉瑞教義大利軍事史的教室走去。

吉瑞擔保說不會有別人在場。這是跟他接觸最好的方式：任何人從門上的玻璃看進來，只會見到一名穿便服的老師，跟一個坐在前排的學生。

「喜歡的話，我可以教你訊息傳遞的標準做法。不過還有哪裡比美軍基地更能安全地聽取簡報？」他開玩笑說。

她得告訴吉瑞，美軍基地本身就是線索的一部分。

「我聽你建議，去了達比基地。」荷莉打開檔案，「一九九五年的文件大多已被銷毀了，但我找到這幾份更老的檔案——這是給你的。」

「謝謝。」吉瑞接過檔案攤在桌上，彷如老師接受學生的報告。

「我看過了，發現有個名字不斷出現。例如這邊，還有這邊。」她指著檔案說：「瑋連·貝克朗。」

「這名字我不熟。」

「我也是，我到情報百科查詢，也沒查到任何訊息，後來我想，何不把它放到谷歌翻譯上？結果跟這個已在英文檔案裡的名字一樣。這邊。」她拿給吉瑞看。

「威廉·貝克？」

「沒錯。」

「這位威廉·貝克又是哪號人物？」

「問題就出在這裡。我不知道。」荷莉坦承。「我查過所有能想到的資料庫——報到處、牙科中心，甚至汽車修理廠。沒有任何軍職人員的紀錄，也沒有叫那名字的文職人員。不管此人是誰，他常在埃德里基地出沒，你看看所有這些日期，他似乎籌組了一次大型會議。文件這裡有寫：Srpanj 1-4 Devetnaest Devedeset Tri，意思是，一九九三年七月一日至四日。這份克羅埃西亞語的文件寫明地點在義大利的埃德里基地，但在那之後，就什麼都找不到了，我只能假設威廉・貝克是他的化名。」

「除非威廉貝克不是人名。」吉瑞緩緩說道。

「什麼意思？」

「你大概太年輕了，不記得舊式的語音字母……」

「我們經常使用語音字母，Alpha，Bravo，Charlie……」

吉瑞點點頭。「那是標準的美國北約字母，但在使用那套系統前，每個單位都有自己略為不同的字母表。例如海軍的字母始於apple，接著是butter。英國皇家空軍的A是ack，B是beer，所以防空火力anti-aircraft fire就變成了ack-ack。在舊式美軍字母中，W和B的字母發音，即是William威廉和Baker貝克。」

荷莉盯著吉瑞，「是啊，我怎會沒想到？但我們還是不知道WB代表什麼意思。」

「也許吧，但我們知道當時軍方喜歡以舊式字母編取行動代號，Operation Victor Charlie就是美國攻擊越共的行動代號，Able Archer是一九八〇年代原子彈模擬的代號。」

「所以威廉貝克行動有可能是代碼，意思是……」她停下來，震懾於其中的涵義。

「沒錯，Operation War in Bosnia，波士尼亞戰爭行動。」

36

阿爾多・皮歐拉疲憊地嘆口氣，爬進停在特隆契多島停車場的車子裡，時間已超過十點很久了，若不是凱蒂逼他答應最晚十一點得到她的公寓，他也不會離開。通常得等一週左右的犯罪現場檢驗結果提前出來了。大部分結果他已知道了，但還是得逐句閱讀這些以冷硬科學術語寫成，得勤查字典才能看得懂的報告，以免漏失。

他若早點走，交通應該會很順暢，但這會兒又塞起來了。鳳凰劇院最近新上演歌劇《弄臣》，幹道上許多返家的駕駛脖子上都有黑領結。車子一過自由橋，皮歐拉右轉時本能地看了照後鏡一眼。

一副素白的嘉年華全臉面具，如鬼魅般地從後座浮起來。皮歐拉一時沒意會過來，以為有人在開玩笑。接著有條皮帶纏到他脖子上，冒著酸臭味的粗啞嗓音在他右耳旁說道：「就是這樣，上校，繼續開車，我會告訴你啥時轉彎。」

威尼斯腔，勞工階級。皮歐拉把車開回路上。這實在有點辛苦——他的頭被縮緊的皮帶往後扯，讓他很難看得到路面。

「你想幹……」他啞聲說，皮帶粗暴地在他氣管上一勒。

「不許說話。」

開了約五百公尺後，攻擊者說道：「這邊轉彎。」

他把車子駛下對方指示的出口，沿兩線道馬路開往一處工業園區。有幾片土地尚未開始建設——圓環邊的道路消失在將來可能會蓋成倉庫或輕工業廠房的荒地裡。

男人指路，說：「那邊。」

當路面消失，皮歐拉無從選擇，只能減緩車速。

「關掉引擎。」

皮歐拉知道自己的心在砰砰亂撞，他想到攻擊者戴了面具，對方若有意殺他，又何必那麼做？皮歐拉看到左側有一盞車前燈越過荒地而來，謝天謝地。接著皮歐拉才想到，對方帶幫凶來了，因為殺手總是騎摩托車逃離。

男人用拳頭繞住皮帶，進一步勒緊，皮帶邊緣痛咬著皮歐拉的氣管，他可以聽到對方緊勒時發出的呼吸聲。有個非常硬實的金屬輕輕敲了敲他的頭，就在他的右耳後方。那是槍。

「你不應該管別人的閒事。」男人說。

槍枝進入他的視線裡，槍管轉過來直指皮歐拉的額頭。他掙扎著想呼吸，他是不是死定了？死在這片荒地上，像許多死於非命的警察一樣？皮歐拉心中掠過所有他見過的，死在這種地方的屍體。頭上中兩槍，血濺在駕駛座側窗，不會沾到槍手的衣服，沒有目擊者。

皮歐拉屏住呼吸，等待槍響。

喀的一聲。他四肢一鬆，沒死，*他終究沒死，是在逗……*

「下一次，」那聲音說：「槍會裝上子彈。」

皮歐拉頭上一陣爆痛。身體往前倒，結果又被緊扯住脖子的皮帶抽回來。他心想，自己並不是腦袋中彈，而是對方拿槍打他。槍枝再次擊中他的頭——男子把槍當成棒子，緊握住並重重敲他。*天啊，好痛。*他頭上又挨了好幾記，每一記都像敲胡桃似地威脅著讓他腦袋開花。皮歐拉意識漸失，視線變成一條黑長的隧道。又是一擊，這回敲在他額上，皮歐拉感覺皮肉像抽絲褲襪般綻開，鮮血噴入空中，一陣刺痲。

他的後腦挨了最後一記，接著便是一片漆黑。

✣ ✣ ✣

凱蒂喜歡煮菜，雖然她連一本食譜都沒有，也不太有興趣學新菜，但對她而言，下廚的樂趣在於煮出做過上千次的菜餚；而那些小時候在母親廚房裡學會的程序，完全不必思考。做鴨肉醬得先切洋蔥，用油炒軟五分鐘，再把鴨肉與肝切碎一併去炒，再把剩下的鴨子切碎。醬汁裡要放一杯紅酒，然後讓酒蒸散。這時她會一邊煮水下麵條，對威尼斯人而言，bigoli這種以蕎麥麵粉和鴨蛋揉成的粗圓麵條，就像義大利南部的通心麵。最後在醬汁裡加上兩片月桂葉和一些切碎的番茄。接著凱蒂清洗從特雷維索（Treviso）鄰近小鎮買來的兩顆漂亮菊苣，當季的菊苣布滿完美的紅色葉梗，凱蒂把菜擺到一邊，等阿爾多一到，就準備炒菜。

她不訝異阿多爾會遲到，反正醬汁燉久一點更入味。她打開一瓶Valpolicella，一種好喝的氣泡酒，強度配鴨肉剛好，不像傳統的Amarone那般濃重。她為自己倒了一杯。

凱蒂邊等邊打開筆電，想在皮歐拉到時，逗他一下。凱蒂登入嘉年華，鍵入阿爾多的名字。

阿爾多．皮歐拉，國家憲警上校，威尼斯人——三則條目。

「只有三條？」她大聲說：「阿爾多，你太讓我失望了。」她再次點選，然後愣了一下。

阿爾多．皮歐拉。聽說他跟奧葛絲塔．薄瑞西有染。

阿爾多・皮歐拉。目前正在追檢驗組技術員，潔拉迪娜・蘿西……

阿爾多・皮歐拉。結果他跟愛莉達・康堤睡了沒？他們倆老是眉來眼去……

凱蒂盯著這幾則條目，其中兩個名字對她毫無意義，但她認識也喜歡潔拉迪娜，這位漂亮的檢驗組技術員頭髮烏黑，皮歐拉一年多前曾與她合作過一個案子。

凱蒂當然知道他有妻子，但這是另一回事。發現自己並非他的第一個外遇對象，令她心情大壞。

承認吧，她告訴自己，誠實一點。

我很難過。

凱蒂試著分析為何如此感覺，嫉妒皮歐拉的舊情人，而非他每晚歸屬的老婆，這太瘋狂了吧？若有個男人對她以前的伴侶吃飛醋，她一定氣死，皮歐拉這些過去或可能已經過去的情史，差別何在？

凱蒂哀傷地發現，皮歐拉的濃情，害她以為他會為她，也只為了她，打破婚姻的誓約。凱蒂確知兩人並非短暫的戀情，或露水姻緣，或任何隨便可扔到一旁的關係。她雖不期望兩人天長地久——還差得遠——但這份因密集偵查案件而培養起來的關係，確實是有情分的。

她曾經讀過，古希臘與斯巴達軍隊中，武士會挑一名較年輕的戰士做為軍旅中的愛侶。兩人一同受訓、睡覺、作戰，最後同生共死。奇怪的是，她與皮歐拉的關係，感覺上較像是那樣，而不像外遇。

「去你的，阿爾多。」她大聲說。

凱蒂曾告訴自己，絕不查詢他人在嘉年華中對她的評語，可此時心情欠佳，加上酒精助膽，她還是查了。

凱蒂．塔波——九則條目。

她點了進去。

你確定嗎？

確定。

✣　✣　✣

至少他們把車鑰匙留下來了，皮歐拉可能僅昏過去幾分鐘——他可以看到光線從他右側跳離，槍手的摩托車駛離顛簸的路面。

皮歐拉摸尋自己的手機，手機還在，可以打電話叫救護車，或直奔車程二十分鐘不到的安佐拉醫院。他知道自己可能腦震盪，不該開車，但他寧死也不要坐等醫護人員來告訴他。

皮歐拉點燃引擎，鮮血從太陽穴上的裂口流入他右眼，他只得側歪著頭，那樣好多了。

他把車開到主幹道，然後左轉，遠離醫院，朝凱蒂的公寓駛去。

✣　✣　✣

她懷著恐懼與疏離的心情，閱讀條目。原來別人是這樣想我的。

「騷貨」出現好幾次，「操控狂」、「野心勃勃」、「自我中心」跟「爛女人」也是。

勾引男人的騷貨……將男人玩弄於股掌之間……挑逗我……自以為與眾不同……

還有一則令她差點發笑：

我覺得她好辣，在旅行社工作太可惜了。

還有諸如以下的條目：

打電話給她三次，她從來不接。

反正是個爛女人，根本不想再見她了。

不必當偵探，也能看得出那些話前後不一。

但嚇人的是，人們擺明了討厭她。女人恨她，因為男人被她吸引，煞到她的男人恨她，因為她沒跟他們上床。而跟她睡過的男人討厭她，是因為她沒回電、沒再度約會。

以前凱蒂在憲警訓練學校時，曾在廁所隔間牆上，看到疑似跟她相關的塗鴉。她難過了好些天，甚至討好大家，以爭取人緣，搞得自覺十分不堪。幾天後，她終於心一橫，呸，去他媽的。

我到底該怎麼做？該如何表現？

不管別人怎麼想，她從未利用美貌來博取寵幸或升遷。好吧，也許請對她格外心軟的法朗西斯柯．羅帝將她調到重案組，算是占了便宜，但她還有別的選擇嗎？總不能因為她天生貌美，就不必力圖上進吧？

凱蒂急躁地甩開煩緒，又往下看了一些條目。全都差不多，冗長枯燥地描述她的賤，以及對她的嫉妒，加上幾個名字，沒什麼大不了的。

但最後一則例外。

凱蒂．塔波。斯文的皮歐拉上校還要多久會被她的魅力攻陷？他們不僅一次被人瞧見深夜一起在聖匝加利亞教堂附近的小酒館吃燉飯，我想他老婆孩子最近應該很少見到他……

凱蒂渾身血冷，那改變了一切，若匿名的八卦對她隨意搭上的男人都如此毒舌了，她跟老闆的外遇，又會被渲染成什麼樣子。

門鈴響了。

凱蒂起身時看了廚房一眼，感受已截然不同。鴨肉醬在火爐上燉著，煮水鍋等著下麵條，炒鍋等著下金綠色的橄欖油炒菊苣。可悲啊。

凱蒂決定，分手是唯一合理的做法。今晚她要趁心意尚堅，好好一談，做個了斷。

門鈴再度響起。

凱蒂調整表情，做出分手前的淡然模樣，然後打開門。

皮歐拉摔入屋內。「噢，天啊。」凱蒂倒抽口氣，所有思緒登時拋開。「發生什麼事了？」

「殺手。」他啞聲說，摸摸自己的喉嚨，「沒法說話。」

「我去拿酒。」

她拿了杯白蘭地給皮歐拉，再去倒熱水幫他清理傷口。「到這邊躺好。」

皮歐拉拒絕躺下，凱蒂叫他坐到椅子上，好讓她用海棉清潔他的太陽穴。「他們到底把你怎麼了？」她駭然地低聲問。

皮歐拉閉上眼睛，「不嚴重，我沒事。」

「這還不嚴重！」她突然想到，「你會往上呈報吧？讓檢驗組檢查你的車子，好好調查一番……」

他搖搖頭。

「你瘋啦！為什麼不報？」

他平靜地說：「因為當時我正要來這裡。我要如何解釋，才能不讓別人發現我們的事？」

凱蒂遲疑著，知道該自己說話了，再也找不到更好的開場白了。阿爾多，人家已經開始說閒話了，我們得談一談……

但凱蒂什麼都沒說，那一刻，她明白自己並不想結束這場關係。或許有一天會，但不是在這裡，也不是現在。

他張開充血的眼睛望著凱蒂。

「凱蒂，我愛上你了。」他疲憊地說，彷彿道出世上最糟的消息，宛若他希望事情並不是這樣。

37

檢察官馬賽羅一臉驚愕，不斷以害怕而興奮的眼神，瞟著皮歐拉那張布滿青紫紅黑瘀傷的臉。有一次凱蒂還看到檢察官縮了一下身子，彷彿被槍枝擊中他那肌膚平滑，鬍鬚刮淨的面龐。

「他只說了那句話？『你不該管別人的閒事』？」他追問：「你確定？」

皮歐拉點點頭，「相當確定。」

馬賽羅同時露出既同情又戒慎的表情。「太可怕了，」他已說三、四遍了，「真的太可怕了。」

凱蒂心想，不知他指的是對皮歐拉來說太可怕，還是任何與本次調查相關的人。

檢察官繼續問道：「你知道為什麼會發生這種事嗎？」

皮歐拉把梅瑞塔的光碟拷貝遞過去。

「你要我看這個？」馬賽羅緊張地說。

「麻煩你看一下。」

馬賽羅勉強看了兩分鐘，便伸手把光碟從電腦裡退出來了。「太恐怖了。」他不斷說，似乎十分震驚。

「本案與組織犯罪的牽連已無庸置疑。」

「沒錯。」馬賽羅拿起一支老式鋼筆，緊張地在指間來回滾著，像暫時被禁止抽菸的男人把玩香菸一樣。「你怎會有這個光碟？」一會兒後馬賽羅問。

「梅瑞塔．卡斯奇里昂選擇把光碟交給國家憲警，而沒給州警。」皮歐拉略去他催逼梅瑞塔才取得光碟的事，免得檢察官反彈。

凱蒂看著馬賽羅手裡的筆，那是愛樂牌，米蘭最古老，也最享聲譽的鋼筆製造商，頂級的一枝要價一千歐元。

「所以從某個角度來說，殺手說得並沒錯。」馬賽羅若有所思地表示。

「長官？」皮歐拉十分詫異。

「上校，我無意批評，或小看你的傷勢，但正確的做法應該是將影片及給你影片的人，直接交給國警，讓他們負責調查本案組織犯罪的部分。」

皮歐拉沒接話。

馬賽羅繼續滔滔不絕地說：「沒錯，這次的不幸事件，正說明了沒按程序做事的危險。調查組織犯罪，需以特殊方法保護調查者的安全，追索這類線索，不做些防護，簡直可說有勇無謀。」

「長官，」皮歐拉回道：「請恕我這麼說……我們認為，我們已找到從東歐過來的一條主要管道了……」

馬賽羅點頭說：「沒錯，組織犯罪應該一開始便交給國警，然後再交給適當的國際單位去處理。」

「我們相信照片上的女孩，是被迫在義大利賣淫的東歐人。有人看見珍蓮娜．貝比克和芭芭拉．霍頓生前在聖塔路西亞車站附近跟東歐妓女們打探。她們在找一名女孩，一名克羅埃西亞人。她們的死與本案的犯罪組織密不可分。」皮歐拉停下來，意識到自己開始扯高嗓門了。

馬賽羅輕睨他一眼，「我不確定你們的調查能否讓我們更了解案情，上校。你並不知道影片裡的女孩是誰，或那兩個女人要找誰，甚至為何找她。當然了，我很高興你們已揚棄美軍涉及本案的可笑建議，看來我們已經搜證搜得差不多了。」

皮歐拉嘆口氣，「至少讓我們查出受害者為何要找妓女們談話吧。」

馬賽羅考慮道：「好吧。」他勉強讓步說：「我想這條線索仍值得一追，不過我會設出期限，就三天，三天後，我們就當芭芭拉・霍頓和珍蓮娜・貝比克是兩個傻老外，在闖入廢棄的荒島時，撞見正在從事犯罪活動的里奇・卡斯奇里昂，不幸遭他殺害。還有許多其他案子更值得你去查，上校。」他瞄向凱蒂，「其中許多案子必能提供上尉更多展現才華的機會，我們誰都不想被曖昧不明，又毫無進展的事情絆住，對吧？」

他的話是說給皮歐拉聽的，眼睛卻看著凱蒂，因此最後凱蒂打破了這股令人難忍的沉默。「是，長官。」

馬賽羅點點頭，「謝謝二位跑這一趟。」

✣　✣　✣

二人離開後，馬賽羅將椅子轉向窗戶，沉思片刻，在指間轉著鋼筆，享受金屬冰涼沉甸的感覺。

接著他嘆口氣，拿起桌上電話撥號。

他畢恭畢敬地說：「先生嗎？您要我持續稟報波維利亞島案的進度……當然，是有些進展，但我想沒什麼好擔心。」

他又講了三分鐘，才放下電話。

38

「我絕不放棄。」

「我知道你不會。」

他們雙雙躺在床上，鼻尖幾乎相碰。以這樣的姿勢躺在他下方，幾乎能看到他每個毛細孔、眼周像乾涸河道般的笑紋，以及他臉上坑坑疤疤，瘀紫結痂的傷口。

「除非他們硬趕我走，否則老子追這案子的證據追定了。還有，操他媽的馬賽羅。」

阿爾多在拒絕貪瀆的小惠與誘惑時，雖然霸氣十足，但他悍然漠視上司明確的指令，卻更讓人大呼過癮。他還有一項本事——這是凱蒂在其他同床過的男子身上從未見過的——他會為了說出心中的想法，而暫緩做愛的速度，就像現在一樣。凱蒂發現自己很喜歡這類談話時的中斷，他在她體內，卻靜靜待著；雖延遲了快感，卻生出另一種親密，讓身體與談話暫時獲得一種平衡。

凱蒂抑住衝動，沒說他現在該「操」的人不是馬賽羅，只表示：「小心點，好嗎？」

「我們有越多證據，就越安全，他們只是想嚇唬我們罷了。好的，我會小心。」

她親吻皮歐拉，他開始抽動，輕柔地搖晃她。

凱蒂忽然明白，自己並不在乎皮歐拉的其他外遇對象和他的妻子，她寧可擁有阿爾多．皮歐拉的一小部分，也不願擁有那些與她同齡、膚淺而野心勃勃的男子的全部。

「我愛你。」她說，感覺像躍下懸崖，像兩人的初吻。「阿爾多，我愛你。」

「應該說我愛你，長官。」他開玩笑道。接著又說：「凱蒂，我也愛你。」

39

荷莉坐在埃德里飯店的酒吧，一處安靜的角落，啜飲加州夏多內酒[22]。埃德里基地雖被葡萄園包圍——威尼托是義大利最大的產酒區之一——但連飲料都從美國進口。

自從遇見強尼．萊特少尉後，荷莉便避開基地裡人多的酒吧，倒不是在躲避萊特，不完全是。荷莉查過了：萊特的單位再兩週就會調回潘德列登（Pendleton），而這段期間，她有很多其他事情要想。

例如，如何找到證據，證實以下理論：一九九三年七月一日至四日間，有一群北約叛徒官員，在埃德里基地與一位克羅埃西亞將軍會面，籌劃如何將北約拉入一場殘酷的新戰爭中。

最重要的是，她得找出這些人的名字。埃德里警衛室的紀錄在倉庫大火中燒毀了，實在令人喪氣。若在以前，荷莉一定不信火災與鐸剛．柯洛維克受審一事有關，如今她卻忍不住懷疑，從柯洛維克被捕的那一刻起，便有人下令找出任何柯洛維克與美國相關的活動證據，並予以銷毀。若真是如此，她怕銷毀做得太過徹底，她和吉瑞已晚了數週。

「我能請你再喝杯那種酒嗎？」

荷莉疲倦地抬起頭，說話的是一名翻領上掛著參謀徽章的年輕上尉，此人看來一臉無邪，但荷莉仍不免猶豫。

「我還在調美國的時差，但明天就要直接飛回去了。」對方又說。「我想今晚大概不太有辦法睡了。」他伸出手。「我叫湯姆．海斯蘭。」

「很高興認識你，湯姆，我正要離開，不過……」

「要不要再喝一杯？」

他看起來挺討人喜歡，且神情有些寂寞。荷莉點點頭，「有何不可。」

他拿起信用卡敲著吧台，吸引義大利酒保的注意。「Due bicchieri di vino bianco, per favore.」他用急迫的義大利文點了兩杯白葡萄酒，但荷莉喜歡他努力說話的樣子，在這裡難得見到這麼有禮貌的人。

「房間號碼？」酒保用英文問。

「十七號。」

酒保克利斯托查看電腦。「這裡還看不到你的帳單，我需要你的護照或軍方證件，麻煩你了。」

海斯蘭皺皺眉，拍拍他的口袋。「我的證件留在房間裡了。」

「我來吧。」凱蒂表示。

「不成，我來付。天啊，光買個酒，就得通過層層關卡。」他嘟囔著轉向門口，「他們又不是不認識我——我為了住房，真的連祖宗八代都交代了。」

荷莉沒細聽，只是瞪著酒保。忽然閃過一念。

「克利斯托，埃德里旅館是什麼時候蓋的？」

22夏多內酒（chardonnay）：一種無甜味的白葡萄酒。

酒保聳聳肩，「好像二十年前吧，我在這裡十年了，馬西莫比我更早來。」

「你們開立房間帳單時，是不是一定要求看證件？」

「當然，那是系統規定。」

「為什麼？」

酒保再次聳聳肩。他的工作是端上烤脆餅和倒啤酒，不是質疑軍方的官僚體系。

「你能用日期查詢酒吧帳單嗎？」

「好吧，我猜可以，不過我幹嘛查那個？」

荷莉起身繞到吧台後去看收銀機，那機器很老，像在書店或眼鏡行裡看到的舊式電腦。如果她沒看錯，眼前這架機器連Windows都不是，而是用鍵盤操作的舊式DOS系統。

「能幫我打入日期嗎？」她問，一邊看酒保把手伸到髒污的老鍵盤上，一邊等著。

「請輸入一九九三年七月一日。」荷莉說。

✣　✣　✣

倘若有一群人，在一九九三年夏天，來到埃德里基地開三天會議，他們一定得找地方住。埃德里旅館是基地裡唯一提供短暫住宿的地方。拜軍中的官僚體系之賜，每位當晚住宿人士的姓名與地址，都會被一字不漏地登記在旅館的酒吧帳單裡。

搖到快散掉的老式噴墨印表機，從老電腦的遠久記憶裡，吱吱嘎嘎地逐行印出資料。

荷莉撇下跟她一起喝酒的湯姆．海斯蘭——心裡有點罪惡感，覺得該待人家好一些——帶著資料回自己房間。上面有五個克羅埃西亞名字，三個有軍階——一名將軍，一名上校和少校。將軍即是鐸剛．柯洛維克，另外兩個沒有職銜的克羅埃西亞人，姓名前面都冠上「Fra」的字樣。

荷莉火速上網查了一下，確認她所猜到的事：「Fra」在克羅埃西亞語中，意為「Father」，神父。即使早已料中，荷莉仍不可置信地瞪著自己的筆電。不僅只有軍方，不知怎地，教會竟也牽扯進來了。

接著名單上有兩個沒位階的美國姓名：約翰．瓊斯以及凱文．奇立科，一聽就是假名，他們在華盛頓的住址，果然也並不存在。

八成是特務。

來自卡斯堤奧的北約最高總部參謀羅賓．米勒上校並未使用化名，此君顯然相當慷慨，在酒吧裡打通關地喝了好幾巡，帳都記到住宿紀錄中。

他有可能代表吉瑞所說的劍黨嗎？

荷莉開始按部就班地檢查其他人的姓名，布魯斯．高德，維吉尼亞州，MCI資深董事長。快速搜查後，荷莉發現MCI是一個叫「軍事力國際」的公司。據公司網站說，他們「為團體、公司及世界各國提供領導資源、人員與行政專業」。主頁畫面是一群面帶微笑的部落小孩，環繞著穿迷彩服、太陽眼鏡和鬍子雜生的武裝美軍。

她在該網站的搜尋欄裡鍵入「克羅埃西亞」，接著出現新的頁面。「MIC為新興民主政治提供適時的策略安全服務，我們的現場小組在科威特、奈及利亞、伊拉克與波士尼亞／克羅埃西亞，曾扮演重要角色。」內容雖未解釋深入涵義，但荷莉相信，MCI是類似法人的傭兵集團，這些機構專門吸收訓練有素的軍人，將他們派到私營部門工作。

而來自加州通用原子航空系統公司的湯瑪斯．賀德森——荷莉很快查出，他們主要生產「掠奪者」無人飛機。史都華．波特斯，則來自紐約的波特斯公關公司。安東尼諾．裘菲，沒有住址，情報百科也沒有他的資料，但根據維基百科，某個同名人士目前因組織犯罪在義大利服十年刑役。

教會、北約、軍火製造商……現在又加上黑道。

保羅．多賀堤博士，住址是史丹佛大學，精神病學及行為科學系。

與會者甚至還有精神病學家。

荷莉到聯絡官辦公室的文具櫃裡找東西——便利貼、三種不同顏色的麥克筆和一疊活頁紙，然後把這些東西帶回自己房中，取下牆上乏味的大峽谷圖片，開始建構連結圖，將各機構之間的關連，以箭頭和點線製作成圖。

她手上有十三個名字，但羅賓．米勒付了十六個人的酒錢，那表示在場至少有三人不必登記住宿。這些人不是在基地裡，就是住附近，無須過夜。荷莉拿了三張便利貼，先在每張上頭畫問號，然後貼到一旁。

她在每個名字旁邊，寫上該位人士現在的工作細節，有幾人是自家公司的資深經理。荷莉發現羅賓．米勒目前在MCI任職。鐸剛．柯洛維克當然就是在海牙的牢房裡了，但其他兩名克羅埃西亞人，似乎在新政府或主教教區中擔任要職，而該教區正是籌劃二〇一一年教宗訪問的教區。

此人應是克羅埃西亞天主教會與梵蒂岡之間的連絡人。

據網路上找到的新聞報導指出，共產黨最初掌控克羅埃西亞時，克羅埃西亞教會將所有黃金與現金運出國內，放到梵蒂岡銀行，並在銀行孳生利息達五十多年。梵蒂岡從不隱瞞事實，打算以那些資金，把克羅埃西亞「重建」成天主教國家。

荷莉在寫著「梵蒂岡」的便利貼下加上：「資金？」

她往後站開，發現還有一個名字沒附上任何細節。荷莉查到保羅．多賀堤博士在一九九五年，二十七歲時離開史丹佛；之後就完全找不到他的資料了。這相當奇怪——年輕學者若定期發表研究成果，應該很容易追索。

荷莉懷疑他被延攬到五角大廈某個不為人知的研究單位，便到情報百科和把關更嚴謹的SIPRNet上查詢，但仍一無所獲。

荷莉回到一般網路，從谷歌查到許多其他較不為人知的搜尋引擎，如Blekko、Slikk及Sphider。最後她試了一個叫Resurrection的軟體，在網路的「黑暗網頁」——從Lycos、Magellan等，早已無人使用，也不再與任何既存網站互動的搜尋引擎中，撈尋資料。

有了。

找到的資料日期為一九九二年，來自一份名氣不甚響亮的學術期刊，《行為科學期刊》。她知道像這樣的期刊在發表報告時，會先登出短篇摘要或梗概，讓讀者決定要不要閱讀全篇。荷莉找到保羅．多賀堤唯一發表過的報告摘要。

文章本身雖還看不出線索，但她在摘要中讀到的東西，卻足以令她找隨身碟了。該去找伊安．吉瑞分享查到的資料了。

40

他們依令，拿著芭芭拉・霍頓、珍蓮娜・貝比克，以及看似克羅埃西亞人的不知名女郎的照片，給聖塔路西亞車站一帶的妓女跟藥頭看。甚至還秀出里奇・卡斯奇里昂被螃蟹啃食眼球之前的照片。

皮歐拉雖然臉部受傷，但還是長得一副警察相，因此由凱蒂出馬，深入三流酒吧、計程車辦公室，以及連義大利人都很少聽說的暗巷賭場。有時她打扮成妓女順利蒙騙店老闆，有時她先逮捕皮條客，再跟他們手下的女孩悄悄一談。

她總告訴這些女人，她們可以逃出去，待在安全的協助單位或庇護所。凱蒂講到嘴都破了，也一再遭到懷疑，現在連她自己都快不相信自己了。

皮歐拉說得對，威尼斯已被犯罪占領。犯罪就像寄生蟲一樣，寄養在宿主身上，將之削弱，卻不殺害宿主。那蟲子將觸鬚探到門下，穿過窗子，沿運河伸展，鑽到堂皇的宮殿底下。它是隻包覆住威尼斯的海怪，分享城市的鮮血，吸食威尼斯的養分。它大半時間是隱形的，但你若懂得視破，便會發現它無處不在。從女孩跟皮條客總在離飯店不到一百公尺處，以便拉生意，不會遭人盤問；從船夫相互點頭的招呼裡，從侍者對客人打賞時的疲累微笑中，都可以看得到它，因為他們永遠無法留下小費。

馬賽羅的三天期限到了又過去了，皮歐拉和凱蒂仍潛行在威尼斯的陰暗裡，在幾個世紀來，益發黑暗而臭不可聞的濁水裡偵查。

最後，他們找到了鮑伯・芬雷特。

✣ ✣ ✣

或嚴格地說，是鮑伯．芬雷特找到他們。他客氣地打電話到聖匝加利亞教堂的憲警總部，請求「盡快」安排見面。安排的過程有點困難，因為他不太會說義大利語，而皮歐拉的英文也不怎麼樣，但凱蒂倒講得相當流利。他們找來一名翻譯，以備不時之需。

鮑伯．芬雷特沒帶律師同行，僅帶了自己的護照與歉然的笑容。他開口說：

「我叫羅伯特．芬雷特。不過大家都叫我鮑伯。我是美國公民，我想我能解釋芭芭拉．霍頓和珍蓮娜．貝比克為何會被殺。」

此人高大壯碩，四十出頭，髮型理成平頭。當他脫下夾克時，二頭肌從昂貴的T恤下鼓起。

他把一張A4大小的照片放到桌上，照片裡是名年約十七、八歲的黑髮女孩，正是凱蒂在聖塔路西亞附近酒吧，到處拿給人看的那張照片。

「這是我女兒米麗娜．柯瓦契維。她失蹤了。」

「請繼續說。」凱蒂表示。

芬雷特猶豫了一下，「說來話長。」

「沒關係，用你自己的方式告訴我們。」

偵訊就是這麼進行的。第一次，讓對方把話吐盡，不予打斷。第二次，引領他們再說一遍，詢問更多細節，刺探並質疑。然後再來一遍，確定自己都已了解清楚，再追也問不出什麼。

若還有第四遍，那是因為你認為對方在撒謊。

芬雷特開場說：「我在軍隊裡待了八年，在波灣戰爭打仗，一九九〇年快要退伍時，被派到聯合國保護部隊。我們是第一個進入克拉伊那的和平維護部隊。克拉伊那現在雖位處克羅埃西亞境內，當時卻是南斯拉夫的一部分。」

他說，那是一段非常詭譎的時期。他在伊拉克雖見過風浪，卻完全沒有準備面對如此殘酷的南斯拉夫內戰。

「人民刺殺自己的鄰居，拿火炬燒掉鄰居的房子。塞爾維亞人設立集中營，圍捕任何他們看不順眼的人。雙方各在自己的地盤大肆宣揚種族仇恨，男人在加入解放軍或留守家園間天人交戰，大家都缺乏食物，卻人人擁有武器炸彈。」

聯合國在克拉伊那境內指定許多庇護區，由維和部隊保護。「問題是，除非我們自身的安全受到威脅，否則不許開戰。當地人很快發現，他們其實可以恣意對付對方，我們卻拿他們沒辦法。」

有一天，他的單位獲派任務，撤離某個受到重砲轟擊區的居民。「我就是在那裡發現米麗娜的母親索拉雅。她躲在地窖裡，身上覆滿塵土，我卻一眼便看出她的絕美。索拉雅是波士尼亞人，而且是穆斯林，是當地唯一沒有武力支持的族群，她能活那麼久真是奇蹟。我告訴她可以回我們基地梳洗，但其實我知道，那是她唯一能獲得庇護的地方，事情便是那樣開始的。」

凱蒂問：「你們後來變成什麼關係？有結婚嗎？」

鮑伯．芬雷特一臉懊悔。「我當時已婚，但對象不是索拉雅。我一直到回鄉後才知道我們有了孩子。一位知道我深愛索拉雅的鄰人寫信告訴我，她生了一名女嬰，我回信後卻石沉大海。」

最後他的婚姻破裂了，沒有孩子的鮑伯決定找到索拉雅與米麗娜。

「結果索拉雅在戰爭即將結束時去世了，米麗娜在孤兒院長大。當然了，那更堅定我尋找她的決心。她現在快十八歲了，上大學還不遲，我想我可以幫她付學費。」鮑伯重重吸口氣，「最後，我發現她到義大利當保姆了。」

皮歐拉與凱蒂互看一眼。

鮑伯點點頭。「我很快明白，若想非法進入這個國家，就得透過一些很糟糕的人。我想，她應該是被迫去當妓女了。」

「所以你還在找她？」

「不是親自找——我說過，我的義大利文很差。我找到一些不錯的人，付錢請他們幫忙找。」

「是芭芭拉．霍頓和珍蓮娜．貝比克嗎？」

「正是。芭芭拉經營一個小型組織，一直在克羅埃西亞從事慈善工作，幫戰爭受害者與家人重聚。我在網路上找到她，做了一些背景調查。芭芭拉似乎相當能幹，我知道她能做得比我好，這與她從事研究戰爭長期影響的工作也有相關。」

「芭芭拉找了一位克羅埃西亞的朋友幫忙——也就是珍蓮娜。一開始我還試圖跟著她們，不久便發現她們自行辦事效率更高，於是我就回美國過耶誕節，由她們自己去進行了。直到昨天我去她下榻的旅館，才從櫃台人員口中聽到可怕的消息。」

凱蒂仔細思量，此人的話雖合情合理，但得先找到確切或能核實的資料，並重複檢驗。然而芭芭拉和珍蓮娜既死，這點可能很難做到。「你如何支付她們酬勞？」

「一開始付現金，兩千美元加一千元雜支費，等她們找到人，再付三千。」

凱蒂看到皮歐拉在做筆記。兩名女子的旅館房間並未找到任何現金，不過有可能被凶手偷走了。

「她有開收據給你嗎？」

「有的，可是很抱歉，我沒留下。」

「你需要找芭芭拉談話時，如何聯絡她？」先前從芭芭拉的歐洲手機中取得的號碼，幾乎都是本地店家及酒吧的電話。

「主要靠電子郵件。」

「你還留有通信的郵件嗎？」

「有一部分。存在我的筆電裡。」

「你鄰居告訴你，你有一名女兒的信呢？你有那封信嗎？」

「當然，信放在美國。」

「你的聯合國保護部隊文件呢？」

「也一樣。」

皮歐拉問：「我們在珍蓮娜與芭芭拉同住的旅館房間裡找到一束頭髮，那件事你可有所悉？」

鮑伯．芬雷特首次露出困惑的表情。「我猜她們一定是從米麗娜的親戚那邊拿到髮束的。」他緩緩說：「萬一她們找到她，有任何疑慮時，可做DNA比對。」

「她們沒跟你說嗎？」

芬雷特搖搖頭。「我說過，事情我都交給芭芭拉處理了。也許我太天真了。」

「怎麼說？」

「我離開前，看到她們倆勇往無懼地去盤問妓女、皮條客，還受到人身威脅，卻不因受拒而退縮，想是因此，兩人才會遇害。」

凱蒂或皮歐拉都沒回應。

「怎麼了嗎？」他問：「那應該是最有可能的解釋，不是嗎？」

「只是一種可能。」凱蒂終於表示：「目前我們並不排除任何可能。」

皮歐拉審慎地說：「你有沒有想過，孩子可能不是你的？我記得聯合國的維和任務最終失敗了，戰況越演越烈，許多波士尼亞人被逐出克拉伊那。百姓的生活……十分艱苦，尤其是女人。」

「你是說，索拉雅可能被強暴？」芬雷特搖搖頭，說：「就時間點而言，我覺得不太可能，就算米麗娜非我親生，也絕對是索拉雅的。若是因我無法當場保護索拉雅，致使發生不幸，米麗娜也無疑是我的責任。」

「米麗娜很幸運，你的財力足以負擔她。對了，你現在從事什麼工作？」凱蒂說。

「離開軍隊後，我替私人承包公司工作。我們為跨國公司之類的單位，提供安全與訓練套裝課程。我混得還可以。」

他們又問了一遍，鮑伯・芬雷特的回答完全一致。

「我們需要你在威尼斯待一週左右，」凱蒂最後說：「也許我們還會有些問題問你。」

「沒問題，我正好趁機繼續找米麗娜。」

「我不確定那是個好主意。」

「別擔心，我會照顧自己。」

「我也覺得不妥。撂倒我的傢伙有槍。」皮歐拉說。

芬雷特瞪著皮歐拉，直至現在才將上校受傷的顏面與自己的情況串連起來。「天啊，這些傢伙是玩真的？」

「看起來是。你一定得答應我們保證不再繼續尋找令嫒，那樣可能有危險。」

芬雷特勉強點頭，「好吧。」

「事實上，」凱蒂又說：「我們甚至沒有理由可以相信她仍在威尼斯。如果事況如你所言，人蛇集團在殺害芭芭拉和珍蓮娜後，八成把她遷走了。」

美國人嘆道：「我也是那麼想，但我實在難以放棄。」

「我們會幫你做DNA採樣，以防萬一，我們若找到她，便能立即查明她與你的關係。」凱蒂從抽屜裡拿出可拋式棉花棒，然後戴上手套。「你對採樣應該相當熟悉了，我只需用棉花棒在你口腔裡沾滾一下即可。」

芬雷特猶豫道：「這真的有幫助嗎？就像你們說的，她有可能不是我的親生女兒。」

「但如果是，會加快偵辦速度。」

芬雷特靠向前，讓凱蒂拿棉棒探入他口中。凱蒂取樣時，臉部僅離他幾公分，凱蒂意識到對方的藍眼盯得她很煩，她逼迫自己專心工作。

凱蒂把棉球放入紙套裡封妥時，芬雷特對她淺淺一笑。他喜歡我，凱蒂心想。

「謝謝。」凱蒂脫掉手套，伸手跟他相握。「我們保持聯絡，芬雷特先生。」

✣ ✣ ✣

「太神奇了。」美國人離開後，皮歐拉說。

「不可思議。」凱蒂同意道。

「經過這麼久，咱們終於找到所有答案了，全都吻合，那張照片、頭髮……」

「但芭芭拉．霍頓到埃德里基地找美軍又是怎麼回事？」凱蒂反駁說。

皮歐拉聳聳肩。「就像芬雷特說的，尋找米麗娜跟芭芭拉本身的工作有關。」

兩人將訪談篩選過一遍，尋找矛盾處，一時無語。

皮歐拉緩緩說道：「有時會挺困難的。當正確答案終於出現時，心裡反而無法承認那就是正確的答案，因為經過諸多似是而非後，往往會將突破點視為另一種謬誤。」

凱蒂點點頭。

「另一方面，」皮歐拉又說：「我們必須抱持懷疑，那是我們的職責。」

凱蒂看著他，「你也不相信他，對吧？」

「感覺不太對勁。」皮歐拉站起來，再也無法定坐。「我不知道問題出在哪，但我確定他那迪士尼電影般的千里尋女，以及他單純只想改變女兒人生的說法，絕對是謊言。」

「我的疑點是，他沒有電話通聯紀錄這件事。假如芭芭拉替他工作，怎會不留下證據？唯一能直接把他們連在一起的，是我們知道有妓女說，有個美國男子在四處打探一名克羅埃西亞女孩的下落。」

「我們應該把他的照片拿給妓女們看，他的護照相片應該足矣——我們可以找移民官幫忙，同時查證他所說的進出義大利的日期是否屬實。」

凱蒂點點頭：「這事我會辦好。」

「你可注意到，他在DNA取樣時，有點怪怪的？」皮歐拉若有所思地說。

凱蒂臉一紅。

皮歐拉說：「哦，我明白了。」他揉揉下巴，「雖然我並不是真懂。我是說，讓美女拿棉花擦嘴這種事並不是天天有。不過他的詭異反應在那之前就出現了，當你跟他說需要採DNA時，他似乎……有些生氣。」

「為什麼會那樣？」

「不知道，不過凶手參與凶案調查的案例也是有的。凶手以證人身分假意協助警方，結果卻被自己的DNA賣了。」

「不過我們並沒有得自犯罪現場的DNA。」

皮歐拉表示同意，「是啊，但芬雷特未必知道。」他嘆口氣，「你知道嗎，馬賽羅一定會樂死，所有線索都找到答案了，只怕咱們報告上的墨水還沒乾透，案子便會轉給國際警察和組織犯罪小組的人了。」

「好吧，我們暫且先做些假設。假如芬雷特並沒有說出全盤實話，我們又該如何解讀？」她說。

「那就表示……」皮歐拉重重吸口氣說：「案情比我們原先所想的更嚴重，不管我們在追索何人何事，對方會是那種隨時能找個口舌便給的美國退役軍人前來答覆我們所有問題的人物。」

「不僅那樣，那表示對方知道我們有什麼樣的問題，了解我們調查的程度。」凱蒂說。

「馬賽羅？」

「還會有誰？」

又是一陣死寂。

「所以，」皮歐拉終於說道：「假設我們傻傻地跟義大利貪官、黑手黨的死亡威脅，以及美國前軍官的謊言對幹，繼續查案，接下來該怎麼做？」

凱蒂說：「我們主動出擊，告訴馬賽羅我們一個字都不信，然後回去找芬雷特，跟他講同樣的話。媽的，搞不好以凶手之名逮捕芬雷特。咱們就去打草驚蛇，等他們自亂陣腳。」

41

荷莉迎向再次來到教育中心的吉瑞，跟著他進教室，關門，然後解釋自己的偵察所得。

「真是太棒了，荷莉。」吉瑞等她說完後表示：「幹得好。」

荷莉開心得臉都紅了。

「威尼斯人有句老話，『魚從頭部開始發臭。』」他又說：「此案簡直臭不可聞，我想你可能剛揪出那幫為鐸剛．柯洛維克籌擬軍事策略的人。」

「而且不僅是他的軍事策略，」荷莉把摘要遞給吉瑞，「你讀讀看。」

吉瑞從襯衫口袋拿出眼鏡，大聲讀著標題：「從『上帝與我們站在一邊』到滅種屠殺：性狂暴是集體精神病的先驅。聽起來很無聊。」

「下面就不會了，相信我。」

摘要

許多心理研究探索個人在何種環境下，會受到誘導而傷害他人。史丹利・米爾格蘭教授在《服從權威》[23]中指出：僅以口頭激勵，例如「你繼續進行下去，這是非常必要的」，便能令志願者對陌生人施以電擊。這種過程就叫「道德授權」。

在《史丹佛監獄實驗》中，菲利普・金巴多教授[24]檢視十二名被派做「獄卒」，監管十二名「囚犯」的學生行為。後者刻意被「非人化」，僅編了號碼，不使用名字。這項實驗最後被迫放棄，因為「獄卒」的行為越來越殘虐。

這份報告檢視了二十世紀許多極端暴力的衝突事件，除了「道德授權」與「非人化」之外，還指出許多其他可能造成暴力的先兆，包括「種族歧異」、「歷史必然性」、「罪責受害者」，以及「集體妄想」。

作者使用佛洛伊德的「性狂暴」，來描述以上因素如何誘發大規模的精神錯亂，讓全體人口只能藉由消滅彼此，來獲得滿足。

關鍵字：集體發狂、反人性犯罪、集體強暴、宗教仇恨。

吉瑞喘道：「我的天，他好像在一步步引導如何創造滅種。」

「沒錯。」

「全篇報告呢？」

「那就更有意思了，學術報告通常相當容易取得——畢竟網路最初就是為此而設。可是當你在PubMed這類伺服器裡鍵入這些細節時，得到的回應卻是『無搜尋結果』。多賀堤的文章從未被其他精神病學家引用、提起，從來沒有連結到……若不是這篇文章最後根本沒出版，就是被人從所有搜尋引擎及網站上的集體記憶裡刪除了。」

吉瑞想了一會兒，終於說：「那麼，我們打算如何處理這份珍貴的資料。荷莉‧博蘭？」

「我還希望你能有一些想法呢。」

「還有誰知道這件事？」

「沒有人了。」

「咱們目前先保持這樣，我得仔細考慮一下。」

23史丹利‧米爾格蘭（Stanley Milgram，1933~1984）：哈佛大學心理學博士。在耶魯大學任教時主持「米爾格蘭實驗」（Milgram Experiment），探討人對權威的服從性；其「小世界實驗」（Small World Experiment），得出舉世聞名的「六度分隔理論」（Six Degrees of Separation），認為兩個互不相識的人，只需要透過六個人聯繫就可以建立關係。《服從權威：有多少罪惡，假服從之名而行？》（Obedience to Authority: An Experimental View），內容為米爾格蘭在實驗室進行挑戰人性、引發爭議的「電擊實驗」，來探討人類對權威可以服從到什麼程度。

24菲利普‧金巴多（Philip Zimbardo）：史丹佛大學心理學退休榮譽教授，自一九七一年展開的「史丹佛監獄實驗」為社會心理學的經典研究，並被改編為電影與小說。《史丹佛監獄實驗》（Stanford prison experiment: A simulation study of the psychology of imprisonment）成書於一九七二年。三十年後，金巴多撰寫《路西法效應》（The Lucifer Effect），首度親自撰述、完整說明「史丹佛監獄實驗」過程。

荷莉欲言又止，吉瑞發現了便問：「怎麼了嗎，荷莉？」

「有沒有可能，這是一場完全合法的心理戰？畢竟美國干擾海外國家，已不是什麼新鮮事了。我們曾這樣對付過尼加拉瓜、巴拿馬、伊拉克……」

「當然，但我們對那些國家開戰，是師出有名或得到總統許可。任何人想在巴爾幹煽動衝突，得面對積極禁止其他國家涉入的聯合國協議。不，我覺得把一切線索湊起來看，較像是既有利益的結合。傭兵、武器製造商、游手好閒的北約官員，甚至黑手黨——聯手合作，點燃火藥桶。」

「有件事我一直想不透，那些神父攪進來做什麼。」荷莉說。

「也許他們的角色是提供多賀堤所說的『道德授權』，在布道時宣揚種族仇恨之類的事。」

「他們若讀過多賀堤的報告，一定知道這將使國家陷於最恐怖的暴力之中。」

「或許他們認為那是一種值得付出的代價，或許他們只是想說服自己，是在執行上帝的工作。即便如此，這也不會是歷史上宗教第一次與戰爭相結合。伏爾泰說得好：『要讓一個人犯下暴行，得先讓他相信荒謬。』」

42

川特．烏爾夫說：「嗨。你是丹尼爾吧？我是川特，羅克威爾網站的總經理，這位是我的副總詹米．卡里夫，負責併購與採購。」

兩人年紀都不超過二十六，也都穿了短褲、涼鞋和褪色的連帽運動衫。丹尼爾與兩人握手後坐下。

他們在威尼斯最豪華富麗的西普里尼飯店（Cipriani）大廳碰面，兩位老美下榻於此。丹尼爾心想，不知飯店會不會強力執行嚴苛的衣著規定——到餐廳用餐的男士，須打領帶，即使在潮溼的夏季也不例外——或者因川特住在一晚一萬美元，像玻璃盒般橫懸在潟湖上，有私人入口與汽艇的帕拉第奧套房，而對他們法外開恩。

三個人都點可樂，川特靠向前說：「這樣吧，丹尼爾，我就有話直說了。我們覺得你的嘉年華很精采，在這種以市場為導向的爛時代裡，能找到一個真正在乎程式語言的網站，實屬不易，對吧？今天我們看到大部分小鬼，只會先弄個網站，然後便希望在上大學時，能首次公開募股，在畢業前賣給谷歌了。」

他的語氣像是來自另一個年代的老將——從某個角度看，他確實也是。二〇〇五年時，羅克威爾網站的使用者在三個月內衝破一百萬，成功的背後是奔走世界的川特．烏爾夫，他以慧眼買下極具潛力的網路生意，幾乎全然不理會股票市場評估。

丹尼爾表示：「老實說，我從不把嘉年華當成網站。嘉年華比較像是一種實驗。」

「沒錯。」川特拿起可樂裡的吸管指著他說：「所以嘉年華才會不賺錢，因為嘉年華不同流合污，這也是我大老遠飛來的原因，我覺得，你此時正需援手。」

丹尼爾點點頭。

「最重要的是，無論你需要何種形式的幫助，我們都會提供給你。我們會全部投資嘉年華或投資一大部分，投資多寡得由你決定。或者我們讓你領薪水，並支付你的官司費。」

「貴公司真慷慨。」丹尼爾說。

川特笑了笑。「我只是覺得我們應該緊密合作，有一天你也會這樣幫我。」

「老實說，」丹尼爾又道：「我一直在預期這件事。」

「是嗎？」川特吃驚地看了他的副手一眼。「我們自己直到上週末才討論此事。公司舉辦黑客松時，有人說：『嘉年華如何？我們得去找那些傢伙。』」

丹尼爾解釋道：「我的意思是，我一直期待有人會對嘉年華開價。畢竟把壓力放在我一人身上也不是辦法，應該將整個網站吃下來才有用。因此我想，在我宣判之前，一定會有人試圖買下嘉年華，開出一個我不接受，就顯得很笨的條件。」

「不是買，是投資。」詹米．卡里夫嘟囔著說，他老闆警示地橫他一眼。

「因為我知道開價的人，跟那些誣告我的人多少有關，所以特意調查過貴公司，調查的詳細程度或許超乎你們想像。」丹尼爾補充說。

川特眨眨眼。「嘿，大家都知道我，我有部落格，上堆特……我的生活人盡皆知，不是吧？」

「是嗎？」丹尼爾說：「例如，大家都知道，或自認知道，羅克威爾是由一群矽谷的新面孔技術人員組成，目前跟臉書旗鼓相當。可是有多少人知道貴公司最大的三個投資方，其實是國防承包商？」

川特困惑不解地說：「我們的創業資本來自遊戲公司……」

「如果你往上細究老闆身分，便會追出該公司由軍火製造商控制。美國政府是世上高端3D製圖系統的最大買家，只是他們稱這些系統為視覺與傳感模擬訓練系統，而國防工業，目前是美國高科技研發的唯一最大投資者。例如，那家酷炫新潮，在貴公司初創時占百分之三十股份的公司，自己最近也被政府最大的網路作戰承包商『通用動力』（General Dynamics）買下了。你其實是軍方利益的前鋒，川特。」

川特不改笑容。「那就好比說，只因某個俄國人拿他的退休金投資本公司股票，我就等於拿了克里林姆宮的錢。」

「沒有那三大投資者，你就什麼都不是了。」丹尼爾平靜地說。「我敢打賭，你前幾天才接到他們其中一人的電話，約好開會。也許對方胡扯些國家安全之類的廢話，連姓名都沒有給，還說你雖然刺青穿涼鞋，但他們要給你機會證實自己是忠心耿耿的美國人。我說得對嗎？」

一陣靜默。

「如果你這麼愛亂想，」詹米．卡里夫衝口說：「為何要同意見我們？」

「我想知道是誰在背地裡攻擊我，以及攻擊的理由。我不會對自己的編碼自鳴得意。也許我創造了嘉年華的運算法則，但任何聰明人都能拷貝那些法則。我認為更有可能的是，你的朋友想進入嘉年華，避開密碼——換句話說，他們想偷聽某人的談話，那人目前還認為嘉年華很安全，但會是誰呢？」

「如果我們真是你所說的那種人，也絕不會承認。」川特表示。

「或許吧，但我相信，你正在回想跟那些人開會的情形，疑心他們的身分是否真如他們所表示的。被要求協助自己的國家，跟為了一群軍火製造商而背叛自己的原則，是有很大差別的，對吧？」

又是一陣長長的沉默。

川特．烏爾夫突然說：「去查MCI，我只能說這麼多了。天哪，丹尼爾，我只能說這麼多了，而我已經說太多了。」

25黑客松（hackathon）：小團隊為基底，以馬拉松方式進行長時間的程式撰寫活動。

「誰是MCI？」

「軍事力國際公司，跟政府簽約的傭兵部隊——你開出條件，他們便會負責提供。」

「誰來支付他們？」

川特搖搖頭。「我發誓我不知道，就算我知道也不會告訴你。這些王八蛋可不是鬧著玩的，對他們來說，這場對話從未發生過，好嗎？」

43

凱蒂客氣地走到歐洲旅館櫃台，等旁邊沒有客人了，才掏出她的證件堵到櫃台人員面前。「記得我嗎？」

年輕人嚇一跳，點點頭。

「我拿到搜索令，可以搜查你們其中一個房間了。」她臉不紅氣不喘地撒謊說：「不過我把文件留在辦公室了，我得先檢查房間，稍後再把文件傳真給你。」

年輕人皺著眉。「是發生凶案的房間嗎？」

「不是，是一位芬雷特先生的房間。」

「我得先跟我的老……」

「不用了，不需要。我才不在乎你們公司的規定，也沒空跟你們總公司打交道，我只需要去看他房間看十分鐘，以後再也不來吵你。」

凱蒂看出對方心裡在打架，一方面擔心公司，一方面又很想答應信誓旦旦的憲警。年輕人猶豫片刻後，打開抽屜，拿出一疊鑰匙卡，在機器上刷一下，敲打電腦鍵盤，然後遞給她一張卡。「二四四房，他不在房內。」

凱蒂走向電梯，同時檢查手機有無簡訊。她若須火速撤離，皮歐拉會發簡訊給她，但凱蒂有把握這種可能性很低。他們請芬雷特把之前提到，跟芭芭拉·霍頓的通信電郵帶到聖匝加利亞教堂的憲警總部，皮歐拉會留他至少四十分鐘。

他們為了這件節外生枝的事辯論至深夜，凱蒂在未獲搜索令的情況下，找到的任何證據都無效。就算她找到什麼，也設法事後取得搜索令了，但這條策略的風險卻極高——萬一被人視破她曾闖入房中，不僅證物難獲採信，可能連整件調查都被打上問號。

因此這純粹只是一場試驗，看他們的直覺是否準確；並據此跟馬賽羅檢察官表示，他們不採信芬雷特的說法。

房務員尚未清理二四四房——早餐餐盤放在房外等人收拾，門把上還掛著「請勿打擾」的牌子。凱蒂心覺奇怪，因為芬雷特並不在房內。為防萬一，她先敲門，果然無人應門。

凱蒂把卡片插入鎖中，等燈轉綠，最後再檢查走廊一眼，確定沒人看見，才溜入房內。

床已整齊地鋪好了，想必是軍旅生活的反射動作——那部分說詞確定是真的。除了床鋪，三角凳上擺了一個帆布提包，裡面有幾件十分昂貴的休閒服：T恤、網球衫和斜紋棉褲，全都摺疊整妥。

浴室裡有幾項梳洗用品，床邊有瓶水。凱蒂發現房內並無書籍：沒有任何個人用品，僅有一個空掉的筆電包和一張MCI公司的證件卡，卡上的名字是羅伯特·芬雷特。髒掉的衣服已整齊地放入旅館洗潔袋裡了，房裡空盪盪的，幾乎像是沒人住。

或者，凱蒂心想，像是仔細整理過，以防遇到像這樣的檢查。

窗下有張小桌。桌面除了一疊用水瓶壓住的紙條外，別無長物。那些都是芬雷特的收據——咖啡館裡的簡餐、機場的帕里諾三明治、客房服務摘記、自動提款機的五百歐元收據。鮑伯．芬雷特兩天前在馬可波羅機場降落後，除了偶爾喝點啤酒外，似乎沒做什麼。

凱蒂認栽，毫無所獲地朝門口走去。當她來到門邊時，聽到門外走廊上傳出聲音——一名男客離開時，跟女房務員道再見，「Arrivederci.」

她退回去等著，聆聽男子的腳步和吱吱呀呀的行李箱輪子沿廊而去。她聽到電梯抵達樓層時「叮」的一聲。

就在這時，凱蒂注意到門邊地毯上有根折彎的牙籤。

她退回去，在浴室裡發現另一根牙籤，同樣也折彎了掉在門內。

「慘了。」她低聲說，想起「請勿打擾」的牌子。她不確定芬雷特把牙籤放在門邊的哪個地方，因此無從掩飾自己搜查房間的事實。

✣　✣　✣

凱蒂回到聖匝加利亞教堂，看到皮歐拉一臉抑鬱。

皮歐拉說：「我查過他的電子郵件了。看來他寄過十幾封信給芭芭拉．霍頓，而她看起來也回信報告她和珍蓮娜．貝比克追查他愛女的進度。你查得如何了？」

凱蒂把牙籤的事告訴皮歐拉。

「想知道自己房間有沒有遭人搜查，並不算犯法。」他指出，「畢竟叫他格外小心的人是我們。沒別的了嗎？」

「事實上，還有一件事。」凱蒂緩緩說道。

「什麼事？」

「是件很細微的事。事實上，我當時根本沒想到，但我在他房中找到一疊收據。」

「然後呢？」

「你不覺得奇怪嗎？一個人去找失聯已久的女兒，怎還會保留收據——是打算去跟誰請款？事實上，芬雷特還特意說，他沒有保留芭芭拉．霍頓收到三千美元酬勞的收據，那他為何又要保留自己此行的花費紀錄，除非有人幫他付錢？」她看著皮歐拉說：「芬雷特根本不是在找他女兒。就算是，也是因為有人命令他去找。」

皮歐拉輕聲說：「或者，他只是出於習慣罷了。他的房間非常整潔嗎？」

「極度整潔。」凱蒂坦認說。

「所以他的信用卡帳單也疊得整整齊齊的。我不是反對你的看法，凱蒂，但這不算鐵證。」

「我們只能找到這些。」

「我們是只能找到這些。」他表示同意，並說：「好了，該去面對馬賽羅了。」

✣　✣　✣

與檢察官的會面十分短暫且切中要點。他不打算再聽任何瘋狂的臆測了，無論是跟美國人、克羅埃西亞人、神父或任何人有關。他們得把報告寫好，然後終止調查。

「我不懂，上校，」馬賽羅酸說：「這案子到底有什麼特別？威尼斯常有命案，大多幾天內便破案，頂多數週，你為何偏要在這樁調查上浪費這麼多時間？」他頓一下，仍看著皮歐拉，接著他刻意把眼神飄向凱蒂。「本案一定有某種影響你判斷力，讓你延長調查時間的原因，上校。」馬賽羅接著說：「我懷疑到底會是什麼。」

檢察官來回看著她和皮歐拉，審問似地挑起一邊眉毛，凱蒂抵死不反應、不退縮、不在他面前臉紅。片刻後馬賽羅點點頭，嚐夠了嘲弄兩人的滋味。「好吧，幾天後我要看到你們的最後報告。」

✣　✣　✣

「他什麼都不知道，他只是想激怒你罷了。」兩人離開檢察官辦公室時，凱蒂說。

「我知道。」皮歐拉說：「別擔心，我沒那麼好打發。」

他們走回聖匝加利亞。幾乎跟等水上巴士的時間一樣快，只要繞過連這個季節都擠滿觀光客的聖馬可廣場北邊就行了。

凱蒂猶豫地說：「我去見丹尼爾・巴柏時，他說也許能取出芭芭拉・霍頓筆電裡的資料，他以前幹過類似的事。」

「是嗎？」

「我當然拒絕了。但他說他還是願意等我們回去。我想，我們現在確實有些具體內容想請他找了

——我們可以請他找出芭芭拉．霍頓是否真的寄過那些電郵，或只是芬雷特編造出來的。」

「是的，但是把芭芭拉的筆電交給一個等待被判違反網路隱私法的駭客，無異是瘋狂之舉。」

「沒錯，但也許有助……」

「凱蒂，我們需要能用的證據，能說服像馬賽羅這種人的證據，否則他一定會纏住我們不放。」

✣ ✣ ✣

他們兩人是此時唯二還待在指揮中心的人，凱蒂承認，這裡有種歹戲拖棚，早該結案的感覺。

她的手機響了。「什麼事？」

「凱蒂，我是法朗西斯柯。調度組說有個大案子得火速派人處理。有個警員勒死男妓，說是意外，但證據顯示那個男同性戀一直在勒索他。有人提議你處理。」

「案子是誰負責的。」

「你要的話，由你負責，由你調查，檢察官欽點你。」

「哪位檢察官？」她問，雖然她已猜到答案。

「馬賽羅檢察官。」

凱蒂透過皮歐拉辦公室的玻璃牆，看著他從桌上拿起棕色信封袋，抽出裡面的東西。皮歐拉怔忡片刻，眼神朝她望來。

她知道自己永遠忘不掉他的神情——遠比驚恐或絕望還要糟糕。「我得走了。」她對著手機說。

「調度組需要答案……」

「跟他們說我太忙了，」凱蒂掛斷電話。「怎麼了？」她對皮歐拉喊道。

皮歐拉沒回答，凱蒂連忙走進他的辦公室，拿過他手裡的照片。印刷粒子相當粗糙——是夜裡用長鏡頭拍的——但主題夠清晰。

皮歐拉和凱蒂一起進入她的公寓，皮歐拉環住她，頭朝她偎去，她正哈哈笑著。

為防留有疑慮，還有第二張照片。照片上是凱蒂的公寓窗戶，她正闔上百葉窗的扇葉，阿爾多在她背後，伸手探向穿著浴袍的她。

有人在一張紙上打了以下訊息：

照片已寄給尊夫人了。

44

「也許照片沒有寄到，只是在嚇唬你而已。」凱蒂說。

皮歐拉搖搖頭。「我得回家了，她現在應該已經拆信了。」他小心翼翼地收拾外套，掛到臂上。

「你打算跟她說什麼？」

「不知道。」他一臉茫然。

「我們得談一談。」

「是的，但稍後再說，我得先回家跟我太太談一談。」

他夢遊似地離開。「打電話給我好嗎？」她在皮歐拉背後喊道。

皮歐拉沒回答。

✣ ✣ ✣

她再次看著那張照片。顯然拍攝有一段時間了，因為那是皮歐拉挨揍前的樣子。無論雇用攝影師的人是誰，幾乎從他們首度一起過夜，便知道兩人的事了——事實上，說不定還利用這點，策劃攻擊和假意殺害皮歐拉的行動。

她渾身冰寒。

而現在……她試著想像皮歐拉返家後的對話。但她想像不出來。那全然在她的經驗之外，因為她從未有過婚姻關係。

凱蒂覺得像做了壞事，做了壞絕之事被抓到的女學生，獨自被大人撇下，單獨去面對。

他老婆一定會怪我，凱蒂心想，她當然會，因爲都是我不好。

凱蒂發現自己不自覺地登入嘉年華，在她名下找到「十四則條目」。

她點入最新的條目。

原來是真的！冰山美人上尉和鐵面上校一直在彼此調查！無法想像兩人在床上都談些什麼！

「噢，看在老天的份上。」她厭惡地登出，將皮歐拉和他老婆可能會有的對談拋開，開始處理文書工作。

✣ ✣ ✣

辦公桌上的電話響了。凱蒂不認得來電號碼。她抓起電話，心想一定是他。

「是皮歐拉上校嗎？」一名男子心煩意亂地問。

「他不在，請問您是？」

「我去見過你們，我是漁夫路希歐——從基奧賈來的。記得嗎？」

「是的，我記得，有什麼要我幫你嗎？」

「是里奇家的寡婦梅瑞塔。她在醫院裡。她昨晚被揍，醫生說她差點死掉。」

「誰幹的？」

「她沒說——沒辦法說，她的下巴被打斷了。他們說梅瑞塔也許再也無法好好說話了。」年輕人口氣極為歇斯底里，「你們沒辦法守緊口風嗎？非要走漏消息不可。」

「我會過去看看。」

「別！離她遠一點！離我們所有人遠遠的！我幹嘛沒事找你們？我們乾脆拿槍射自己算了，省得他們麻煩。」

✣ ✣ ✣

皮歐拉三個小時後才回來，他無法直視凱蒂的眼睛，凱蒂跟著他進入他的辦公室。

「夫人還好嗎？」凱蒂問。

「當然不好。」

「你呢？」

「重點不在那裡，對吧？」

「你們是怎麼說的？」

「那是……私事。」他平靜說，凱蒂不敢追問。「凱蒂……我跟她保證，我們之間已經結束了。」

凱蒂被刺痛之際，還想用玩笑帶過。「嗯，我被甩過很多次了，你的說法可以贏得最直接獎。」

「甩掉？你說得好像我們是約會中的青少年。」他喃喃說。

「那我們是什麼？」她急著要皮歐拉跟她說話，但皮歐拉似乎躲避著，就像他的感情突然被屏障堵住了。

「那是一場愚蠢、不當、且不顧及他人感受的外遇。」他冷冷地說：「我那樣糾結其間，實在愚不可及。」

糾結。凱蒂從他的話裡，聽出他那天下午對話的片段——那場真正重要，跟他所娶的女人的對話。那我呢？她好想大喊。我的感受呢？是誰讓我糾結在這場外遇裡的？然而她當然無權質問，因為她並未嫁給皮歐拉。她是壞女人，不是受害者。

「梅瑞塔·卡斯奇里昂在醫院裡。」她說。

皮歐拉罵一聲髒話，說：「出什麼事了？」

「聽起來她被懲治性地痛揍一頓，他們把她的下巴打斷了。」

「我最好過去一下。」

「路希歐叫我們別去。不過你若要去，我也一起走。」

「凱蒂……」他搖搖頭。「也許我沒把話說清楚。我跟吉兒黛保證，我們已經結束了。」

「是的，我了解。」

「我的意思是，我不能再繼續跟你工作了。」

她望著皮歐拉。

他柔聲說：「那是不可能的，你能明白，不是嗎？」

「你到底在說什麼？」

「我會找一位男性上尉，協助我調查本案剩餘的部分。」

「什麼！」

「否則就太不公平了。」

「這樣究竟哪裡公平了？」她問。

「我是指，對我妻子不公平。你總不能期待她還開開心心地讓我繼續與你共事吧。」

凱蒂無法相信自己聽到的話。「今早為了留下來辦這個案子，我還推掉一個由我全權負責的凶殺案調查。」

「對不起，一定還會有其他案子。」

「重點不在那個吧？我們應該撇開私人感情，秉持專業繼續合作。」

皮歐拉嘆口氣，用兩手揉著臉，她真是太能看穿他的心思了。先是面對大發雷霆的妻子，現在又要面對憤怒的情婦。

凱蒂又說：「如果你在我們上床前就告訴我，等我們分手，你就把我從這個案子踢出去，你以為我還會跟你在一起嗎？」

「我只是想找出有效的解決辦法，」他無奈地表示。「目前這種情況顯然是不可能了，一切都是我的錯。目前我看到的唯一解答，就是把你調去查另一件案子。你剛才所提的案件——我剛好知道後來轉派給佐托了。我來的路上跟他談過，他很樂意讓你到他隊上。」

「很好。」凱蒂可以想像——那些竊笑、眼神、背後的私語。那就是跟阿爾多．皮歐拉有一腿，後來被人家老婆發現後，被迫離開那件案子的上尉！

「我先把話說清楚。」凱蒂表示：「對於尊夫人，我真的非常非常抱歉，我知道跟你上床是件愚蠢而不負責任的事，但我不走，我辦定這件案子了，我要留到查出凶手，或等馬賽羅親自把我們拖離這裡，關燈熄火為止。」

「我要如何跟我老婆交代？」皮歐拉絕望地問。

「那是你的問題。但你可以先告訴她，只因為我笨到跟你上床，並不表示你有權力攆我走，」

45

丹尼爾將椅子往後推開，看看時鐘。凌晨四點。

他鍥而不捨地調查MCI，查明之前無法成眠，亦無心進食。MCI官網透露的極為有限，但從大量無聊的商業行話中，丹尼爾揪出了六名資深員工的名字。

丹尼爾知道高級主管一定有最新款的智慧型手機，於是便拿他們的名字，跟美國四家最大的手機公司紀錄做交叉比對，然後寄一封簡訊到每個號碼。簡訊上只說：會議開完了嗎？我需要知道最新狀況。手機主人打開以為是同事發來的簡訊時，手機便會下載一個小軟體，該軟體立刻破解手機密碼，從遠端讀取這些高級主管的電子郵件。這是一種相對簡單的駭客手法——即所謂的「暴力破解」。中國駭客在二〇一〇年駭入谷歌時，便使用類似的技法。

等他駭入MCI主管們的電郵帳號後，丹尼爾再安排讓每位主管收到一封內部郵件。他知道每家公司都有數十封無聊的訊息飛來傳去——說冷氣需要修理，或公司贏了某些奇奇怪怪的獎項，或宣布莫名其妙的公司改組。收信者往往還是會點進去，以免信件在收件匣裡老是顯示未讀。

這次丹尼爾只弄了張傳單，表示另一名MCI員工打算參加路跑，支持某公益活動，並尋找贊助。當收信人在電腦上點入後，程式便會把他們的系統使用者姓名及密碼等細節，直接寄回給丹尼爾。丹尼爾在幾個小時內，便進入MCI的內部網站，在每日來來去去的千萬封電郵中篩拾。

MCI相當厲害——對最敏感的訊息使用代碼名稱，並且加密，有時還刻意使用類似美軍簡碼的縮語。但丹尼爾還是探知嘉年華是MCI的「標的」，而全面性的目標則是「消除尾跡」，翻成白話文，意指一場清理行動。

他大可駭入MCI的網站，可是因為缺少線索，他實在搞不懂他們到底想清理什麼。丹尼爾不僅一次想去說服塔波上尉，將芭芭拉．霍頓的硬碟交給他。他確定答案就在硬碟裡，但隨著日子一天天過去，硬碟的磁盤會被浸泡過的海水進一步蝕毀。

每當丹尼爾感到壓力或挫折時，便會專心思索數學公式。這是他在那段被綁架的漫長心驚時日中養成的習慣。他會開始做些簡單的心算練習，讓自己不去想綁匪說的事——他父母若未支付贖金，將打算如何處置他。數學的世界為他展現一套明確的模式，他在被囚禁的空磚屋裡，或隔了鐵欄的窗外樹葉間，開始瞥見另一種真實。這份真實，遠比他清醒時，被迫存在的現實世界更加純淨、更令人滿足。丹尼爾遭毀容後，為了逃避痛苦，益發鑽陷在數學的世界裡，當他驚駭地看著義大利特種部隊，凶殘粗暴地攻擊綁匪後，陷落得更加無法自拔。當外界慶祝他的歸來時，丹尼爾越加退縮，潛入另一個凡事合情合理的真實裡。

現在他便踏入這樣的一個世界，數學家稱這種非凡數字的模式為「魔群月光」（Monstrous moonshine）。為求理解，你得先想像出由李晶格（Leech lattice）所產生的24維環面結構（24-dimensional torus），然後將其套用到魔群數列上（Monster module）——一串像圓周率一樣的系列數字，但更難以計算。丹尼爾敬畏地凝望著，感覺焦慮漸減。

如果他真的要坐牢，數學世界會是他唯一的退路，坦白說，他不確定這個世界能否讓他不至於發狂。他必須設法翻轉處於MCI下風的頹勢。至於該怎麼做，他卻半點主意也拿不出來。

46

荷莉在維琴察與伊安・吉瑞會面。她按對方要求，坐到距離廣場邊稍遠的咖啡桌旁時，吉瑞已經坐在她的對面。

「我一直在想你的那包東西……我認為你應該把東西拿給我的被監護人，丹尼爾．巴柏。」

她訝異地說：「是平民嗎？我還以為我們打算在內部處理此事。」

「是的……但我覺得資料不足，還無法呈給上頭。要拔草就得連根拔除——連最小最深的鬚根都不能放過，否則那該死的東西便會更頑強地長回來。我們得拿到所有知道威廉貝克的人士名單、全部的指令和行動結果……等等，所有的細節。另外，我們還得知道芭芭拉．霍頓查出什麼，她在網路上與何人分享，還有多賀堤的那份報告。追回網路上被刪文件的高手，非丹尼爾莫屬。」吉瑞猶豫了一下，「不過我得警告你，丹尼爾很難應付，他對我的涉入會起戒心。他把他父親所做的，跟他成長相關的決定，怪罪到我跟其他巴柏基金的託管人頭上。事實上，我們在背後苦口婆心地勸，但他父親僅留意符合他意向的建議……他其實有點像丹尼爾，他們一家人都非常頑固。」

「我若完全不提你的名字會好些嗎？」

「不妨說是我勉強介紹他給你，別說是我出的主意。我若沒猜錯，他會把這視作解決危機的辦法。」

「什麼危機？」

「還是讓他自己跟你說吧。你見到他之前，知道得越少越好。還有一件事。荷莉，有機會的話，鼓勵丹尼爾讓義大利警方參與調查。你提到的那位憲警警官，就是去找你談芭芭拉．霍頓的那位……她跟她的上司被禁與你接觸。我猜他們會因此透過丹尼爾查找資料。」

「把我們的資料拿給警方，不是會增加曝光風險嗎？」

「是有些小風險，但我認為可以控制得住，警方最後還是會保守祕密。義大利人做事就是這樣。」

47

凱蒂關上門，然後強忍淚水靠在門上。她已經隱忍一整天了，現在終於可以放心大膽地哭了。臥室裡仍有皮歐拉造訪的痕跡，兩人溫存不過是昨天的事。他躺在她的床上，在她的浴室沖澡。他喝過的酒瓶，還半空著放在廚房桌上。他們用過的酒杯在水槽裡尚未清洗。

去你的，凱蒂憤怒地想，接著又冒出一句：我愛你。

但她真的愛他嗎？愛情是翻天覆地的慾念與渴望，還是更像皮歐拉與妻子那樣——長年占據著同樣的空間、子女，摻雜著背叛的痛苦和寬恕的可能？她發現那天下午自己並未問皮歐拉那個問題：你愛她嗎？但她無須多問，從他看到照片時的憂傷眼神，答案便已揭曉。

凱蒂，你是傻瓜，一個破壞婚姻的傻瓜。

她為自己倒了一大杯酒，打開筆電，手指像抓癢似地，不自覺地移向嘉年華的登入處。

凱蒂．塔波——二十一則條目。

……原來她會被派去調查黑巫術謀殺，是因為皮歐拉早已跟調度組表示想與她合作。法朗西斯柯．羅帝故意讓她以為是他出的力。羅帝這個可憐的單相思！

……聽說大小姐對大老婆發現姦情一事頗不高興，這下皮歐拉兩邊都討不了好……

……讓女人加入軍隊，就是會出這種事，不能怪男人……

「唉，天哪。」她疲累地把視窗關掉，決定再也不接近那個該死的網站了。

諷刺的是，她的收件匣最上端，出現了丹尼爾．巴柏的電郵地址。

親愛的塔波上尉：

我們能見面嗎？我有東西要給你。

丹尼爾．巴柏敬上

又，請帶那份硬碟來。

凱蒂低聲罵了一句，並將郵件刪除。

接下來的一封信，是義大利邊境警局的佛南札寄來的。稍早凱蒂在處理文件時，按皮歐拉要求，取得芬雷特的護照掃瞄檔和出入境日期。郵件內容確認了芬雷特的說法，凱蒂不耐煩地點入附件，芬雷特年輕十歲時的笑臉，占滿她的螢幕，這混蛋像自鳴得意地嘲弄她。

凱蒂傾身向前細看，芬雷特的護照相片上，穿了件運動夾克和開領襯衫，襯衫翻領上有個像別針的東西。

由於相片解析度不佳，很難確認，但凱蒂覺得很像十字架。十字架的下半部變粗，再窄狹成尖頂，就像一把短劍的劍刃。

她若沒看錯，這跟尤瑞厄神父身上的別針，以及麥基洗德修會團網站首頁上的標誌一模一樣。

她點入自己的刪除郵件匣，將丹尼爾．巴柏的信轉回收件匣裡，重新讀過。硬碟確實還在她手上，馬禮也果真從未處理一連串上報的文書工作。若有人無聊到去追查文件的進度，便會發現硬碟仍端坐在他工作台上的大堆物件之間。

✣ ✣ ✣

凱蒂．塔波那晚雖接近淚崩，但終究沒哭——她自知做錯事，而失眠、懊悔、難過，並一反常態地反胃；但主要的情緒卻是一種絕決的鐵了心。

48

丹尼爾．巴柏、荷莉．博蘭及凱蒂．塔波三人，在巴柏府混合了文藝復興壁畫、當代畫作，及廉價學生宿舍座椅的客廳裡碰面。

凱蒂四下環視，覺得這房間反映了主人的怪異性格。偶爾你會在他身上看到威尼斯貴族的貴氣，彬彬有禮地請她們用精緻高雅的十八世紀高腳杯喝spritz[26]。接著他又突然開始談網路傳輸控制協定和分封交換對數，全然忘了開胃酒，自顧滔滔訴說聽眾難以理解的說明，一邊不自覺地打開健怡可樂。

大部分時候，他幾乎對眼前兩名女子毫無興趣，眼神瞟著牆面上寫滿數學符號的白板。

凱蒂看著對面的荷莉．博蘭，不得不承認自己對這位美國人有些誤判。她原以為荷莉是那種零想像力、無膽識，只會坐辦公桌的官僚，但這名女子在解釋為何召集大家時，竟散發出冷靜的自信。凱蒂心想，身為軍人的博蘭少尉，自然更習於聽命行事，而非主動籌謀。她在描述自己如何查出埃德里基地會議的與會者名單時，若是實言，那麼她的查案技巧確實令人刮目相看。

若是實言的話。凱蒂知道自己除了跟資深長官同床的罪惡感外，現在還考慮把證據交給一名罪犯，並把憲警調查的詳細資料，告訴一名外國情報員。要是被人發現，她至少得受軍法審判，因此連皮歐拉都還不知道她人在這裡。

荷莉說：「我們來這裡都是逼不得已，因此不適合讓別人知道。我們碰面是因為大家各自調查的證據，目前似乎互有連結。我提議大家說出調查所得，看看有何交集。同意嗎？」

凱蒂點點頭，丹尼爾則檢視著自己的指甲。

「我先說，」荷莉嘆了一口氣。「丹尼爾，我可以用其中一張白板嗎？」

丹尼爾聳聳肩，「想用就用。」

「好。」荷莉站起來打開麥克筆的筆蓋。她穿著便服來開會，應是為了避免在威尼斯引起矚目，但凱蒂覺得，荷莉挑的衣服——連帽運動衫、牛仔褲和布鞋——使她看似十幾歲的男孩。「我查出一九九三年埃德里基地有場會議，與會者包括鐸剛．柯洛維克將軍、義大利黑手黨、一間叫MCI的私人安全顧問公司、一名精神病學家、教會……」她逐一列出威廉貝克裡的主角，然後放下麥克筆，「凱蒂，你查到什麼？」

「我手上的凶案涉及克羅埃西亞、埃德里基地、教會、一間精神病院、一名MCI雇員、黑手黨……」凱蒂起身寫出之間的關連，兩份清單上的人幾乎如出一轍。「丹尼爾，換你了。」

他揮手表示不要麥克筆，「我唯一掌握到的實證是MCI。」

凱蒂幫他寫下來。「就從那裡開始吧，我們得追查MCI跟其他與會者的關係。」她遲疑了一下。「丹尼爾，那表示我會讓你試修芭芭拉·霍頓的硬碟。另外，我得知道你能不能重建她與鮑伯·芬雷特的往來信件。」

丹尼爾點點頭。「你們到別處尋找其他交集時，我可以做這件事。」

「不行。」凱蒂搖頭說。

「為什麼不行？」

「你使用硬碟時，荷莉或我得全程監視你。」凱蒂抬手制止他抗議。「我知道，我明白——我相信你若有心，可以在我不知情的狀況下取出硬碟資料。問題是，我光是讓你摸到硬碟，便已違法了。我必須把自己的罪責限定在『盲目信任』與『粗心犯錯』上。這又導到我的第二個重點，就我所見，你依然拒絕深入調查嘉年華，並告訴我們網站裡發生了什麼事。所以我要在沒有法官或律師在場的情況下，再問你一遍：你有沒有辦法追出那個你尚未追查出的資料？」

丹尼爾定定地看著她。「有一件事。」

「繼續說。」

「我在跟蹤嘉年華裡的一名女神父時，看到一個標著斯圖塔克符號的箱子，箱子的設計跟你在波維利亞島上看到的類似。我知道那箱子是貯藏室——一種個人與個人之間交換大量資料的方式。」

26 Spritz：將威尼斯經典的苦酒金巴利（Campari），加上白酒與氣泡水製成的餐前酒。

「所以呢？」凱蒂問。

「我發現嘉年華裡有幾個貯藏箱都被標上相同的標誌，這些箱子顯然一直被用來傳遞與特定主題相關的檔案。我們可合理假設，內容也許跟你調查的凶案有關，因為不管是誰在等訊息，至少有一個人一直都沒收到。」

「收訊者是誰？」

「不知道，我需要芭芭拉．霍頓的登入編碼——也就是加密密鑰——編碼會自動隨著其他個人資料，存她的硬碟裡。我若能取出資料，便會知道她究竟為誰工作了，但我敢打賭，絕不會是鮑伯．芬雷特。」

49

孰知監看丹尼爾修復硬碟，竟比凱蒂預期的複雜許多。她天真地以為丹尼爾只要把硬碟接上電腦，做點測試即可。結果他進行的第一件事，竟是弄一個可以工作的乾淨空間。

而所謂的「乾淨空間」，不是指拿吸塵器將巴柏府吸一遍就可以了事。

「為了修復硬碟，我得把硬碟拆開，將磁盤上的海水殘渣清除乾淨。」看到她們對此一無所知，丹尼爾嘆道。「電腦硬碟做成密封裝置，是有充足理由的。一般的空氣中含帶微塵，會像砂紙一樣地磨損硬碟，我需要一個密封的環境和濾淨的循環空氣。」

丹尼爾利用五金行買來的材料，開始打造一個有自己空調設備的封閉包廂，並貼上碳纖維材料，減少可能產生的靜電。丹尼爾是位條理分明，一絲不苟的工匠，從不偷工減料，他會確保每個步驟均臻完美，才進行下一步動作。

包廂完成後，另接電源，將電壓波動減至最低，外加一個電離器，消除任何積累的電荷。特殊塑膠塗層的工具得經過清潔與消磁，才擺到舖了碳纖維的工作台上。丹尼爾等一切就緒後，穿上防塵衣，帶著硬碟進入包廂。

工作期間包廂必須密封起來，但丹尼爾勉強同意接上一架錄影機，讓兩位軍官能監視他。不過凱蒂對這種慢工細活的工作，很快便感到不耐，留下荷莉獨自監看丹尼爾，自己則繼續拿著鮑伯・芬雷特的照片，給聖塔路西亞車站附近的妓女看。

「憲警的資訊技術人員為什麼都不做這類事？」丹尼爾開始拆除硬碟時，荷莉在另一端問。丹尼爾沒罵人，倒是懇實地回答起來，顯然這問題不算太笨。他說：

「大部分電腦專家，其實只是擅長使用專業級軟體的專家。例如，你把硬碟接到像Helix或IXimager這類分析軟體上，軟體便會告訴你，殘存空間裡有什麼——也就是被刪除掉，但其實尚未從機子裡移除的資料。百分之九十的調查這樣做便足夠了。」

丹尼爾突然停下來把硬碟的外殼放到一旁。「難度更高的，像馬德里爆炸案[27]或哥倫比亞號太空梭爆炸事件[28]，世上幾乎每個政府機關都使用一種叫Kroll Ontrack的檔案復原軟體。事實上，如果我的電腦硬碟被火燒壞了，我大概也用會它。不過海水又更難搞了，問題不在海水本身——資料儲存在磁區裡——而是海水乾燥後殘留下來的物質。當馬禮這樣的人啟動硬碟，想做拷貝時，隨著磁盤轉動的海水殘渣便會磨損磁碟表面，破壞資料。但願馬禮沒有太努力，事實上他做得越少，我的機會就越大。」

丹尼爾戴上外科口罩、防塵外科手套和防靜電腕帶，開始細細拆解磁盤。

「我們運氣不錯，這裡還有水氣。」丹尼爾以含糊不清的聲音說。

「那樣算好嗎？」

「就像撐起這些威尼斯房子的木樁一樣，只要保持溼潤，便不致腐蝕。」

他把磁盤放到一碗純水裡。「行了，現在我得讓磁盤浸溼。」

丹尼爾走出包廂，脫掉口罩與防塵服。荷莉看到他的眼神飄往房間後方，寫滿數學符號的白板。

「那些是什麼？」她好奇地問。

他咕噥說：「一道數學題。」

「我知道，跟電腦運算有關嗎？」

丹尼爾瞟她一眼，「真要講解起來，我懷疑你能聽懂。」

「我也這麼想，不過還是跟我說說吧。」

丹尼爾拿起麥克筆，走到板子邊，沿一道公式畫著。「這道問題叫『P對NP』（P/NP）。問題很簡單：假若電腦程式可以檢驗一個定理的答案，為何一開始不能以程式來解決該定理？這是千禧年大獎，七大數學難題中的一道，目前僅解出一題。」

「你認為你能解得出來？」

「我本來以為可以，但現在我懷疑會有人解得出來了。」

「那為什麼還要一直嘗試？」

「為什麼？」他詫異地重述。「因為它美若樂曲或雕塑，我是指數學題本身——數學比任何交響曲或肖像畫，更能顯出人的存在。」

「你的意思是，你喜歡看數學題？」

「看著它、聆聽它……我找不到適當的形容。你瞧……」他走到另一片放在牆邊的白板，把板子推到一旁。板子後面是幅抽象畫。「那是基里訶（De Cirico）的作品，家父認為這是他收藏中的極品，再看這裡……」他把白板拉回來遮住畫作，板子上寫著 $e^{i\pi}+1=0$。

「這叫尤拉恆等式（Euler's identity），任何術業有專攻的數學家都會告訴你，這是人類所創，最深刻的藝術品之一——比西斯汀禮拜堂更美，比帕德嫩神廟更高貴，較安魂曲更純淨。僅用簡單的三個步驟，便回答了一個最根本的存在問題。」

「什麼問題……？」

「喔，『圓為何是圓的？』」

荷莉還在心裡搔腦不得其解時，丹尼爾已帶著她來到隔壁房間了。房間角落有個像賈科梅蒂（Giacometti）作品的拉長雕塑，上面很不搭調地架了副眼鏡和獵戶帽，但丹尼爾卻指著牆上的風景壁畫。他在壁畫上貼了張便利貼，上面寫著6，28及496幾個數字。

「那些是所謂的『完美數字』，若將所有能盡除它們的數字加起來，便能得到與原數相同的數字。例

27馬德里爆炸案：二〇〇四年三月十一日，西班牙首都馬德里鐵路系統的四列火車發生十次爆炸案。

28哥倫比亞號太空梭爆炸事件：二〇〇三年二月一日，哥倫比亞號在返回地球進入大氣層時發生爆炸，七名太空人罹難。

如6可被1、2和3盡除，把這三個數字相加，便得到6。古希臘人認為完美數字的模式，便是大自然和諧本質的證明。」

荷莉緩緩說：「所以壁畫畫的是風景，而另一個則是……是……」她掙扎地思索適當的措辭。

「是風景的本質，就是那樣。」丹尼爾幫她把話說完。

荷莉漸漸明白了，丹尼爾看似不經意地醜化府裡的藝術品——他父親的可恨遺物——此時倒像是對藝術品的重新詮釋了。之後她數度指著價值連城的藝術品上的便利貼，問他那是何意。一幅貼著$X_0(N)$符號的海景圖，「谷山—志村定理（modularity theorem），」他解釋說。還有一幅花果靜物畫上，貼滿他所說的曼德博公式（Mandelbrot equations）。數學或許非荷莉能懂，但她可以理解丹尼爾．巴柏的心思，與她遇過的任何人都不相同。

✣ ✣ ✣

丹尼爾終於返回包廂了。他把磁盤從浸泡的碗裡取出來，然後打開一箱噴霧器。

「那些應該是空氣除塵器吧？」荷莉說。

「差不多，罐裝空氣不能算是真正的空氣——那是混合了像三氟乙烷等容易壓縮的氣體製成的。問題是，為了防止小孩子去聞，廠商會添加另一種讓氣體變苦的化學物質，這種製劑會留下殘渣。這個是美國太空總署NASA等級的罐裝空氣。」

就在他不厭其煩地吹乾磁盤時，荷莉突然心生一念。

「丹尼爾，我想我知道你為什麼要創立嘉年華了。」

丹尼爾沒回話，但荷莉從影像上看到他身子一僵。太遲了，她發現自己誤闖地雷區了，罷了，反正已無法回頭了。

荷莉說：「大家都說嘉年華是社交網站，害我被弄糊塗了，因為看起來似乎恰恰相反——你是我見過最不愛社交的人。我剛才一直在想你那些數學題，你把世界看成一系列公式，對吧？其實人世間並非如此——世事混雜難料，不斷遭到各種變數擾亂。」

「所以你的結論是什麼，少尉？」丹尼爾輕聲問。

「我想，真實世界過於變幻萬千，無法解出像『P對NP』這樣的謎題，因此你打造了一個更整齊有序，能限制其他變數的世界。所有加入嘉年華的人……在不知情的狀況下，都只是一場大規模數學擬態的一部分罷了。就像實驗室中，裝在玻璃櫃裡的蟻巢一樣。所以你才會如此在意嘉年華，對不對？並非它有四百萬使用者，而是因為你想以嘉年華破解的謎題，尚未解開。」

「嗯。」他淡然回應，然後一陣沉默，接著只聽到他對著硬碟噴氣的嘶嘶聲。

荷莉心想，看這情形，等於是回答她想知道的事了。

✣ ✣ ✣

硬碟終於乾了，丹尼爾從包廂走出來，手裡拿了一個香菸盒大小的黑盒子。

「修好了，」他簡略地說。「或至少可以拿來試試了。」

他把硬碟接到電腦上，插入USB接口，當它是隨身碟。

丹尼爾說：「我不打算用Windows去跑，以免內鍵程式自動刪除。而且用這種方式，我就不需要知道芭芭拉．霍頓的使用者名稱或密碼了。」

「你怎麼知道你要找什麼？」

「我不知道啊，不過嘉年華會把使用者的資料存放到一個非常特殊的地方，我就從那邊開始往回找。」

50

他們在巴柏基金會最新的藝術展上聚首。四名年齡都已經六十幾的男人，沒有一個對藝術有一丁點興趣。每個人站在一幅不同的畫作前。萬一有觀光客跑進來——可能性不高，因為他們刻意展出已逝的馬提歐．巴柏其最過時而沒人喜愛的藏品——接待員會請他們離開，並解釋已近午餐時間，不再放人進來參觀。觀光客只會聳聳肩，以為這種事在義大利經常發生。

「我不確定派芬雷特出馬是明智之舉。」伊安．吉瑞若有所思地望著前面的畫作說。

「我們有兩天時間，除了他，沒有人了解情況的嚴峻。」有個聲音在他右邊說。

吉瑞轉身越過房間，來到掛在紅色背景上，巴拉（Giacomo Balla）的畫作，《行經的汽車》（The Car Has Passed）前。

「據我了解，憲警現已終止調查了。」第三名男子說：「檢察官通知我，最後的報告幾天內便會送出來。」

「我糾正一下。偵查也許結束了，但憲警隊仍在調查。」吉瑞說。

「可是等將軍的審判一開始，想呈交進一步證據就太遲了。」第二名男子指說。

「或許吧。但我很想知道，究竟還有什麼證據沒被找到。」吉瑞望著畫作，說：「這些畫其實挺不錯的，表現出動感……畫家真的掌握了路人被車子甩在後面，不知剛發生什麼事的感覺。」

「每件事都會留下痕跡。」第三個聲音說。

「但並非每道痕跡都能被訴有罪。」吉瑞彎身細讀畫作旁邊的紙卡——上面摘錄了一些未來主義的宣言。「我們將榮耀戰爭——那是世間唯一的衛生學。」他大聲朗讀：「軍國主義、愛國主義、為爭取自由的破壞行動、值得為之捨命的理想以及對女性的輕蔑。」他嘆口氣，「這批人實在不討人喜歡，是吧？」

「你在想什麼？」他左邊的聲音忍抑著不耐。

吉瑞說再度退開，看清整幅畫作。「我有一隻㹴犬。你知道帶㹴犬打獵是什麼狀況嗎？小㹴犬英勇地衝進狐狸的洞穴裡，牠個頭雖小，無法獵殺狐狸，卻能將獵物困在洞裡，讓獵人趁隙將洞挖開，派獵犬進去。」

「小㹴犬呢？」

「視情況而定。有時會被狐狸咬死；有時被獵犬連同狐狸一起撂倒；有時則勉強拐著步子回主人身邊。」

「我覺得我可能見過你的㹴犬了。事實上，她就在這開幕式上。」

「有可能。我可先把話講清楚——別動她，她是我的人。不許在獵紅了眼時，把她當成目標或幹掉她。」

「好吧，你若真覺得她值得的話。」

「她查出了連我都不知道的威廉貝克的細節。我的朋友，你的獵犬兩頭才值一分錢，但一頭好㹴犬卻十分難尋。」他轉頭面對第四名戴著神父領，至目前都尚未發話男子說道：「至於你們，神父，我想該是把事情交給專業人士處理的時候了吧？」

51

丹尼爾雖表示硬碟「修好了」。但所謂的修好，並非指現在便能取用上面的資料。丹尼爾解釋，因資料嚴重毀壞，被裁成了不連貫的細小片段，他得在幾千個片段中挑選，試著將一個個的位元組拼接起來。

經過一整日的工作，丹尼爾僅成功地重建了幾段截頭去尾，芭芭拉在嘉年華中與人聯絡的片段。

……在克拉伊那區，一個叫「鳥巢」的營地裡舉行……

……證詞支持珍蓮娜．貝……的說法……

……每天都到鳥巢，有時一次來四、五輛卡車的士兵……

「這些看起來好像與風暴行動有關，她一定在蒐集對平民施暴的報告。」荷莉說。

丹尼爾繼續修理硬碟，凱蒂和荷莉則搜尋「鳥巢營地」等字樣，甚至還將之譯成克羅埃西亞語，但網路上查無所獲——即便有，多半也藏在上百萬大鳥養雛鳥的照片，及中國湯品的食譜裡。

「我們得縮減搜尋字詞。丹尼爾，你能給我們別的資料嗎？」荷莉說。

「只有一些。」

我們知道當清真寺擴音器響起〈遊行德里納〉（Marš na Drinu）的樂聲，強暴便會開始。歌曲一播放，所有女人便得脫去衣服，士兵們進入住家，強暴他們想下手的對象。他們常找母女。我們許多人被強暴時，還遭嚴厲毆打……

「芭芭拉．霍頓查詢的幾個問題都跟『把強暴當成戰爭武器』有關。」荷莉平靜地說。

「〈遊行德里納〉是一首塞爾維亞進行曲，」凱蒂看著她的筆電。「既然提到清真寺，我想應該是波士尼亞女孩被塞爾維亞士兵攻擊的證詞。」

丹尼爾說：「還有這一段。」

手榴彈扔進我家的前屋後方，我裝死躺著。這時我聽到外面有外國人的聲音，還有一名翻譯員把他的話譯成克羅埃西亞語。他說：「不許留任何活口，連貓跟小孩都不行。」

「所以這一段跟克羅埃西亞的進攻有關。」凱蒂說。

「且有外國人涉入。」荷莉補充說：「芭芭拉似乎一直在蒐集證據，證實塞爾維亞及克羅埃西亞雙方，都犯下類似暴行。」

丹尼爾不做評論地又給她們一段資料。

有時他們會帶新兵來，命令他挑一名女孩，強暴她後再將她殺掉。或為了取樂，叫女孩選擇被強暴或被殺掉。女孩若選擇死亡，便會被其他士兵視為天大的笑話，因為被拒的新兵等同受到羞辱。即使用最殘暴的方式殺掉女孩，也會受眾人嘲弄。

「天啊。太可惡了。」凱蒂憤憤不平地說。

這些營地故意取了無傷大雅的女性名稱，如咖啡館的桑妮亞、仙女的髮卷，或鳥巢。

這些新名稱給她們足夠線索進一步搜尋詳情，結果查到更驚世駭俗的事。即使在巴爾幹半島戰爭的最初三年裡，這些慘事尚未完全結束時所作的統計，便已有兩萬婦女遭到強暴，許多被拘禁在特意為這種目的而設的地方。雙方都指責對方是這種戰略的始作俑者。

荷莉和凱蒂默默閱讀官方報告一個多小時，早在一九九四年，聯合國便分析「有數萬件」關於強暴的指控，結論是：

據報，所有作戰團體都犯下強暴與性侵。有些強暴案顯然是個人或小團體所為，無法證明出於命令或為全面性策略。然而，有更多的案例似乎為整體模式的一部分，這些模式強烈地暗示出一套系統性的性侵

政策……

然而當時對此事幾乎未做處理。事實上，當南斯拉夫的暴力情形越演越烈，聯合國觀察團為了自身安全而撤離後，性侵的問題在混亂中幾乎被遺忘了。

凱蒂覺得雙頰怒如火燒，這一切就發生在三百多公里外的地方，僅越過亞得里亞海就到了。但歐洲太習於把共產主義集團視為分別的實體，即至今日，人們還是不去談論發生什麼事。凱蒂再也坐不住了，她跳起來，大步走到飾著旋扭花紋的窗邊透氣，這時丹尼爾低聲說：「啊呀。」

凱蒂轉身看到丹尼爾指著自己的螢幕。

「芭芭拉．霍頓在嘉年華就是跟此人聯繫。」

✣　✣　✣

三人聚在丹尼爾的電腦旁。rcarlito@icty.org.

「ICTY是前南斯拉夫的國際刑事法庭，位於海牙。芭芭拉．霍頓的網站提到她曾經為他們工作。」凱蒂說。

荷莉把丹尼爾查到的電郵輸入搜尋引擎，「rcarlit就是蘿貝塔．凱里托。」她告訴他們：「她的正式職銜是『法律分析師』，直接跟總檢察官呈報，但我看私底下，她是輔助律師的查案人員。」

「也許芭芭拉．霍頓提供她鐸剛．柯洛維克受審用的證據。」

「但那跟芬雷特有何關係？」

「芭芭拉．霍頓認為美國是戰爭的同謀，威廉貝克行動確認了這一點，也許芬雷特的任務便是確保這份證據不會送到海牙。」荷莉說。

「消除尾跡。」丹尼爾在他的電腦後咕噥說。

「那樣便能解釋為什麼芬雷特要找芭芭拉．霍頓和珍蓮娜．貝比克了。」荷莉表示。「但這無法說明，他們為什麼全都要找芬雷特的女兒。」

兩名女子心中同時一震，面面相覷，心照不宣。

凱蒂一字字地說：「芭芭拉．霍頓不僅是在找米麗娜．柯瓦契維，更是在尋找戰爭犯罪的證據。」

「因為這兩者是同一件事。」荷莉同意道。

「我不懂，怎麼會是同一件事？」丹尼爾反問。

「凱蒂在受害者的旅館房間找到的，若是索拉雅的頭髮，那麼只要拿髮中的DNA與芬雷特及米麗娜的做比對，便能證實米麗娜是不是他們親生的了。」

「皮歐拉總說，芬雷特那種千里尋女，想送她上大學的好萊塢故事，根本是狗屁。」凱蒂表示：「荷莉說得對——芬雷特並非利用芭芭拉和珍蓮娜找尋米麗娜，他是想趕在她們之前找到米麗娜。」

「為什麼？」丹尼爾又問。

「為了殺米麗娜滅口，整件事便是為了這個目的。米麗娜本身就是確鑿的罪證，她的DNA是戰爭犯罪的鐵證。」

✣　✣　✣

無論他們從何種角度切入，總會不斷地兜回同樣的假設。

芬雷特聲稱他以聯合國和平部隊的身分，在克拉伊那執勤時，發現米麗娜的母親躲在地窖裡，然後兩人便墜入愛河。

「但事實若不盡相同……」凱蒂說：「假設他在克羅埃西亞時，是MCI的特務，無所不用極其地煽動衝突，包括性侵女人……」

「性狂暴。」荷莉說：「把強暴當成戰爭的武器，保羅・多賀堤所說的滅種屠殺的先兆之一。」

「……那麼他很可能也強暴了索拉雅，結果生下米麗娜。」

「我們得跟這位蘿貝塔・凱里托連絡。」荷莉看著丹尼爾，「我們能寄電郵給她嗎？那樣安全嗎？」

「千萬不可，不過你不必寄電郵給她，你可以像芭芭拉那樣，到嘉年華與她聯絡。」

✣ ✣ ✣

他們登入嘉年華，寄了一道加密簡訊給蘿貝塔・凱里托，然後等著。不到半小時便收到回信，叫他們到聖馬可廣場與她會面了。

對荷莉而言，這是她首度取得嘉年華的身分。她跟隨凱蒂與丹尼爾的化身，遊走在運河邊美麗的人行道上，清幽的運河上少了觀光客和難聞的柴油引擎水上巴士，她實在不懂幹嘛這麼麻煩。「好美呀。」荷莉不斷地讚美。

「美歸美，卻十分腐敗。」凱蒂簡練地形容。「跟真實的狀況一樣。」

丹尼爾聳聳肩。「這是個住了人的地方，有些人善良，有些陰險，大部分都是善惡兼備。」

一行人來到聖馬可廣場，找到一名戴多明諾面具，在總督宮前等待的女子。丹尼爾念出芭芭拉電腦裡的密碼，凱蒂一邊輸進去：

——午安，凱里托女士，我們是芭芭拉．霍頓的朋友，你是不是一直在找她？

她還好嗎？

——恐怕不太好，她遇害了。

對方良久不語。接著說：

我就怕會那樣。

眾人沿拉斯夫人堤岸漫步，蘿貝塔．凱里托一邊解釋她與芭芭拉．霍頓如何相識。

芭芭拉是十幾位義工中的一位，負責蒐集前南斯拉夫戰爭期間的犯罪證據，尤其是對婦女所犯的罪行——來自受害者的書面陳述、目擊聲明、事件的時間。由於沒有自己的軍隊，國際犯罪法庭沒有蒐集這些事情的資源，而當地警察往往自己也牽涉在原本的犯罪裡，根本無意協助我們，因此我們得仰賴公益律師與活躍份子的人脈。

——珍蓮娜．貝比克應該就是那樣的人士之一吧。

不，珍蓮娜是目擊者——是芭芭拉最初找到的一批證人，但她們變成了朋友。珍蓮娜利用她的人脈，介紹芭芭拉認識其他受害者。

——到底是什麼的受害者？

呃……你對「咖啡館的桑妮亞」這類地方知道多少？

——現在知道一點點了，就我們所知道，那是專事強暴的營地。

是的，性侵是爲了幾項目的，一則打擊士氣，當然也爲嚇阻人民，他們叫士兵變得殘酷無情，讓指揮官更容易命令他們在未來做出更殘暴的事。但還有另一項目的，婦女往往因此受孕，他們故意讓生育失控，有效地讓這些囚犯變成生育的機器，讓占領區滿是勝利者種族的小孩——因爲母親的種族，不若父親的重要。這樣一來，原本便已糾纏不清的種族與宗教問題，便更加嚴重了。

凱蒂寫道：

——如果我們告訴你，這些戰略甚至在波士尼亞戰爭之前，便已經計畫好了，還有一小批北約軍官，以及一間與美國政府相關的私人軍事承包商插手其間呢？

我會請你提供證據。我們總是受到這個因素牽制，是爲了確切地證實除了戰爭常見的殘酷外，還別有意圖。約莫一個月前，芭芭拉認爲自己終於找到一條她所說的「黃金線索」了。她有一份被囚禁在鳥巢營地，名叫索拉雅．柯瓦契維的波士尼亞女子的書面陳述，索拉雅說強暴她的人當中，有名美國軍事承包商，是克羅埃西亞軍隊的顧問。即使經過這麼多年，她依舊能指認出他。對我們來說，這是個試水溫的絕佳案子——案子若能成立，我們便是把一樁已知暴行中的每個階段都串起來了，從籌畫到犯行，並追到其美國代理人。

——你們需要什麼資料讓案子成立？

一份索拉雅．柯瓦契維的陳述，加上有效的證據鏈文件，讓其眞確性無可抵賴。若能佐以該地區的地圖與照片就更佳了。不過最重要的是，我們需要DNA的確證，證實那名美國人是索拉雅孩子的父親。

「換言之，」荷莉大聲說道：「我們不僅需要找到母親，還得接手芭芭拉．霍頓及珍蓮娜．貝比克的未竟之事，並找到那名女兒。」

——我們要從何處著手？

珍蓮娜的證物應該有幫助。她確認鳥巢是克拉伊那區的營地，就在一處叫布磊齊克（Brezic）的小鎮附近。不過恕我補充一點，時間對我們不利，柯洛維克的審判不到兩週即將開始，而「完全揭露政策」要求我們任何證據得在事先遞交給辯方。一旦聽證會開始，一切就太遲了。

✣ ✣ ✣

凱蒂與荷莉覺得丹尼爾已經受夠她們待在巴柏府後，便移駕到附近的酒吧。

「你知道嗎？」兩人在酒吧裡坐定，面前擺了兩杯開胃酒後，荷莉語重心長地表示：「很多人會說，現在去翻攪這池渾水是在浪費時間，歷史往前走，人們會寬恕並遺忘。克羅埃西亞加入歐盟，開始做觀光生意了……再去耙二十年前的糞，追究一場大部分人連地圖上都找不到的戰爭，又有什麼意義？」

「是啊，」凱蒂同意，「大部分人大概都會那麼說。」

荷莉斜睨她一眼，「但你不會？」

凱蒂搖搖頭，「你呢？」

「不會。」荷莉坦承。

凱蒂說：「犯罪就是犯罪，應公諸於世。而像這類的犯罪……是的，他們把老百姓也扯進來了。但許多是針對婦女而為，我們不能就此算了，什麼都不做。婦女仍被拿來交易，被當成次等公民。現狀雖比以往改善，但那場戰爭並未結束。」

「就像珍蓮娜付出代價所發現的一樣。」

「是的。」凱蒂嘆道：「你在軍中可遇過任何歧視？」

「你是指歧視女人嗎？我沒什麼好抱怨的。」

凱蒂瞄著她，「意思是『有一點』嗎？」

「大概吧。就跟所有事情一樣：在軍中，尊敬得自己爭取。每個人都有自己的弱點，只能靠自己不讓別人將你視為弱者。」

凱蒂心想，不知荷莉．博蘭是不是同性戀，這不是她第一次懷疑了。她知道不能隨便問美國軍人這種事。別多問，別多說，仍是軍中的鐵則。

凱蒂表示：「我進入憲警隊時，才剛開始有女軍官，很多人還很抗拒女人從軍。以前他們會在我的儲物櫃裡放色情雜誌圖片，有次我發現有人在我的制服上打手槍。還有一次穿鞋時，鞋裡都是尿液。大家都叫我別理會。」

「你做到了嗎？」

「算是有吧，結果我趁那些嫌疑犯不在時，跑去尿在他們鞋子裡。你呢？」

荷莉有些佩服凱蒂說最後那句話時的天經地義。「我沒遇過那類事情，不過最近倒是有人想逼我幫他口交。」

「被你搞定了？」

「算是吧，我用頭去撞他胯下。」

凱蒂點點頭，同樣佩服。「算他活該。」荷莉又說：「一想到有人為了私利，打算將美軍拖入波士尼亞戰爭，我就一肚子火。我們是有軍榮的，美軍按戰爭規則打仗。一定要把那些違反戰爭規則的人揪出來懲治。」

「所以我們要繼續查？」凱蒂說。

荷莉點點頭，「查到底。」

✣　✣　✣

她們離開酒吧後，凱蒂發現附近桌邊的一男一女也站起來付帳。

「怪怪的。」她壓低聲說。

「什麼怪怪的？」

「瞧見那兩個人沒？穿灰外套的女人跟穿咖啡色衣服的男人？他們在我們進來不久便到了。」

荷莉瞄了一眼。「那樣很奇怪嗎？這裡八成有十幾個人都是這樣的吧。」

「也是。」

可是當她們來到街角時，凱蒂又折回去監看。

「那兩人有問題。」當她和荷莉走回巴柏府時，凱蒂說：「他們拿著義文旅遊書，彼此卻用英語交談。」

52

回到巴柏府後，大夥討論酒吧裡的一對男女是否可能跟蹤她們。在威尼斯，那不會是太大問題，但她們若打算去克羅埃西亞，最好隱匿行跡。

「我受過一些基礎的反跟蹤訓練。」荷莉說：「我們在機場顯然沒法施展，但離開機場後，也許就能擺脫他們了。」

「我覺得你們應該連機場都別去。」丹尼爾說：「從這裡開車到東克羅埃西亞才四、五個小時車程，但千萬別租車——資料全都會輸入電腦，而且還得留手機號碼。」

「為什麼？克羅埃西亞用的是同一套系統，不是嗎？」凱蒂問。

「丹尼爾的意思是，對方可能利用我們的手機，透過定位追蹤我們。我們會買易付卡手機，不用時就關掉。」荷莉解釋。

「還有你們的信用卡也是，他們一定會追蹤卡片的行蹤。」丹尼爾補充說明。

「我們會帶現金。只要小心應對，絕不會留下電子行跡。」

✣ ✣ ✣

當荷莉研究去布磊齊克的路線時，凱蒂則回聖匝加利亞教堂，找到獨自待在指揮中心打報告的皮歐拉。

「你不妨加一句，芬雷特說謊。」她告訴皮歐拉：「他從沒愛上索拉雅．柯瓦契維。他強暴她，如今過了二十年後，又試圖湮滅證據。」

皮歐拉愣愣地望著凱蒂，「你怎會知道？」

「我把硬碟拿給丹尼爾．巴柏了。此外，我還跟老美合作——一位來自埃德里基地的軍官。芬雷特不是隻身行事，有一群人謀劃如何把波士尼亞戰爭搞爛到逼北約涉入。」

皮歐拉輕嘆一聲，彷彿無法相信她會如此有勇無謀。他用手揉著臉，凱蒂發現皮歐拉沒刮鬍子，鬍渣上灰斑點點。他的鍵盤邊放了一盒打開的香菸。

「我什麼都沒教會你嗎？」他低聲問。

「什麼意思？」

「假設你成功蒐集到這些說法的……一些證據，然後呢？你難道還不明白——你為了走到這一步，犯了所有規定，已徹底妥協了。任何義大利法庭只會看這案子一眼，就把它拋開了。」

「如果我們不把案子送到義大利法庭呢？我們不是跟前南斯拉夫的國際刑事法庭ICTY一直有接觸。」

「ICTY正在審訊的人是鐸剛．柯洛維克，不是鮑伯．芬雷特。」他無奈地說：「那麼珍蓮娜．貝比克和芭芭拉．霍頓被謀殺的正義呢？在義大利犯罪應於義大利受審的原則呢？總之我不會這麼做，你別再管這案子了。」

「你現在聽起來跟馬賽羅一個樣子。」

「也許吧。但身為你的長官，做決定的人是我而不是你，不許你再深究了，這是命令。」

「那麼我會無視你的命令。」她猶豫了一下。「順便告訴你，我要跟美國軍官到克羅埃西亞找米麗娜的母親。」

「凱蒂，凱蒂……你要三思，聽聽自己說的是什麼話，我們是憲警，憲警不做這種事的。」

「就我所見，我們根本什麼都不做。」她大聲說：「你明白嗎？這是我成就一些事的機會。」

「難道你看不出來，我命你別再追查，正是因為關心你嗎？」他平靜說道。

「怎麼說？」

他指指臉上的瘀傷。「你以為他們為何這樣待我？」

「想叫你閉嘴。」

「那你又憑什麼以為他們不會想要你閉嘴？如果你所說屬實，那麼芭芭拉・霍頓、珍蓮娜・貝比克和里奇・卡斯奇里昂的死，全是因為他們知道太多，而他們每個人所知道的，都遠比你少。」

「我們知道芬雷特長什麼樣子，我們會保護自己。」

「芬雷特有幫手……有許多幫手。」皮歐拉沉默片刻，「梅瑞塔・卡斯奇里昂提過一件事……當時我沒多想。里奇被殺前不久，曾跑去告解。」

「你認為那是他們殺害他的原因嗎？因為他可能對神父透露祕密？」

「有可能，但萬一更糟糕，是神父自己去打小報告，說里奇洩密的呢？」他搖搖頭，「如果你的美國友人說得沒錯，你們對抗的會是一群厲害傢伙。你以為那些人會袖手旁觀，任你們挖掘證據？」

凱蒂頑固地說：「此事非辦不可。」

皮歐拉站起來。「凱蒂……拜託你，事情全被我搞砸了，我的婚姻、這次查案……我絕不能再把你賠進去。別人要做，就留給別人去追查這場瘋狂的案子吧，我不在乎他們。」

凱蒂想不出該說什麼。

「我愛你，」皮歐拉粗聲說。「我……」他吸口氣，「我決定回到我太太身邊……我必須那麼做，希望你能理解，那是我的責任，但我的心是屬於你的。」

「你之前就要我別查了。」

「我再也無法與你合作了，凱蒂，但那是因爲我愛你，而不是因為我的感情變了。」

皮歐拉吻住她時，凱蒂心中還在琢磨這件事。她任他吻了一會兒，之後也回吻著，憶起往日的甜美，在他懷中多麼安全而備受呵護，接著，她將皮歐拉推開。

「這樣不公平。你做了壞事，卻又振振有詞。我若是男的，你便不會這樣設法保護我了，因此我不能聽你的話，我要去克羅埃西亞找索拉雅·柯瓦契維，然後再回來找她女兒。我會跟你報告進度，但我不會讓你阻攔我。」

53

巴柏府的客廳裡紙張四散，聖匝加利亞教堂的指揮中心則幾乎棄置不用。另外，還有一間指揮中心，也設立來處理此案。

窄小乾淨，四面玻璃的辦公室就在六千公里外，維吉尼亞州的諾福克一棟不知名建物的四樓裡。房裡的人雖然都不在美國國防部的支薪名單上，卻大多穿著美軍迷彩服和位階飾章。

「他們的下一步是克羅埃西亞。」一名士官摘下耳機，扭頭對後方的人報告：「她們打算去那邊找那個母親。」

「太好了。」發話者是房中唯一沒穿制服的男子。但他的黑西裝與雪白襯衫，燙得與軍服一樣筆挺。

「我們在克羅埃西亞有交情很好的友人，她們何時起飛？」

「無人飛機探到她們會開車去。」

「我們得搶先找到那名母親。」其中一名穿制服的男子建議。

「那只是暫時性的辦法，我們應該設法找到更長遠的解決方式，這已經費去我們不少心力了。」西裝男若有所思地說。

其他人等著聽令，若需要他們的意見，男子自然會問。

「我們會請克羅埃西亞軍方的朋友籌劃一場實地演習。」西裝男終於說：「一場緊急演習，測試他們的作戰準備，也履行我方與他們的訓練合約。幸好克羅埃西亞媒體對軍方仍心存感念，一場涉及兩條外國人命的小意外，只能證明更需要這方面的訓練。」

「但伊安．吉瑞很強調不能傷到他的人。」

穿黑西服的男子點點頭。「所以就得弄得更像意外，他會忘掉的。」

54

翌日，兩人在黎明前出發，開著荷莉的小車，從威尼斯往北開，前方是連綿的山區，右側是大海。她們在亞得里亞海邊陲的帕曼諾瓦（Palmanova）繞往東邊，然後往南，沿馬拉諾拉潟湖（Laguna di Marano）而行。這些陰森的沼地觀光客極少，破曉時就更稀少了。不過路上有許多轟隆作響的卡車，車身寫著斯拉夫語的名稱。

她們離開威尼斯時，荷莉的車內十分整潔有序，但不久車子地板上便扔滿凱蒂的巧克力包裝紙和喝空的飲料罐了。她看到荷莉瞄了一眼，只好蠕動身子示意，因手握駕駛盤，她實在無能為力。

她們越過第里雅斯特（Trieste），進入小小的斯洛維尼亞。這裡雖為前南斯拉夫的一部分，但斯洛維尼亞自二〇〇四年後，一直是歐盟的一員，因此與義大利差別不大。但半個小時後，她們越境來到克羅埃西亞時，卻彷彿進入一個不同世紀的不同國家。容顏滄桑而神情堅韌的農人在田裡拍擊牛軛，促其耕犁。女人戴著頭巾和穿著不知以何物製成的粗厚短衣。然而有些屋舍牆上裝了碟型衛星天線，偶爾還會瞥見BMW和其他高級轎車。

感覺像一個尚在出生過程、還未蛻變完成的國家。

荷莉冷靜地說：「我想有人跟來了，一輛深藍色奧迪，義大利車牌。」

凱蒂瞄著後照鏡，「要不要甩掉他們。」

「當然。」

「可能有點難，因為他們車子的速度更快。」

荷莉答道：「事實上，飆車追逐時，一定要假設別人的車更快。」

「什麼意思？」

「別想開得比他們更快。」她邊說邊在路上鑽行，對方的車子跟著，保持一定距離。「我們得找一片適當的郊地，就像這一塊。」荷莉沒打方向燈，突然往右一轉，然後立即加速，等奧迪跟到她們後方的街上才放緩車速。

「接著再右轉一次。」荷莉說著再度轉彎、加速，等另一輛車出現後又慢下來。此時她已領先一百公尺了。

街道的終點是一處十字路口，燈號變紅，但荷莉沒停車也沒打燈號，直闖紅燈，然後右轉鑽入車陣，引來一陣喧天的喇叭。荷莉揮揮手，「抱歉啦！」開了約五十公尺後，她轉向左邊。

「我看不到他們了。」凱蒂回頭看說。

「就算看不到……」她再度做了一連串不打燈便轉彎的動作，這回全往左開。

「我明白了！」凱蒂佩服地說。「你在數左轉次數，這樣一定能回到最初開車的方向。接著你會往右做重複動作。」

「沒錯，就像把人眼睛遮住，把他轉來轉去一樣。大部分人會忘記去數，等他們必須用五成的把握，猜測我們會往哪邊拐時，猜中的機率就大幅下降了。」

她再度右轉。「我們現在折回城裡，開的路大約跟我們來時的那條平行。但願他們還在後面花時間找我們。」

「真妙，不過我有個問題。」

「什麼問題？」

「你是在美軍學會的，對吧？」

「當然。」

「萬一他們也接受完全相同的訓練呢？」

「那就只能希望他們那天沒乖乖聽課嘍。」

✣ ✣ ✣

她們回到主幹道繼續南行，最後離開主幹道往小丘上爬，也立即看到戰爭留下的破壞痕跡。幾乎每個村落至少都還有一間受損的屋舍，和一些彈孔斑斑的房子。

「我們進入克拉伊那了，這是戰事最激烈的地區之一。」荷莉說：「克拉伊那原為波士尼亞的一部分，後來被塞爾維亞占領，波士尼亞又把它搶回來，接著塞爾維亞再度攻占，最後被克羅埃西亞從雙方手裡奪下來。」

凱蒂渾身一顫，「這裡感覺還是很糟糕，不是嗎？」她發現之前經過的地區，本地人都還會公然地看著她們的車子，但這裡卻沒人願意接觸她們的眼神。

兩人繼續前行，來到岸邊。「我想我們剛剛越過以前的前線。」荷莉說。除了一座飽受雙方砲轟，幾乎成為蜂窩的水泥水塔外，已沒有什麼能標示出當時的前線在哪裡了。水泥塔如今像現代雕塑般地杵在路邊，金屬條從碎裂的水泥中突出來，拆除嫌費力，修復又太昂貴。

布磊齊克在前方約二十五公里，荷莉邊開車邊指出鄉間的特色：觀測線、掩護物、一片片的高地。她可以用凱蒂全然不熟悉的方式，從戰術角度解讀地景。聽荷莉解說，過去十五年彷彿歷歷在目，戰事仍在進行，波士尼亞兵及受害者的幽魂，仍在這些鄉間的路上飄巡。

兩人來到路口，必須讓道給載運軍隊的卡車時，車斗上的士兵們用飢渴的眼神俯看這兩名女子。他們知道得好久以後，才能再看到女人。

「一定是演習。」荷莉說。

她們終於抵達布磊齊克了，那是一處比村子稍大的地方，有一小片中央廣場、一間雜貨舖、一間咖啡館兼酒吧，以及教堂。她們停車時，幾名老人從咖啡館桌邊抬眼看著，當兩人走過去時，又全都拖著步子走開了。

「他們似乎不想理陌生人。」荷莉說。

兩人在咖啡館裡找到一名正在洗玻璃杯的男人，凱蒂掏出米麗娜的照片，用義大利語問：「我們正在找這個女孩的母親，索拉雅．柯瓦契維。你認識她嗎？」

男人幾乎連看都沒看照片一眼，便搖起頭了。凱蒂又試著用英文講一遍，這次對方連回應都無。

有個婦人拎著拖把和水桶進來了。凱蒂想拿照片給她看，竟被婦人一把推開，還冒出一串克羅埃西亞話，凱蒂和荷莉雖然都聽不懂，但意思顯然要她們滾蛋。女人以手示意，凱蒂注意到她前臂上的斯圖塔克刺青。

「這件事或許比預期的還難。」她說。

「咱們去教堂試試。」

她們穿過廣場，另一輛載滿士兵的卡車隆隆駛過，後邊的小拖車上載著迫擊砲。「美製武器。」荷莉說：「而且還是新的，那是4.2吋A85，跟我們用的同一款。」

「我猜武裝整個新國家的合約，一定非常值得爭取。」

她們在教堂找到一位年輕神父，神父正小心翼翼地把聖壇上的殘燭融到一塊兒。「午安，您會說義大利文或英文嗎？」凱蒂客氣地說。

「會說一點英文。我是帕維科神父，能為二位做什麼嗎？」他微笑道。

「我們在找這名女子的母親。」凱蒂拿出照片，「我們也很想與任何認識這名女子的人談一談。」

她補上珍蓮娜・貝比克的照片。

年輕神父端詳半天。「兩個我都不認識，不過我僅到這裡四年，二位可否進辦公室？布奇克神父說不定知道。」

年輕人帶她們來到後邊一間小房，年邁神父坐在裡面，他的雙腳擺在古老的電爐邊，膝上覆著毯子。年輕人恭敬地用克羅埃西亞語跟老神父說話，然後把照片交給他。

布奇克神父斷然地說了幾句話，用指節粗大的手戳指米麗娜・柯瓦契維的相片。

「他認識這女孩。」帕維科神父表示：「她在村外的孤兒院長大，但她是個壞女孩，修女們因為沒法攔阻她喝酒、跟男人攀談，所以只好叫她離開。」

「那這名婦人呢？」凱蒂指著珍蓮娜・貝比克的照片問。

老人猶豫了一下。他認得她，凱蒂心想。

「Ne.」老神父把照片交給年輕人，然後偷偷摸摸似地劃著聖號。

「謝謝，麻煩告訴我們孤兒院怎麼去。」

「Reci im da treba biti oprezan. Ljudi ovdje ne vole pri ati o ratu.」兩人離開時，老神父突然又說了些別的事。老人家緊盯著爐火，但凱蒂從年輕神父停步傾聽的動作上看出，此話與她跟荷莉有關。

「他說二位務必小心，這邊的人對戰爭仍相當敏感。」帕維科神父譯道。

「請代為感謝他的協助。」凱蒂說，一邊思忖，布奇克神父怎會知道那些照片跟戰爭有關？

廣場上，離她們車子有點距離，但能看清所有道路的地方，停了一部深藍色奧迪。

55

她們開了約兩公里多，來到孤兒院。由於在窄路上苦無機會故技重施擺脫跟蹤者，因此她們抵達簡陋的孤兒院時，奧迪仍尾隨在後。

兩人被帶進一間辦公室，由一名年約六十歲，面色嚴酷的婦人接待。婦人穿了一襲灰色法衣與白頭巾，加上一枚女修道院院長掛在胸前的沉重十字架。凱蒂再次解釋兩人此行的目的，並拿出照片。對方點點頭。

「是的，米麗娜原本是我們院裡的孩子。」她用流暢的義大利語說：「可惜她到十五歲後，就變得離經叛道，最後我們不得已，只好將她驅逐出院。」

「我有一事不解。她其實並非真正的孤兒，就我們所知，她母親依然在世，你們一開始為何要讓她入院？」凱蒂說。

院長遲疑著。「她母親確實還活著，但也未嫁人。在這個國家，未婚媽媽養育孩子還是相當困難的，像這樣的孩子往往會交給教會，在一個更合德合宜的環境裡長大。」

凱蒂決定不反駁最後一句話。「所以她都沒與生母聯絡嗎？」

「最初她母親沒來看她，但後來聯絡上了。事實上，米麗娜是在她母親來找她後，才開始變得不受管束。我想那孩子心裡對父母的模樣和自己的身家有一定的想像……我覺得，別讓她知道反而仁慈些。可惜我們無權禁止母女相見，而她母親認為米麗娜應該知道真相。」院長撫著珍蓮娜．貝比克的照片，「我想，是珍蓮娜．貝比克讓她有了那種念頭。」

「你也認識珍蓮娜？」凱蒂訝異地問。

「噢，是的，她以前來為孩子們做慈善服務。她是好人，但做出來的判斷未必總是好的。後來我們也只好請她離開，在她……」院長打住話。

「在你們發現她認為自己是神父之後。」凱蒂平靜地說。

院長嘆口氣。「請你理解，我自己也是得了聖召，我了解那種天職之命何其強大，但珍蓮娜想要的更多，她堅信她的授任神職是正當的，雖然教宗陛下明確表示不可行。

「我告訴她，此事說出去不會有好下場。但我想，她認為她與米麗娜母親在戰時的遭遇，會讓她們更有立場；人們若是知道了，便能理解。珍蓮娜於是決定，索拉雅應該把米麗娜出生的原因告訴她。」

「說她是被強暴後生下的。」

院長瞪她們一眼，把手疊在大腿上。「院裡有許多跟米麗娜年紀一樣的孩子，來自類似的艱苦環境，我們認為最好別細談孩子出世的背景。我們如何開得了口？孩子要到什麼年紀才能理解這種事？我們又如何確認其中哪些人是這類犯罪的結果，而哪些人不是？不究既往似乎更加公平。當然了，米麗娜知道後便也告訴了其他人……有些孩子怒不可抑，有些不想多談。那是一段非常分歧的時日。」

「因此你在那時決定將她掃地出門。」

院長的灰眸精光一閃。「我說過，是她自己的行為逼我們不得不如此，我們一再警告過她。」

「你可知她成了一名妓女？」

院長倒吸一口氣。「我不知道，太可怕了，我會替她禱告的。」

「我們相信她被人口販子逼迫賣淫，也許是因為她在離開這裡之後，無處投靠。」

「我們當時沒有選擇。」院長堅決地說。

「你對慰安營了解多少？珍蓮娜和索拉雅究竟跟米麗娜說了什麼？」凱蒂好奇地問。

院長搖搖頭。「你得去跟索拉雅談，不是我。」

「她仍住在附近嗎？」

「是的，約二十五公里外，在克利斯克村。有件事你該知道，別找索拉雅．柯瓦契維，那是克羅埃西亞姓氏，是我們為了幫助米麗娜融入此地而幫她取的。你去找索拉雅．伊瑪摩維，她是波士尼亞人。」

✣ ✣ ✣

兩人回車上時，奧迪又出現了。

「我們得擺脫他們。我們若帶著他們找到索拉雅，她會有危險。」荷莉說。

「明白。」

她們開車迂迴繞路，凱蒂說：「真是瘋了，不是嗎？柯瓦契維這個姓可以接受，叫伊瑪摩維就把你排擠成外人。」

荷莉點點頭。「多賀堤的報告標題裡用的那個詞叫什麼？『性狂暴』？我可以明白他是什麼意思了。就像所有人一起發幾年瘋，等醒時才發現，自己一直在強暴、殺害鄰人。」

一名農夫走到路上，揮手要她們停車。荷莉踩住油門加速，逼他跳開，過馬路的鵝群被驚得四下逃竄，嘎嘎怒叫；農人則高聲大吼。

荷莉看著照後鏡說：「那樣應能把奧迪擋下幾分鐘。咱們試著拉開距離，反正再開個兩、三公里就要轉向了。」

終於，她們駛離幹道。

「他們好像被我們甩掉了。」凱蒂慶幸地說。

「好像是。」荷莉說。但凱蒂發現她還是一直望著照後鏡。

✣　✣　✣

按著院長給的指示，兩人終於找到一棟跟其他房舍分開的小平房。一名年輕女子前來應門。

「我們想找索拉雅．伊瑪摩維。」凱蒂拿出自己的義大利證件說。

「我就是。」女人的義大利語很不流利。

凱蒂頓時明白。原以為會見到一名年長許多的婦人，但這位漂亮的黑髮女子，竟不比自己大多少。

看到凱蒂露出困惑，索拉雅戒心大起。「你想做什麼？」

「我們想跟你談談令嬡的事，還有珍蓮娜．貝比克及芭芭拉．霍頓。」

她以為索拉雅會對她們甩上門，但她不甚情願地打開門了。

「你們可以進來十分鐘，然後我就得做飯了。」

✣　✣　✣

索拉雅邊切菜，三人邊聊著。凱蒂心想，索拉雅因為得剁菜，就不必看著她們了。無所謂，只要她肯說實話便好。

「我得跟你談談鳥巢的事。」凱蒂盡可能溫柔地說：「我知道很難為你，但我相信有助我們了解芭拉和珍蓮娜的案情。」

「她們死了嗎？」索拉雅問。

「恐怕是的。」

「真遺憾，她們是好人。」

凱蒂等她繼續往下說。

「沒錯，我跟珍蓮娜當時一起在鳥巢。」她終於開始說。「那是克羅埃西亞被迫撤離，塞爾維亞占領本區後的事。塞爾維亞人很憤怒，逐一搜查房子，尋找男人，然後把男人帶到運動場上痛揍，判斷誰是戰士——然後把這些人帶到林子裡射死。我父親跟我哥都在其中。」

她垂著肩，平靜地往下說：「之後，他們回來找女人，命令我們到大街上排隊站好。他們在卡車上播放曲子——一首塞爾維亞進行曲。他們說，我們得在歌曲結束前把衣服脫掉，否則就殺掉我們。

「等我們全脫光後，他們便各自挑選女人——我是其一——然後在大街上逼鄰人旁觀他們強暴我們。有些試圖反抗或制止他們的人，當場被殺。」

索拉雅停下來回憶。「事後，我想這應該過去了，我寧可死，但至少我能選擇什麼時候、用什麼方法自殺。但他們把一部分女人趕上卡車，載到山上一間農舍。那是他們稱之為鳥巢的原因——因為在高處，遠離任何地方。」

索拉雅沉默片刻，剝著胡蘿蔔。她們取得同意，可以將索拉雅的話全寫下來，荷莉趁這段長長的靜默趕緊補寫。

「我們有十八個人，有些是克羅埃西亞人，有些是波士尼亞人。每天載來一卡車一卡車的塞爾維亞士兵，還有警察、消防隊、官員……他們說：『我們會把你們變成好的南斯拉夫女孩，你們將幫我們生下健康強壯的塞爾維亞寶寶。』但有時他們若不喜歡某個女人，便把她殺了，因此我想，所謂的寶寶並不像他們說的那般重要。我想那只是為了……為……」她苦思字彙。

「為了自圓其說？」

「對，自圓其說。當然了，我們全都想死。在此之前，我們可都是良家婦女。」

「你當時幾歲，索拉雅？」

「十四。」索拉雅淡淡地說．

十四歲，天啊。凱蒂斂住驚駭的表情，輕聲說：「珍蓮娜也在那裡。」

「是的，她就像我們的母親，會幫助我們。她說她曾遇過一位女子，那人使她成為神父，所以她會為人們祈福禱告。寶寶出生時，她會幫他們施行浸禮，我雖是穆斯林，還是讓她為我祈禱，我們全都是。」

「這事持續了多久，索拉雅？」

「我把一切都跟那個美國女人說了。」

「我知道。我需要你再說一遍，好讓我們拿這當證據。」

索拉雅伸手取過一顆包心菜，開始剝掉外層的葉子。「雖然僅維持幾個月，但感覺像是一輩子。然後克羅埃西亞軍便攻回來，把塞爾維亞人趕跑了。他們打了一個星期——死了好多人。克羅埃西亞人進入鳥巢後，說……」她頓住，雙手停下來回想。

「什麼，索拉雅？他們說什麼？」

「他們說，『所有克羅埃西亞女人現在可以回家了。』」

「那你呢？你回家了嗎？」

她搖搖頭，低聲說：「我是波士尼亞人，是穆斯林。」

「他們把你留下來了？」

「是。不同的軍隊，不同的制服，但其他一切都一樣。」

「克羅埃西亞人跟之前的塞爾維亞人一樣，也強暴你？」

「是。」她喃喃說，凱蒂從她的身姿看出她快撐不住了，她一旦崩潰，便只有兩種結果——哭到無法言語，或叫她們離去。

「那些既非塞爾維亞，亦非克羅埃西亞的男人呢？有那種人嗎？」凱蒂低聲問。

索拉雅點點頭，「不多，但也夠了。他們會跟士兵說，他們待我們太溫柔了。他們說：『不行，不能像那樣，你們是士兵還是小孩？你們以為塞爾維亞人會這樣對待你們的女人嗎？要像這樣。』」淚水開始淌落索拉雅的臉頰，她憤憤不平地擦掉淚水，說：「你們得走了，我丈夫很快就要回來了，他不喜歡我談這件事。」

「索拉雅，你能認出任何你見過的外國人嗎？例如，你能指認這名男子嗎？」凱蒂遞上一張照片。

索拉雅看著相片，「芬雷特士官。」她冷聲說道。

「他強暴過你？」

「是的。」

「後來你懷孕了？你怎能確定孩子是他的？」

「我當時並不確定，後來才確定的，她長得就像他。」

「你懷孕後發生什麼事？」

「珍蓮娜回來了，跟烏巢的負責人談話，為我談了條件。」

「什麼條件？」

索拉雅默默拉起袖子，她的前臂刺了斯圖塔克圖案。

「我若成為天主教徒，還有寶寶也是，如我接受洗禮，寶寶接受洗禮，她便能進入孤兒院了。」她說。

「是珍蓮娜幫你皈依的嗎？」

「她幫助了我，那是唯一的辦法。」

「你同意了？」

「是的。珍蓮娜．貝比克為我們母女施行洗禮，然後我便成為天主教徒了。當人們說：『你是頭骯髒的穆斯林豬，』我就說：『不對，我是頭骯髒的天主教豬。』這樣大家就都開心了。」她彎起手肘擦眼睛，「戰爭終於過去了，我還是遵守當初的條件，每星期都在到教堂跪禱。沒有人能把我的女兒從孤兒院帶走，或說我撒謊。我甚至跟多柏斯拉夫會面，他是天主教徒。」凱蒂看到她忍淚淡淡一笑，猜想那位多柏斯拉夫就是她丈夫，而且是個善良的男人，謝天謝地。

「珍蓮娜呢？你還跟她見面嗎？」

「她會為我帶消息，看米麗娜好不好，還送些照片來。我的女兒好漂亮，我沒法去見她，但沒關係，很糟糕，但還算好。」

「直到珍蓮娜生氣嗎？」

「她想把米麗娜的真實身分告訴她，以及她如何被生下來。也許珍蓮娜是對的，也許她錯了。米麗娜為此憤恨不平，她離開孤兒院後，開始跟一個男人會面，一個kazneno。」

「流氓嗎？」

索拉雅點點頭。「這邊有很多女孩子失蹤的傳聞……我叫米麗娜小心，她說我拋棄她，沒資格管她。米麗娜失蹤後，我去報警。警方說：『她不是個好克羅埃西亞女孩，克羅埃西亞的良家婦女不會幹這些事，一定是因為她身上流著惡劣的波士尼亞血液之故。』根本置之不理。」

「珍蓮娜怎麼說？」

「珍蓮娜說她會去找米麗娜，我們的故事將讓世人明白，克羅埃西亞究竟發生過什麼事。但我認為她錯了，人們只想遺忘。」索拉雅瞄著時鐘，「拜託了，我希望你們現在就走。」

「我們可以帶一些你的頭髮嗎？是要用來……」

「我知道，測DNA的，我已經給那個美國女人一些了，你們若還要，沒問題，只是頭髮而已。」

56

她們離開索拉雅家時，一輛小廂型車開了過來，一名穿技師工作服的男子跳下車，狐疑地看著她們，然後大步走入屋中。凱蒂從窗口看見滿眼淚水的索拉雅撲倒在他懷中，男人望著索拉雅背後的凱蒂，滿面慍色。

「該閃人了。」凱蒂告訴荷莉。

她們下個目的地就是鳥巢，應蘿貝塔・凱里托的要求去那邊拍照。道路蜿蜒而上，穿過一片栗子林。除了偶見農人徒手在小片農地上耕作，和幾縷遠處的燃煙外，鄉間荒涼得詭異。

她們停到其中一道彎口，回頭俯望山谷，沒有車子跟蹤她們上山。

荷莉似乎有心事。兩人繼續前行，凱蒂瞄著她，「你覺得不該告訴米麗娜，她是怎麼出生的嗎？」

「大概吧，我想。」荷莉坦承說：「我寧可隱瞞，得知父親是強暴犯，母親又棄養你，把你丟給不同的宗教養育……對任何年紀的人來說都很難接受。我寧可揮斷過去，重新出發。」

「若不影響任何其他人的話，我同意，但若告訴米麗娜，便有可能將芬雷特繩之以法，就不一樣了。」

「所以端視你怎麼想了，不是嗎？」荷莉說：「一名女孩的幸福，比伸張正義，翻出她尚未出世前的事更重要嗎？」

「我想兩者都很重要，蒐集芬雷特、威廉貝克跟ICTY開會的證據，工作僅做了一半，等我們找到證據，也得盡力去幫助米麗娜。」

✣　✣　✣

索拉雅告訴她們，鳥巢位處於棄置的農場，是山脊上唯一的農莊。但她們仍費掉整整半個小時，查看無數鑽入林中的小徑，才見著一道破舊的金屬柵欄。

兩人下車，步行趨近。農場有棟廢棄的農舍和四、五個頹圮的畜棚，邊側的小穀倉已被火焚毀。

「沒太多可看的。」荷莉說。她還是舉起相機，劈哩啪啦拍了些照片。

凱蒂踏出一步，感覺腳下踩到滾圓的小東西。她用足尖將藤蔓推到一邊，看見閃亮的物件，是彈殼。再往前走，她差點被生鏽的鍊子絆倒。凱蒂將鍊子從矮叢裡拉出來，鍊子另一端繫在樹上。

凱蒂不寒而慄，也許僅是想像作祟——知道這裡曾發生過何等可怕的事——但此景實在有令人說不出的毛骨悚然，與她在波維利亞島的舊精神病院中四處走動時，感受相似。

「我們繞到另一邊。」荷莉說。

從後邊看，荒廢的情況更加顯著。老舊的農場設備鏽蝕而沒入野草裡，另一棟崩落林地中的建物，張揚著雜纏的鐵架。

「我們再拍幾張就走。」凱蒂說。這時荷莉抬起一隻手。

「那是什麼？」

二人豎耳傾聽，聲音又傳來了，是名女子的聲音，來自棄置的農舍方向。

凱蒂的頸部和前臂上的汗毛都豎起來了，一時間還以為有鬼。接著她聽到男人的說話聲與引擎聲，兩人互看一眼，偷偷溜到棄置的穀倉角落。

農舍前停了一部廂型車，兩名男子陪同一名年輕女子走向其中一個畜棚，門在女子背後關上了。

兩名男子回到廂型車，荷莉拿起相機對著駛離的車子拍下一連串照片，然後才回棚子邊。棚子一側有數道高窄的小窗。

藉著傍晚黯淡的天光下，她們看見五名年輕女子坐在倒置的飼料槽上等待。旁邊水泥地上放了五個手提箱。

✣　✣　✣

兩人撤回林子裡商議。

「這裡是人口販子輸送的管道，」凱蒂說，「米麗娜從布磊齊克一路被送到義大利，這裡必為其中一站。」

「他們戰時挑中這裡的因素，今日依然適用。這裡偏遠又安全，但我敢打賭，本地人還是不敢過來。」

「米麗娜很可能被關在囚禁她母親的同一個地點。」這駭人的巧合令凱蒂震驚。「我們該怎麼做？」

「你是說幫她們嗎？我不確定現在能幫多少忙，她們若跟我在威尼斯訪問的那些女生一樣，一定以為自己要去當保姆或女傭，她們會相信帶她們來的人，而不是兩個半路殺出，說那些全是謊言的外國女人。如果她們跟人口販子舉報我們，事情就難辦了。」

兩人回到車上，沿小徑倒車。

「所以才會那麼重要。」凱蒂突然說。

荷莉看看她，「什麼那麼重要？」

「這就是為何重啟舊案跟追查新案一樣重要，否則它們只會一再發生。」

她們來到大路，荷莉將車迴轉，凱蒂傾身向前指著：「等等，那是什麼？」

下方約一公里半的地方，軍隊的人從三輛卡車上跳下來散入田野裡。她們看見一道閃光，聽到一記悶轟在林中迴盪。

「一定是我們先前看到的演習。」荷莉說。

「荷莉，」凱蒂緩緩問道：「他們會不會是來這裡找我們的？」

「應該不是，但為求安全，還是避開他們。往山下再走一公里多有道彎口，我們走那條路，然後再折回幹道。」

57

美國空軍飛行員彼特・波爾少校將操縱桿往前推，前方儀器立即有了回應，將機身拉直。他還剩四十分鐘的飛行時間，之後即使飛行尚未結束，他也會從駕駛座上起身，伸展筋骨，把飛行控制交給另一名飛行員，然後戴上遮擋清晨刺目陽光的太陽眼鏡，走出開了空調的飛行中心，進入乾熱的內華達沙漠，到基地的商店吃點早餐，一邊用電腦看電郵、上網。等一個半小時後，再回來值班，等著被分派不同的飛行任務，說不定會飛到阿富汗上空。他喜歡飛往阿富汗，每個人都是——因為你知道自己駕駛的無人飛機，是在參與一場真正的任務，而非被冠上北約歐洲行動之名的無止境演練。

就像這次一樣。「找到目標了，」他用專業冷靜的聲音報告。「一部淺色飛雅特小車。一架掠奪者，四枚導彈，等候命令。」

「收到。」在他右邊的琳達・雅斯柏說。她正在操作傳感器——各種相機、衛星連接及影像系統，這些都是無人飛機的眼睛、耳朵。雖然琳達跟許多探測員一樣，就技術上而言都受雇於私人承包商，而非空軍，但他們已一起飛行四年了。這段期間，他們連一次都沒離開過地面。

也沒有看過他們今天駕駛的飛機，雖然他們對飛機模型已非常熟悉。五角大廈買了三百六十多架掠奪者無人飛機（Predator UAV），並在世界各地的衝突中出勤，彼特與琳達幾乎每天都有飛行任務。自從所謂的反恐戰開打後，他們與同事已炸死了兩千五百多人。

他們今早駕駛的掠奪者從義大利的阿維亞諾空軍基地（Aviano Air Base）起飛，航行數百公里，來到克羅埃西亞，參與一場小規模的攻守演習，因此機上的地獄火飛彈（Hellfire）卸除了。而任何發射飛彈的命令，最後都會以模擬雷射攻擊代之，只做名義上的「摧毀」動作。

操作掠奪者的失誤幾乎為零，每一道步驟的命令都經過再三檢查。波爾少校老愛對朋友吹噓，那是有始以來發動戰爭最快速而精確的方式——至少對機組人員而言。

「截獲目標。」琳達確認。

耳機傳出控制員的聲音，「飛行員、探測員：同意接戰。」

雖說只是演習，彼特．波爾接到射擊命令時，仍有腎上腺素小小飆升的熟悉感。有人說絕不能把這當成電玩，但他已飛過太多傳統機種，見過太多在他的準星下銷毀的目標。能接獲這樣的指令，很難不心存感激。

他們很快依序完成發射前的動作，狀況好的時候，二十一秒便可完成：輸入武器密碼、確認武器狀態、啟動雷射，並鎖定目標。

今天進行得相當順利：費時二十一秒半。

「三、二、一。」他數著，「發射。」旁邊的琳達按下控制桿上的紅鈕，「三、二、一，擊中。」

緊接著不到一秒，「媽呀。」

螢幕上，煙硝碎片如墨漬般從他的準星上擴散開來。「是實彈，」彼特急切地報告，「重複一遍，我們射出的是實彈，請確認目標狀態。」

「收到了。」耳機中的聲音說：「停火。」幾秒鐘後，「彼特，我們得查清這件事，我們有可能誤傷自己人，你候著。」

彼特．波爾坐回去，雖然有涼爽的空調，他額上卻冒著冷汗。誤傷自己人。這句話是任何飛行員最不願聽到的，無論他是否駕著飛機，那表示，你剛才對友方發射致命的飛彈。

彼特的身子猛然往前一探，煙硝散去後，他在螢幕上看到標的物了——那輛小飛雅特，一定是在他發射時剛好轉彎。飛彈從六百公尺的高空射下，幾秒鐘後抵達地面，雖有雷射導航瞄準系統，卻在離車子三公尺左右的地方爆炸。爆炸將車子轟離地面，拋入樹林裡，但這會兒好像有人從乘客座門邊掙扎下車。

「調到熱感應。」他指示琳達，螢幕上出現顏色，沒錯，至少有一名乘客確定還活著。

「繼續觀察。」耳機裡的聲音說：「彼特，我們這邊正在努力釐清狀況，一定是裝備步驟有失誤……別擔心，我們會查清楚。」

彼特．波爾吐了口大氣。謝謝你啊，上帝。

58

凱蒂完全不知道剛才發生什麼事，腦子轉著各種解釋：她們被某個東西擊中？車子被炸飛？荷莉失控……？

她耳鳴不已，從安全氣囊上抬起頭，並看到血。難怪車裡會發出幾聲巨響，原來是氣囊充氣時發出的聲音。其中一只氣囊迎面撞在她臉上，害她鼻子都流血了。

或者，從另一個角度看，她的臉猛力撞向擋風玻璃，若非氣囊擋著，恐怕已一命嗚呼。

凱蒂四下張望，車子幾乎旋轉了一百八十度，此刻面對來時的方向。駕駛座那一側摔撞在橡樹上，整個都凹了，到處是碎玻璃——她可以感覺頭髮、大腿上滿是玻璃渣。荷莉的頭部後方是一堆搗爛的金屬，但謝天謝地，她正在動。

凱蒂拉著自己的安全帶，帶子緊鎖時把她的胸口都勒瘀了。她七手八腳解著鉤子，瞥見碎裂的擋風玻璃外的情形，凱蒂愣了一會兒才意識過來，幾秒前車子所在的位置，現在變成一個兩公尺寬、正在冒煙的洞了。

安全帶終於解開了，凱蒂拉住門把，又是一陣拉扯，車門才不情願地打開，門框都變形了。她繞過去，將荷莉抬到車外。

「沒事。」荷莉喘站起來，「我只是有點暈，你還好嗎？」

「應該沒事。剛才出了什麼事？」她想起荷莉之前說過的話，「我的天！他們用的是實彈……」

「迫擊砲，是的，但剛才不是迫擊砲。」荷莉靠在樹上喘氣，「是地雷或飛彈之類的東西。」她蹣跚地走到坑洞邊緣，「我猜是地獄火飛彈，看得出是擊中地面，而非從底下往上炸開。」

「意思是？」

荷莉抬頭仰望，然後指道：「那邊，看到沒？」

頂上遠處有個小斑點在漸黯的天際盤旋，感覺如此遙遠的東西，根本不可能造成這麼嚴重的破壞。

「無人機，也許是掠奪者號。如果是的話，有效載荷至少還有三枚飛彈。」荷莉說。

「他們還能看到我們嗎？」

「為了保險起見，咱們得趕緊進入樹林裡。他們有紅外線感應器，但樹冠還滿高的，應該能躲過偵測，至少得躲到天黑。」荷莉走到車後打開後車廂，廂蓋的彈簧壞了，她只好用單手撐住。

「你在幹嘛？」

「我們得帶走所有必需品，這裡不能回來了，太危險。」

✣ ✣ ✣

兩人跋涉入林，幸好荷莉的東西都裝在野戰包裡。凱蒂將自己的運動包甩到肩上，專心趕上荷莉老練的軍人步伐，但她發現身體因為剛才腎上腺素分泌過高而顫抖不已。

「凱蒂？我一直在想，也許我們之前看到的那場演習是掩人耳目用的。」荷莉說。

「為什麼要掩人耳目？」

「為了攻擊我們。假設他們安排一場跨國性的防守訓練，發射迫擊砲，製造一點小混亂……同時用掠奪者攻擊我們。當消息發布，有一名美國少尉和一名義大利憲警上尉不幸喪生，大部分人會以為我們參與了演習，而那些知道內情的人，也不會多說什麼。」

「所以追蹤我們的奧迪只是煙霧彈？」

「有可能，或者他們一直在監視我們，一組從地面，一組從空中。」

恐懼襲擄凱蒂內心，假若荷莉說得對，那麼對付她們的組織實在太強大了。「他們現在會怎麼做？」

「我想他們不會再貿然動用飛彈了，比較可能以無人飛機進行跟監，派地面人員解決我們。」

「天啊。」

「往好處想，我之前做過訓練，攻守是我們的訓練項目之一。」

「你撐多久？」

「約十二個小時，」荷莉坦承。「從剛才那幾輛卡車看來，對方人手很多，會是場硬仗。」

59

丹尼爾．巴柏操作電腦，看著另外十幾封芭芭拉．霍頓硬碟裡的檔案在眼前自行重組。現在已有足夠的可讀資料，能拼湊出這位美國人生前從事什麼工作了。幾十名男女受害者與目擊證人的口供，全都與南斯拉夫聯邦解體期間的暴行有關。

一群十名左右，來自波薩夫斯卡和四周村落的男人，自稱是「火馬」。他們大部分人我都認識，尤其是馬禮會．布尼克，我求他放我走，提醒他以前跟我們家一直是鄰居。他說幸好只有他一個人，因為其他女人可沒那麼好運，是五、六個對付一人。他們扯住我朋友B.N.（十九歲）的頭髮，毆打她，B.N.試圖掙開時，還用刀抵住她的喉嚨。她被其中兩人強暴。

抓我們的人在審問中心每天毆打我們，有一名士官很愛炫技，使用槍柄拔人牙齒，我有四顆牙就是那樣被拔掉的……

守衛無聊時便發明各種遊戲，命我們扛沙袋，從營地一頭走到另一頭，然後打我們，說我們想偷沙子，叫我們把沙袋扛回去。等我們把袋子扛回去後，又打我們，說沒有遵循原本的命令。就這樣搞上幾個小時。

他們叫我們平躺下來，然後從桌上跳到我們肚子上，想讓我們得疝氣。有一個人的脫腸症狀腫得跟頭顱一樣大……

女人被剝光衣服，男人被逼著在我們面前自慰，守衛還一邊以言語凌辱，然後守衛們把女人帶走。有時男女囚犯被迫在一名女囚犯遭受強暴時，和著樂聲共舞……

他們告訴我朋友：「有個謎語：怎樣才可能用一隻手握住自己的兩個耳朵？」朋友說不知道，他們就把他的耳朵削下來，放到他的一隻手裡說：「就這樣啊，如果你是我們，任何事都做得到。」他們逼他舔刀子，把自己的血舔淨……

丹尼爾找到一個檔名是「為什麼？」的檔案，點開一看，裡面是芭芭拉．霍頓的筆記。

奇怪的是，戰爭發生之前，波士尼亞並不是一個特別分裂的家，百分之十二的婚姻都是異族通婚。在西部、北邊與東邊，大部分地區都包含了克羅埃西亞、波士尼亞及塞爾維亞社區，大家比鄰而居，和平共處。

爆發點似乎始於一九九〇年代初期，報紙與廣播突然充滿種族攻擊的言論與控訴。那些就是暴力衝突的肇因嗎？或者是其他理由？煽動仇恨的人，怎會知道該用什麼手段？他們為何要堅持那種說法？

克羅埃西亞和塞爾維亞兩軍都雇用了翻譯員。他們為誰工作？珍蓮娜說，她認識一名在鳥巢被一個美國人強暴的女孩。要不要查一下？

芭芭拉顯然已經整理出某種模式，並發現軍事承包商可能參與其中了，但直到最後，才蒐集到他們曾下達命令的證據。

芭芭拉因知道內情而遇害。

丹尼爾拿起電話，撥了凱蒂的易付卡手機號碼，想詢問她的進度，電話果然接轉到語音信箱。

打完電話後，丹尼爾看著手機皺眉。綁架案過後，他確診患有自閉症，加上諸多其他原因，使得丹尼爾無法理會別人的心情。他向來拒絕接受自閉症的標籤，自認只是為了追求更高遠的理想，而選擇避世。

但他也意識到自己有些缺失：他聽不到他人從人聲中聽到的音樂性，看不見人們在友情中見到的溫暖，如同蝙蝠看不見日光一樣。

因此，丹尼爾發現自己竟希望荷莉與凱蒂能平安無事時，不免感到訝異。他提醒自己，兩名女子目前對他很有用處，他若想避開牢獄之災，拯救嘉年華，便得出奇制勝，不能被凱蒂予取予求。

最好從那些想毀掉他的人身上取得足夠資料，找到真正可以斡旋的籌碼，用來交換他的網站與個人自由。

丹尼爾心想，荷莉與凱蒂或許各懷目的，到時他還得處理這個問題。

在那之前，芭芭拉・霍頓的筆電絕對還有更多東西可找。此外，還得追出多賀堤博士的報告——全篇報告，而非僅只摘要。他不打算信守對凱蒂的承諾，跟她們分享所有找到的線索。丹尼爾・巴柏行事獨來獨往，向來如此。

60

時近子夜，兩個女子一起擠在從荷莉的野戰包拿出來的救生毯裡，躺在樹枝搭湊的遮庇處下。

荷莉負責主導，因為凱蒂的專業範圍，不包含深入敵後的技巧。暮色降臨，她們在不同地區生了小火堆，以混淆掠奪者的熱感應相器，並趁火生起來之前，快速跑開。反之，她們的庇護處則全然沒有熱源，須靠層層葉片的阻隔及救生毯，才能不讓體熱散發。

而且她們幾乎也不剩什麼體熱能被偵測到了，凱蒂心想。此刻，她親密地緊摟住荷莉，彷若愛侶，兩人每寸身體都盡可能地緊貼住，以保留身上殘餘的暖意，但她仍止不住發抖。

她們偶爾聽見下方林中傳出遙忽的喊聲、卡車隆隆地上下山坡。凱蒂腦中不斷默念聖母經，她已經很多年沒念經了，當經文結束時，還本能地伸手畫聖號。

荷莉悄聲說：「別亂動。我們趁天快亮，他們休息時移動。」

她們整夜只吃了一條荷莉從野戰包找到的巧克力。凱蒂雖然飢腸轆轆，貼在地面的臀部凍到發麻，卻還是漸漸睡著了。

空氣猛然一炸，兩人一下子被抬離地面，像裹在毯子裡被拋上來一樣。土石散如雨落，打在她們身上，凱蒂的耳朵嗡嗡鳴響，不消片刻，第二記爆炸跟著響起，這次來得更近。

「快跑！」荷莉喘道。

她們事先便約好，若非逃不可，最佳的方向便是直奔上坡，才不至於兜圈子或迷失方向。凱蒂抓起自己的袋子，踉蹌地跟在荷莉後面。

第三發咻地落下了，碎片如冰雹般灑在四周葉子上，凱蒂等著聽接下來的吼叫與靴子奔跑聲，卻無人前來。我們是否衝進陷阱裡了？感覺不像，但她實在摸不清東西南北，也不信任自己的思路夠清楚。

荷莉終於叫停了。凱蒂身子一軟，肺都快炸了。她自認體力不錯，卻遠遜荷莉一大截。

林子再度恢復詭譎的安靜。

「那是什麼？」荷莉昂起頭低聲問。

夜風中，凱蒂聽到卡車的引擎聲，車聲似乎漸行漸遠，而非漸次增強。「他們要離開了嗎？」

「我想是的。」荷莉憂心地說：「我覺得此事很不對勁，我想我們應該跟丹尼爾談一談。」

「為什麼要跟他談？」

「丹尼爾未必比我清楚他們所用的技術，剛才那幾次爆炸我相當確定是迫擊砲，但迫擊砲應該沒那麼精準。若無測位儀的話，不可能如此準確。」

她們打開一支預付卡手機撥號，丹尼爾立即接起來：「怎麼了？」

荷莉很快解釋一遍。

「你們之前兩支手機都關了嗎？」

「一直關著。」

丹尼爾沉默片刻，他說：「等一下，我到網路上查點東西。」

一分鐘後他回到通話上，「那些迫擊砲是一百二十釐米的嗎？」

「聽起來像是。」

「我想那是最新型的衛星定位導航砲彈，剛剛上市。網路上說，這種飛彈有十公尺的CEP，你們明白那是什麼意思嗎？」

「CEP的原文是Circular Error Probability，圓概率誤差——就是以前所說的最大影響範圍。」荷莉說：「十公尺的CEP表示，有五成砲火會落在標的物周邊十公尺範圍內，較傳統的迫擊砲有大幅改善，不過我還是不懂，他們怎會有我們的衛星定位坐標？」

「有人給你們任何電子產品嗎？計算機、鬧鐘……？」

「沒有。」她突然想到，「哎呀。」

「怎麼了？」

「我的CAC通行卡，卡上有追蹤裝置。」

丹尼爾急忙說：「荷莉，你們得走了，現在就走，如果他們在追蹤你……」

「我知道，我也是剛剛才想到。」她把手機夾在耳邊，拾起野戰包，開始衝回山下，一邊打手勢叫凱蒂跟上。

「怎麼回事？」凱蒂喘道。

「丹尼爾，我們該怎麼做？」荷莉對著手機問。「我們得趕快想辦法。」

一枚砲彈從她們頂上咻咻穿越林子，一枚迫擊砲竄入離她們剛才所在位置，僅距幾公尺的軟土裡。爆炸聲如響鑼般地在樹林裡迴盪，片刻之後，另一枚迫擊砲緊鄰著第一枚也跟著炸開了。

「荷莉，別再跑了！」丹尼爾對著手機喊。

「什麼？」她大聲吼問，什麼也聽不到。

「我說停下來！我想到辦法了。」

✣　✣　✣

「只要他們看到通行卡的追蹤器在螢幕上移動，就知道我們還活著。」荷莉從野戰包裡掏出需要的物品，一邊解釋。

「這個我懂，可是巧克力能管什麼用？」

「巧克力本身雖然沒用，但咱們都得補充體力。」她將巧克力棒一分為二，遞給凱蒂一片。「不過錫箔紙就鐵定有用了。」

她從絨織衣裡抽出通行卡的繫繩，解下卡片，放入巧克力棒的錫箔紙中包摺兩次。「麻煩把救生毯給我好嗎？」

荷莉用救生毯盡可能地纏緊錫箔紙，再以繫繩綁住整包東西。「這樣應該就行了，我的衛星定位追蹤器，在最後一次迫擊砲攻擊後幾分鐘就掛了。」

「也就是說，他們應該擊中目標了。」

荷莉點點頭。「但願他們會以為我們死了。我們應該也把手機裡的電池拿掉，以防萬一。」

「好。」凱蒂跟著荷莉彈出手機電池。「接下來呢？」

「為防他們來查看，我們先撤到離這邊一公里左右的距離，然後休息等天亮，之後我就不知道要做什麼了。」她猶豫了一下，「凱蒂，萬一他們真的透過通行卡來追蹤我們，那表示從我住進埃德里基地、到達比基地找準備銷毀的資料、到巴柏府找丹尼爾、來布磊齊克蒐證……他們就一直在追蹤我的動向了。他們只是在伺機而動，更有甚者，只要我們一露臉，他們便能阻止我們。我們若要逃，就不能開車、不用信用卡或通過護照檢查處，自己設法回義大利。」

61

丹尼爾搭火車離開威尼斯，接著改搭計程車。他從沒學過開車，因為住在威尼斯，鮮有需要，況且他處理不來正常道路上會有的各種細微狀況。他了解交通規則，問題是，哪些規定會被用路人慣性地忽略，哪些又應遵行不悖，造成他極度困惑。

幸好丹尼爾沒打算跑遠，只去克莉絲蒂娜修院。接待櫃台的修女查看約見表，「噢，是的，九點鐘與尤瑞厄神父會面，我會跟他說你到了。」

幾分鐘後，丹尼爾被帶到精神科醫師的辦公室裡。「幸會，幸會，丹尼爾。」尤瑞厄友善地笑著跟他握手。「我知道你希望我為你擬一份醫療檢定，我很樂意。但我得告訴你，這有點超乎我的領域。」

「我看到你幾年前發表的一篇報告，」丹尼爾解釋：「記得你提到，治療迴避社交症候群的人，跟特定精神病理學有關。」

尤瑞厄神父點點頭。「是的，我記得。老實講，我很訝異你會看到這篇報告，因為刊載的期刊發行量非常少。」

丹尼爾說：「我注意到你用了一個詞彙，應該說，我用的搜尋引擎注意到『性狂暴』一詞。」

「是嗎？」尤瑞厄神父聳聳肩，「也許我用過那個詞彙，那是從佛洛伊德團體心理學與自我發展出……」

「我知道性狂暴指的是什麼，尤瑞厄神父，或許我應該稱呼你多賀堤醫師，保羅．多賀堤醫師。」

尤瑞厄神父沒答腔，但稍稍瞇起眼睛。

丹尼爾說：「我在網頁暫存中搜尋該詞，畢竟那是個頗不尋常的詞組……我找到多賀堤十幾年前在網路上被刪除的原始報告，以及五年後，尤瑞厄神父所寫的參考短文。你的名字後加了MRCPsych的字樣，表示是英國皇家學院精神病學家。我查過了，學院裡沒有尤瑞厄神父的紀錄，但有保羅．多賀堤的紀錄。

「我記得神父在授任神職時，有時會取新名字——某種具個人意義，也許是能啟發他們的聖人，或聖經人物的名字，例如尤瑞厄。我也查了這位人物，尤瑞厄被視為保佑悔罪的聖人，但更廣為人知的，則為尤瑞厄是拿著火劍，守立在伊甸園大門的大天使。」

「『他負責雷鳴與恐懼』。」神父平靜地引述。

「我並非來此做精神評估，神父，我到這裡尋求解釋，我想知道在埃德里基地舉行的一場會議——威廉貝克行動。」

「多年來，我一直害怕有人會問我這個問題。」尤瑞厄神父喃喃說：「老實講，經過這麼久，我已開始相信，或許永遠不會有人問了。」他嘆口氣，「請你了解，我事前並不知道他們在籌劃什麼。那是在我發表你剛才所提，關於滅種屠殺的報告後不久的事。你得知道：我只是單純想提出警告，分析哪些心理成因，會讓穩定的社會突然爆發出最駭人聽聞的暴力。德國納粹、盧安達、高棉、北愛爾蘭、庫德族、東帝汶……這麼多的悲劇，卻幾乎不曾有人冷靜地檢視並釐清發生什麼事，並究其原因。」

他走到窗邊望出去。「我發現所有暴力都有共通要素——你也可以說是危險的跡象。我認為，經驗老道的精神病學家，應能在病人惡化到傷害別人之前便看出病兆，因此，也應該能診斷並預防集體的精神病症。我告訴自己，這是劃時代的創見。

「我原以為可以趁那次會議，發表自己的看法——要不然他們邀我去做什麼？可是會議才進行到第三天，我便發現他們不是要用我的報告去防止戰爭，而是以它做為計畫戰爭的藍圖。」

「當時你怎麼辦？」

「噢，我當然表示抗議了，但他們非常狡猾地說，只是想確定情況不會惡化而已，現在既然已知內戰如何產生，就能控制住了——例如在演變成滅種屠殺前，遷移居民，以減低緊繃的情勢……

「有人用了『種族清洗』一詞，好像是一個來自公關公司的傢伙。一切聽起來如此合理，又如此實際。我便想：既然那些想法都已經寫在我的報告裡了，我轉身離開又有什麼用？我若留下來，至少能牽制結果，努力確保這場他們誇言絕對勢不可免的戰爭，能盡量速戰速決。」

「結果竟演變成二十世紀最凶殘的戰爭之一。」

尤瑞厄神父點點頭。「我手上沾著血，沾著太多血了。這件事徹底毀掉了保羅．多賀堤。他有好些年，變成自己以前待過的精神病院裡的患者，後來他終於找到治療方式，或者說，是療癒找到了他。」

「什麼療癒？」

「上帝。」神父簡短地說。「上帝召喚我，告訴我，我有聖召，並解釋我該如何服務他人，完成這項天職。那些犯過重罪，除了上帝，無人能夠原諒的罪人，便是我的羊群。

「一開始是治療參與我所創造的戰爭中的人，他們犯下了連告解時都恥於啟口的惡行。他們之中甚至有神父曾經煽動過最令人髮指的行動……我最初聚焦於這些人身上，然後才漸漸拓展。」

「那麼這間醫院呢？」

「當時我已準備當神父了，但我知道持續醫治精神崩潰的患者，才是我的聖召。許多參與威廉貝克行動的人，並不了解那顆種子會結出如此惡毒的果子……於是我建議他們，出資為那些跟他們一樣，觀照心靈並找出心魔的人，打造一家醫院。」

「你勒索他們？」

尤瑞厄搖搖頭。「本質上是要求他們付出該付的，涉入威廉貝克行動的團體畢竟從那場戰爭中撈到了龐大利益，我只是主動幫忙清理部分殘片罷了。」

「那麼麥基洗德修會團呢？他們究竟是誰？」

尤瑞厄神父皺皺眉。「他們是慈善團體，贊助的資金便透過他們交給本院，如此而已。」

「我需要一份名單，所有你能記得的細節。」丹尼爾說。

對方再度喟嘆。「丹尼爾，你問問自己吧，讓這些事情見光，究竟能有什麼好處？我的那份報告……一旦被人知道，其他人也能跟你一樣找到它。報告裡，那些能將內在的動盪轉化成滅種行動的想法，將變成每天都會發生的事。像你這樣的人——成長於網路的世代——老以為開放必是好事；祕密永遠是邪惡的，但反過來也有可能是真的，有時保密反能阻止壞人學習做更多的壞事。」

「要我保密得有代價。」

「啊。」尤瑞厄神父雙手指尖相抵，心有所思地望著他，「你打算跟那些掌握你未來的人士交涉。」

「有可能。你不也那麼做了。」

「那我就提出一個稍稍不同的條件吧。我知道你今天來這兒的理由只是託辭，但我眞的相信我能夠幫助你，你這種病症的治療方式，近些年已有大幅改善。」

「我不需要治療。」

「你可曾跟任何人有過交往？」尤瑞厄神父低聲問。

丹尼爾沒回答。

「丹尼爾，你不必像現在這樣遺世孤立地活著，你可以學著與人建立關係、交朋友……也許一開始你的體驗會跟別人不同，因為融入團體需要練習與引導，可是除非你肯接受幫助，否則永遠無法踏出第一步。」

「我若需要心理醫師，查電話簿就行了。」

「話雖沒錯，但你若有心，幾年前就找了，何況我的成功率遠高過一般心理醫師。你若想看，我可以拿數據給你參考。」

「你會給我開藥嗎？」

尤瑞厄神父聳聳肩。「有可能，不過主要是做認知行為治療，你有打算建立感情連繫的特定對象嗎？」

丹尼爾默聲不語。

「你考慮考慮。」神父站起身。

「你怎知參與會議的其他人會同意？」丹尼爾問。

「噢，他們會的，等你看到名單就明白了。」尤瑞厄神父寫了幾個字拿給他看，「籌辦那次會議的就是此人，丹尼爾。前中情局威尼斯分部主任，你的監護人伊安．吉瑞。」

62

這項計畫如此危險，荷莉與凱蒂若有其他選擇，任何其他選擇，絕不會考慮這麼做。

她們在黑夜的掩護下折回山脊，鳥巢所在的靜謐林間。幸好還是沒有守衛，她們倆偷偷溜向囚禁女孩的畜棚。一如所料，畜棚的門並未上閂，拘禁這群女生的，是謊言，而非人蛇。

她們將睡夢中的女孩一個個叫醒，問她們能否說義大利文，並叫能講的幫其他人翻譯，接著兩人解釋她們為何會在此處。

女孩們用懷疑與驚異的眼神看著凱蒂和荷莉，兩人解釋女孩絕非被偷渡到義大利當保姆和女傭，而是被賣去當一輩子妓女。直到凱蒂拿出米麗娜．柯瓦契維的照片後，其中一名女生才終於說：「那是米麗娜，我認識她，她去義大利工作了。」

凱蒂搖搖頭。「她被迫下海賣春，很可能就是被你們今日委以性命的同一票人所逼。」

女孩聚成一團，彼此低聲交談，偶爾偷瞄凱蒂和荷莉一眼。接著一個叫潔芙卡，看似這群人領袖的女孩說話了。「假如你們說的是事實，那你們想要我們怎麼做？」

凱蒂指著其中兩名金髮跟黑髮的女生，「我要你，還有你，跟我和我的朋友交換衣服、行李及護照，然後躲在樹林裡，直到我們被接走，你們再自己回家。其他的人，我們就暫時先且戰且走。」

✣ ✣ ✣

眾人沒等多久，不到中午前，一輛廂型車便開過來，將畜棚的門一下子打開。天光下，一名壯漢的剪影呼叫女生們出來。

荷莉和凱蒂賭帶她們到下一站的人蛇，不認識個別的女孩，或只要總數正確，便不會檢查她們的身分。她們猜得沒錯——人蛇在她們爬上無窗的車廂時，雖仔細盯住她們，但注意的是她們的人數，而非面容。車廂裡有兩張舊床墊，充作坐椅。凱蒂心想，當這建築還是畜棚時，他八成也用同樣的表情，看著被趕往市集販賣的牲口。

荷莉和凱蒂是最後兩名離開畜棚的女子。「ekaj.」荷莉正要上車時，男子突然喊道。她們雖聽不懂，但男子的語氣相當明確，等一下。

兩人一僵，男子走向前，提起荷莉的手提箱放入車中，並伸手扶她上車。「Hvala.」她垂著眼喃喃說。男子點點頭，很高興自己幫了忙。

「你有仰慕者啦。」其他女生騰出空位時，凱蒂悄聲說：「原來男人眞的比較喜歡金髮女子。」

「他要是敢有非份之想，就死定了。」

「說真的，荷莉，我們得有心理準備，這件事遲早要變得很難看。」

「也許等我們到義大利後才會吧。記得你跟我說過，那部人蛇強暴女孩的影片……那是在義大利拍的不是嗎？我想那麼做是有原因的，不到最後一刻，他們不會希望讓女孩忌憚，以防她們逃脫。他們一定收到命令，在安全越過邊境之前，不許動這些商品。」

「但願你說得對，不過我們不能大意。」

「我們要找到任何能充當武器的東西，無論發生什麼事，我們都得做好準備。」

✣　✣　✣

一行人開車從安靜的小路下山來到海岸邊，接著折往北方，最後抵達另一處荒郊的農莊。農夫和妻子並未理會被趕下車，進入穀倉的女孩子。穀倉一端，幾頭小牛好奇地望著她們，但這些牲畜至少讓穀倉裡保持溫暖，一綑綑的麥稈乾燥而柔軟。

度過另一個長夜，早餐吃完簡單的起司、麵包後，來了另一輛廂型車。司機載她們跑了約七、八十公里路後，轉入一個小港口。

眾人再次等待，這回是在一處船屋裡。這一天就再沒別的事了。

凱蒂低聲對荷莉說：「是故意的，他們想讓女孩們先變得疲弱，然後才開始逼她們就範。」

女孩們話都不多，連荷莉也反常地安靜。凱蒂有些擔心——荷莉不像那種容易害怕的人。

「你還好嗎？」荷莉緊盯著牆上同一處三十分鐘後，凱蒂問她。

「什麼？」荷莉一驚，「沒事，只是……我一直在想我的通行卡，思索他們追蹤卡片的事。」

「怎麼了嗎？」

「光憑衛星導航，無法接收到CAC通行卡的訊號，因為卡片是設計來拯救陷入敵後的士兵，你可以想像卡片加密有多麼嚴實。想將我的坐標輸入那些飛彈和迫擊砲裡，唯一的辦法，就是進入五角大廈的電腦。」

「意思是，想殺我們的人，必定有強大的人脈。」

荷莉緩緩表示：「我在想，我是不是太容易信任別人了。」

「怎麼說？信任誰？」

荷莉沒回答。

✣　✣　✣

凱蒂任她的朋友陷入沉思，自己則用指尖在穀倉裡摸索。正如所願，穀倉裡有不少能拿來當武器使用的工具：六根生鏽的釘子、兩根鋼製的細水管，更棒的是，有一柄油漆刮刀和滾筒。一旦把覆著乾漆的滾筒拆掉，就能得到一把有利尖的鉤子，刮刀磨利之後，也幾乎可以致命。她把這些所獲分給女孩們，並警告她們暫時先將武器藏妥。

凱蒂再次坐下時，荷莉低聲說：「她們不會反抗的。」

「你說她們嗎？為什麼不反抗，那是為了她們的自由。」

「像她們那樣的女生，天生不具暴力特質。事實上，大部分女人都是，但這批人尤其如此。她們天生麗質，從小就知道自己只須對男人示好，通常沒有什麼要不到。」

「意思是？」

「這事咱們得靠自己——只有你和我，她們若肯相幫，就算賺到了。」

「你認為有可能成功嗎？」

「不無可能。軍中有句話說：戰必有方，依方作戰。我們得擬定策略，然後戮力而為。」

她們商談了數個小時，談罷，時間尚在午后。她們猜人蛇會在夜裡，最不易被察覺時帶眾人離開，於是安靜下來等待。

63

伊安．吉瑞接收視訊電話，客氣地對出現在螢幕上的人點頭，「早安，將軍。」他說。雖然義大利現在已是傍晚，而螢幕上的人也不再是現役軍官。

對方劈頭便說：「你的獒犬已經被殺了，還有跟她在一起的那條母狗也死了。我想親自跟你道歉，我知道你很喜歡那些狗。」

吉瑞幾乎沒有眨眼。「我能問一下發生什麼事嗎？」

「兩條狗都到野地裡打獵了，不幸的是附近有一群獵犬。」

吉瑞所在的房間位於巴柏家的豪華別墅裡。這是一棟特雷維索鎮附近的帕拉第奧29式建築，裡頭滿是無價的藝術珍品，但他的注意力聚集在螢幕上。

「㹴犬的屍體找到了嗎？」他問。

是他自己的想像，還是對方稍微遲疑了一下？「當時在林子深處，又是夜裡，她死前可能爬走了，小狗有時會那樣。」

「是啊，但有時她們只是跑開去舔傷口而已。」

「不會的，我們派人在樹林裡搜了好幾天。我向你致哀，不過至少問題解決了，不會再有她一心想挖出來的那些骨頭了。」

吉瑞瞪著螢幕上的臉，即使隔著數千公里的網路，他仍抑不住怒氣。「將軍，你沒有搞清楚啊，我們需要那些骨頭。」

對方自信滿滿的語氣登時一軟，「此話怎說？」

「那是逮捕大熊的誘餌。」

「我不懂你的意思。」

「你當然不懂，籌謀劃策並非你所擅長，對吧？不過將來你若有機會聽到我的狗在林子裡吠，最好確

29帕拉第奧（Palladio）：十六世紀義大利建築家。其建築設計特色為採用古希臘與羅馬建築的對稱概念。

認別再出意外了。」

吉瑞不等對方反應，動手切斷連結。

64

薄暮漸垂，又有兩名人蛇前來將女孩們帶到快艇上；快艇載她們到海上，再換搭一艘漁船。被快艇飛濺的水沫噴得渾身溼冷的女孩，依令爬下貨艙，蜷縮在一箱箱騰扭的鯔魚和鯖魚間。周邊的魚兒慢慢死去，漁船噗噗有聲地往西行進，封閉的空間裡溢著刺鼻的柴油、魚腥和引擎的廢氣。

女孩們坐在自己的行李箱或四散的漁網上，頭靠著震動的船身，試著盡量睡著。每隔幾小時，艙門便會打開，一名穿藍色防水長靴及塑膠連身服的漁工跳下來卸漁獲，用短柄鉤竿把漁網拉到箱子上，再把裡頭撲騰不已、銀光閃閃的漁獲一下子倒盡。他好奇地瞥了女孩一、兩眼，但僅止於此。此人對網中隨魚兒一起被撈上來的章魚興趣更高。他熟練地把章魚內臟翻出來，扯掉其利嘴、腦與胃，然後順手扔進箱子裡，接著把箱子拿回甲板上，把東西倒入海裡。

漁工沒帶走鉤竿。

這把有尖刺跟致命鉤子的工具，是她們目前找到最棒的武器。凱蒂將鉤竿偷偷收入袋內，然後火速在貨艙中尋找其他可用之物。

當拂曉仍只是背後海面上的一道淡光時，女孩們被帶到甲板換搭另一艘快艇。轉乘的充氣船扭頭離開漁船，全速衝入漆黑裡，約二十分鐘後抵達陸地。凱蒂依海岸線的形狀判斷，認為她們應該是在安科納

（Ancona）南邊的馬爾凱（Le Marche）登陸，每年這個時期，此地區形同荒棄。

這裡顯然是走私者旅程中風險最高的一個環節，任何路過的海巡隊或飛機，都能一眼瞧見他們。船隻駛入一處多岩的小灣，直接開到一片砂礫上。駕駛散發出一切安排皆已齊備，知道自己不會惹上麻煩的自信。

女孩們帶著行李涉過沙灘，來到另一輛等在路邊的廂型車上。車裡十分溫暖，飄著香菸和廉價格拉巴酒的甜味。兩支空瓶滾在地上，凱蒂猜最近應該有一群男人搭過這部車。

二十分鐘後，車子停到一處偏遠的農舍裡。屋中燈火通明，兵疲馬累的女孩們被趕入屋中。

65

丹尼爾看著威尼斯曙色漸露，那是一個漫長的夜晚，一個困難的決定。

尤瑞厄神父的話鑽回他心裡，你有打算建立感情連繫的特定對象嗎？

有的。她有一頭金髮，行事務實，且跟他一樣，在義大利與美國文化中長大。他最後唾棄了自己與生俱來的特權與權力，而她則在美軍的庇蔭下長大，最後又回到美軍裡。

現在她是丹尼爾拯救嘉年華，最好的——也是唯一的——談判籌碼。

然後還有凱蒂。丹尼爾．巴柏對自己的義大利同胞評價通常不高，而凱蒂．塔波有許多他鄙視的特質。她熱情、火爆、情緒化、精力旺盛，往往先行動，事後才思索行動的理由，但丹尼爾竟會好奇她對他的看法。

凱蒂有可能成為他的朋友嗎？

又是一個灰冷的日子，看看排水管便知道又要漲潮了。當海天同為一色時，丹尼爾做了一個決定。

他拿起手機發送簡訊。

吉瑞先生，我是丹尼爾．巴柏。我正在拜訪你的途中。

66

六名男子橫七豎八地坐在農舍的客廳裡，包含隨同她們一起進屋的司機，共有七個男人。這批男人一見到女人，眼睛登時發亮。

凱蒂心想，他們一直在等我們。

客廳中四處是菸灰缸與更多的空酒瓶，電視播的是色情電影。女孩們看到了，紛紛調開眼神，試著忽視螢幕上的演出。男人們則飢渴地看著她們的反應。

其中一人拎起一瓶格拉巴酒，左右晃著。「這邊啦，小姐們，過來喝杯酒。」他用義大利文說，帶著濃重的馬奇基亞諾腔。果然與凱蒂想的一樣，她們在威尼斯的南方登陸。這些人一定是本地步兵；「享用」新來的女生，一定是他們幹完其他事情的報酬。

她曾跟一位滲透到黑幫中臥底的警官聊過。他說臥底最難的一點，就是壓抑逮人的本能，凱蒂終於明白他的意思了。沒了身上的制服和警徽，凱蒂覺得自己像沒穿衣服。

他們倒了一杯杯的酒，硬塞給女孩們。凱蒂拿了一杯，一口氣灌掉半杯，不至於喝醉，但足以壯膽。

除了這樣，沒別的退路了。

司機壓低聲音問其中一名男子：「都架好了嗎？」

「在樓上。按約定，你先挑第一個，別搞太久，大家都開始不耐煩了，而且只有一部攝影機。」

凱蒂意識到司機的眼神飄過眾女，逐一評估，他打量著她，然後轉向荷莉。「那一個。」他說。

另一名男子咕噥道：「那就去吧。」

「你，」司機指著荷莉，「你跟我來，我得檢查你的文件。」其中一個男人哈哈笑了。

凱蒂對荷莉輕輕點頭。戰必有方，依方作戰。無論發生什麼事，她們非拚到底不可。

司機領著荷莉離開房間時，另一名男子將電視上女演員的嬌喘開大音量。凱蒂心想，是為了遮掩樓上的聲音吧，那應該對她和荷莉有利，假若計畫能成功的話。

男子拍拍自己的大腿，朝最近的女孩笑道：「過來坐這兒，親愛的，我不會咬你。」

女孩害怕地看著凱蒂，想知道她會怎麼做。

「這事跟她什麼關係？」男人打斷女孩的注視問，他來回狐疑地看著她們，問：「怎麼了嗎？」

我們最好的武器就是出其不意，而現在，她們隨時可能失去這個優勢。「我需要喝點酒，」凱蒂說著從桌上抓起一瓶格拉巴，往嘴裡灌上幾口。「還有我的菸。」她從自己的手提箱掏出在船上塞入箱內的漁網。

握緊拳頭擊向敵人，別張開手。荷莉曾跟她說。

凱蒂往三名坐著的男人頭上撒網，用酒瓶底擊向另一人的太陽穴，然後瞄準頭部，開始痛擊在漁網下掙扎的幾個人。「動手！」她對女孩們吼道。

女孩們嚇到不敢動彈。不怪她們，她自己也是怕到發抖。沒時間多想了。門一下撞開，凱蒂一時以為她們的計畫要敗了，接著她轉頭看到荷莉，才鬆了口大氣。

「著陸點安全。」荷莉理所當然地說。凱蒂決定不告訴這位朋友，她根本聽不懂那是什麼。凱蒂彎身從袋子裡拿出鉤竿扔過去。

不許用破瓶子或刀——太多血只會礙事。

除司機外不許囚禁任何人。

我們的目的是以最少的時間，折損對方最多的戰力。

漁網下幾名男子掙扎想站起來，卻被困在沙發上。荷莉和凱蒂阻去通往唯一一扇門的路徑，荷莉雙手握住鉤竿當球棒揮著，每次有人進到揮擊範圍，便痛毆對方的頭和手臂，並用尖刺部分，刺向在漁網下掙扎的男人。

「出去！」凱蒂再度對女孩們大吼，她們終於動了。這時，其中一名比其他人稍具腦袋的男人，終於想到要先擺脫漁網的束縛，離開荷莉和凱蒂的武器揮擊範圍，然後再全力還擊了。他從背後亮出一把刀子。

荷莉把從司機身上搶來的鑰匙丟給凱蒂，「你是下一個，出去。」

凱蒂躊躇著，「準備好了嗎？」

荷莉確認，「好了，快離開這裡。」

男人抓準時機撲向荷莉，將握住鉤竿的那隻手臂摜在牆上，鉤子鬆落，荷莉情急地倒抽口氣。

凱蒂火速伸手從袋子裡抓起摸到的第一件武器，是油漆滾筒。男人伸手正要劃過荷莉的臉時，凱蒂從他背後刺向他的喉頭，然後奮力一扯。男人倒在地上，攫住自己血泡橫流的喉洞。凱蒂狠狠將他踹到一旁。

「謝了。」荷莉不勝感激地說，鉤竿已又回到她手中了。

「數到十，然後跟著。」凱蒂衝出門，找到等在車裡的女孩們。司機已被荷莉用船繩五花大綁了。凱蒂扭開引擎，等荷莉從屋子裡衝出來，跳到她旁邊時，廂型車已調頭就緒。車輪高速轉了一下，然後揚長而去。

「他們會追過來。」其中一名女生緊張地看著後面說。

「如果沒料錯，他們有更重要的事情要辦。」荷莉說。

「例如什麼？」

「例如我稍早拆開的CAC卡。」

「什麼是CAC卡？」

後方農舍突然被炸成一團石塊與玻璃齊飛的火球。

「就目前的情況來說，那是一枚挺不錯的土製炸彈。」荷莉滿意地說。

67

丹尼爾坐在伊安．吉瑞對面，左顧右盼地打量屋內的陳設。桌面是十八世紀製的圓形鍍塑品，鑲嵌自穆拉諾（Murano）出產的玻璃。牆上一套十七世紀的花飾金框鏡子，映出他殘破的臉形。天花板上覆著洛托（Lorenzo Lotto）的壁畫。

「這棟別墅曾為我家族所有。我記得小時候在這裡玩過。」丹尼爾找話題聊。

「這裡仍屬於貴家族的基金會。」

「但現在卻歸你用。」

吉瑞聳聳肩。「帕拉第奧蓋的別墅本身就是一件藝術品，令尊的信託又要求基金會監管巴柏別墅。老實說，我不知道你會在意這些事。這是你想見我的原因嗎？討論你的住處？」

「我想跟你磋商，談判我的自由和我的網站。」

「你怎會認為我有權主導這些事？」

「噢，我知道你有。」丹尼爾向他保證。「也許我並未全盤了解這場遊戲，但我認得出是誰在玩。還有誰能在埃德里和嘉年華之間居中穿線？」

吉瑞面不改色地表示：「我不懂你在說什麼。」

「中情局曾參與威廉貝克會議，據尤瑞厄神父──或多賀提博士──說，你是其中一位籌劃者。」

吉瑞往後靠坐。「你做了不少功課，那就是你的談判籌碼嗎？只是知道──應該說是假設──我在現場？」

丹尼爾搖搖頭。「我的談判籌碼是你手下探員，博蘭少尉的去向。」

吉瑞真的很詫異了。「她還活著？」

「她們都還活著，而且還找到證據，指證一名前美軍特種部隊士兵，受雇於傭兵承包商，在波士尼亞施暴。」

美國人沉默片刻。「這事我不清楚，我會留在這裡等她出現。」

「你若現在就殺她，會容易許多，而不是等她抵達威尼斯。」

「殺她！」吉瑞定定看著丹尼爾，「你知道嗎？你誤會了，丹尼爾。」

「我倒不這麼想。這是典型的中情局策略。你一直懷疑哪天會有個證據被找出來將你定罪，所以利用荷莉去搜找，然後再毀滅證據，順便一併將她解決。」

「丹尼爾，你的推斷雖符合邏輯，卻不了解涉案者真正的動機——也許是因為你個人情況造成的結果。我希望荷莉活著，不希望她死。荷莉是我的探員，我的責任，就像你也是我的責任，只是方式不同罷了，因此我才會保護你數個月。」

「保護我！」

吉瑞點點頭。「你說得對，我確實可以跟那些想毀掉嘉年華的人對話。為了達成目標，他們也樂意毀掉你，但我的目標向來是防止發生上述的情況。」

「你是威廉貝克的幕後主使，你跟製造那些暴行的人一樣脫不了關係。」

「錯了。我只是在威廉貝克的現場，那不一樣。你看。」吉瑞起身從架子上抽出一本厚實的精裝書，把書封拿給丹尼爾看。那是一本美國前國防部長的回憶錄。「你想知道威廉貝克上達何種層級嗎？」

他將書翻到中間，找到段落，然後大聲朗讀：

總統與我討論波士尼亞的狀況，波士尼亞顯然危在旦夕。我們同意授權一家私人公司，以美軍退役人員協助克羅埃西亞軍隊的整治訓練，在武器禁運上稍做放水。

他啪地一聲闔上書，「那家私人公司就是MCI，當然，『退役』使他們聽來像無法作戰的老馬，而非組織嚴謹的前特種部隊傭兵——但這才是他們真實的身分。重點是，一旦MCI獲得政府同意，把波士尼亞衝突當成自己的私人戰爭，就沒人能管束他們了。各軍火公司提供他們想要的任何東西，加上北約主戰論者的慫恿，他們漸漸不受控制。」

「你是說，你曾試圖阻止他們？」

「我盡力了，但效果非常有限。上面授權中情局協助他們——MCI解讀成是受命協助他們。我們能怎麼辦？也不能公開告訴全世界，美國不僅規避聯合國的武器禁運，還動用傭兵，啟動一場醜惡的戰爭。我們能有什麼選擇？當時我便發誓，等將來那個政府下台後，我一定會找到證據，把此事送上國際戰犯法庭。」

「你要告前國防部長？」丹尼爾目瞪口呆地問。

「不單是他，還有當時的國務卿、總統和所有該政權的高官，那些退休後，負責人道基金會，對中東提出衝突解決建議的傢伙。他們很清楚自己幹過什麼好事，我想看他們因違反人道的行為而受審，一個都不能漏，現在我終於逮到機會了。」

「因為芬雷特嗎？」

「因為剛鐸．柯洛維克。柯洛維克將軍被捕，改變了一切，他可以證明美國知道發生什麼事，如果能救自己一命，柯洛維克會很樂意推卸責任。我們只要找到能支持他供詞的證據便成了。」

「等一等。」丹尼爾困惑地說：「你的意思是，荷莉與凱蒂提供的證據，多少能夠幫助柯洛維克？

他的犯罪證據應該是要協助檢察官的才對吧？」

吉瑞搖搖頭。「你仔細想想，他與其否認，還不如承認發生過那些罪行，並一口咬定是華府高官的錯。」

「意思是，」丹尼爾慢慢說：「我完全無須為嘉年華談判。真相一旦曝光，那些想毀掉嘉年華的人，自己也會變成被告。」

「沒錯，丹尼爾，我多年來的努力，就是為了等這一刻。」吉瑞平靜地用一雙藍眼瞅住他。「但我必須知道荷莉在何處，我得搶在MCI之前找到她。我雖再三申令不許，但他們已明白除掉塔波上尉和荷莉的好處了。」

「荷莉對此事知道多少？」

美國人聳聳肩。「不多，只有一部分，那是為了保護她，但荷莉非常忠勇愛國。他們建議我，假若我能體現她父親那種單純而黑白分明的價值觀，她便會為我效力。」

「該不是尤瑞厄神父提的建議吧？」丹尼爾冷冷地說。

「我們有時會碰面，討論對彼此有利的事。」

「我猜是尤瑞厄建議你，讓她似乎對我有興趣的吧？」丹尼爾避開對方的眼睛。

「你說什麼？」吉瑞坐回去，露出一臉好笑的神色。「絕對沒有。事實上，我從沒想過，不過被你這麼一說，也許我當初真該那樣做。我不知道你會對那種事如此多感。」

「我今天來此，是準備拿她的命換我的網站，怎能說我多感。」丹尼爾冷冷地說。

「啊，但當時你以為她是我的密探。她現在人呢？」吉瑞說。

「她們今天一早在拉溫納（Ravenna）南部登陸了，她的CAC通行卡啟動了一下，又歸於無聲。我透過被我駭入的氣候衛星看了一下，好像發生了爆炸——幾乎可以肯定你在MCI的朋友又開轟了。荷莉知道啟動CAC卡會發生什麼事，因此希望她是故意的。假設她們找到交通工具，應該今天下午就會到威尼斯。」

68

凱蒂在里米尼（Rimini）南邊，把車開下道路，進入一片位在沙灘邊的松林裡。這些林子在夏季會有露營和天體海灘活動，此時正值隆冬，因此全然荒棄。

凱蒂關掉引擎說：「咱們把這件事解決掉。」

荷莉點點頭，兩人走到廂型車後，拖出被綁成肉粽的司機，司機頭上被荷莉擊昏的地方仍滲著血。她們粗魯地把他推到地上，鬆開嘴上的船索。

「就這麼辦吧，」凱蒂蹲到他身邊，「你得回答一些問題，若不乖乖回答，我們就折磨到你吐實。」

「我操你奶奶的賤婊子。」男人啐道。

凱蒂嘆口氣。「你以為我們不敢？因為我們是女人？」她拿出袋子，讓他看看裡頭的傢伙。「拿這片油漆刮刀為例，大小正適合切掉你那毫不起眼的小雞雞跟蛋蛋。這幾根釘子嘛，可以穿透你的手掌。鉤竿也許能夠進你腋下，四處扯一扯。噢，如果你以為我們太軟弱，沒法折磨你太久，別忘了我們還有車子。等咱們玩乏了，只要開車來回在你的殘腿上輾幾回就成了。你知道嗎？我們甚至可以打開收音機，放點女孩聽的美妙音樂，不用聽你慘叫。不管你說出我們想知道的事了沒，之後我們會在你身上放個信封袋，裡面裝三百歐元和一張感謝信，這樣你的老闆便會幫我們省掉解決你的麻煩。」她在司機面前揮動著刮刀，「好了，問題我只問一遍。我們在找一個叫米麗娜．柯瓦契維的克羅埃西亞女孩，她一年前跟我們循同樣的路線，被走私到義大利。她現在人在何處？」

「去死，賤女人。」男人說。

「這種回答不夠好。荷莉。」

荷莉拉開男子的長褲，一臉鄙夷地拉出他的老二。

凱蒂把刮刀鋒利的刀刃放到他的睪丸下方。她對荷莉說：「拉穩拉緊了……就是那樣。準備好了嗎？數到三就動手。一……」

「聽說他們打算把她遷走，」司機立即回答。「我不知道搬去哪裡，我發誓，可是他們一直沒找到她。」

「為什麼？」

「她在威尼斯時，從皮條客身邊逃掉了。他們派人監視火車站和渡輪，她都沒現身。有人傳話，一找到她就將她幹掉，以警告其他女孩。但她就這麼失蹤了。」

「我相信他的話，凱蒂。」荷莉小心翼翼地說。

凱蒂把刮刀挪開。「可悲的是，我想我也相信。」

✣　✣　✣

一行人開車離去，丟下被綁在林子裡的無助司機。荷莉瞄著凱蒂，「剛才還挺像一回事的嘛。」
「你以為我真的會動手？」
「我當時不確定。」
「我也是。」凱蒂坦承說。「所以結果呢？」
「有三種可能。米麗娜死了，或者避開黑手黨，偷偷溜出了威尼斯，或者……」
「或者她還在威尼斯，而且一直沒離開。」
「無論她在何處，必然躲藏得很好。威尼斯是小地方，芬雷特或黑手黨竟然都無法找到她，而且他們一定找得非常仔細。」

69

丹尼爾輸入一個結尾為.ru的URL網址，前面則是一個俄羅斯網站。其實丹尼爾深知該網站是兩名從麻省理工學院休學，目前住在倫敦的傢伙創立的，他們運用排列定理，在網路賭博發了大財。其中一人在網路上人稱「快手」。快手跟丹尼爾一樣，都是「λ演算騎士社團」的成員——一個由喜歡解決艱澀編碼問題的程式設計師跟數學家組成的鬆散協會。

這幫自詡為駭客的兄弟會，認為偷竊或竄改別人的程式，是極為無禮的事：因為那種事是黑客幹的，黑客是魯蛇、肉腳、指令小子及破壞者。丹尼爾在造訪快手的公告欄時格外小心，以免誤踩地雷。

——哈囉。他打道。

一會兒後，另一名使用者回覆：

hi2u2.[30] 好久沒聊啦，defi@nt.

——快手在線上嗎？他寫道。

上次聽說他在忙著駭東西。

——IRQ？丹尼爾打道。意思是：可以打斷他嗎？

我是快手。公告欄的版主加入談話。正在分析程式，我箱子擠爆了，正在啃雞，咋了？

意思是：我的電腦正在重寫複雜的程式，我在吃外帶中國菜，順便看看有啥消息。

——我在追一件怪事，丹尼爾寫道。

上回我看到時，你不是還挺有辦法的嘛。

——謝了，但我要的是一種特殊組裝，但沒空去駭。

什麼東西？

丹尼爾寫道：Pr3E47OR Dron3（無人飛機）。他用代入式的方法寫，以免引起任何搜尋引擎注意。

嗯，老虎頭上拔鬚啊。意為：在政府頭上動土，不得小覷。

丹尼爾等著，他的朋友很可能拒絕幫忙——並不是因為害怕駭入掠奪者，或觸法或過於艱難，而是因為牽涉的倫理問題。削弱篡改國防事務是無禮的行為。丹尼爾希望「快手」夠信任他，願意相幫。

30 hi2u2：hi to you too.

需要資料嗎？快手終於問道。

——不必，只要影像。

等等。

快手在停了約三分鐘後才又回來。

朋友，你的要求幾乎完成了，有衛星定位系統嗎？

——當然。

有個叫Skygrabber[31]的軟體，我會轉發給你，應該不會有問題，得閃了。

——真的幫大忙了，謝了。

《新聞週刊》說，塔利班駭入無人飛機很多年了，有人甚至宣稱能騙過GPS，所以結果可能未如所想。

——哇咧，再次感謝。

✣　✣　✣

丹尼爾退出公告欄，下載「快手」指示的軟體。如果這位駭客說得沒錯，他只需下載軟體，把他的碟型天線對向天空，搜索掠奪者的影像頻道，就像任何其他在大氣中四處彈射的訊號那樣。快手說，甚至不會遇到任何的入侵對抗電子裝置。

丹尼爾等待軟體下載時，快速做了搜尋。他的朋友說得沒錯：雖然驚人，但《新聞週刊》的確報導過，掠奪者無人飛機的頻道並未加密。搜獲的塔利班筆電中，有包含數百小時攔截下來的監視影片。五角大廈說，問題在於得發展一套能與盟友在戰場上分享的加密系統，但丹尼爾懷疑真正的理由要單純許多：設計無人飛機軟體系統的人，輕估了敵人的智力，以為人家沒有自來水設施，就寫不出電腦程式。

二十分鐘後，丹尼爾的螢幕上出現一張選單，供他在二十個義大利衛星色情頻道及三架掠奪者無人飛機頻道中選擇。

他點開聲音連結，對吉瑞說：「我進去了。」

「看到她們了嗎？」

丹尼爾趁對方講話時，在各掠奪者的頻道間跳看，有兩架無人飛機正鎖定一輛從帕多瓦往東北走的小廂型車。「應該看到了。」

「很好，若有任何改變，通知一聲。」

70

車子開過自由橋後，荷莉看著凱蒂問：「現在呢？」

「我想，我們最好把這些乘客放下來。」

「如果我們任她們在街頭流浪，黑手黨一定會逮住她們。」

31 Skygrabber：由俄羅斯SkySoftware公司開發的軟體，可攔截無人機發出的訊號。

「我知道，但若交給警方，她們又會被驅逐出境，趕回克羅埃西亞。幫派份子會在那邊抓到她們。」

「有沒有別的辦法？」

「辦法雖不甚理想，但我認識一位可靠人士，能做妥善的處置。」凱蒂打開手機，這是她抵達義大利後首次開機，然後撥了一個熟悉的號碼。

「阿爾多．皮歐拉。」對方答道。

「上校，我是凱蒂．塔波。」

對方驚愕片刻。「你在哪裡？」

「威尼斯。」

「兩天前我聽說你在克羅埃西亞被炸死了。」

「你大概猜到那些報告太言過其實了，不過還是先別糾正。我之後再解釋，現在我有個緊急問題需要你幫忙。」凱蒂說。

這次的沉默略為不同。「凱蒂，我答應過……」

「我帶了一群從克羅埃西亞被偷渡到義大利的年輕女孩，黑手黨要逼她們賣春，她們若被遣送回去就死定了。她們需要一位騎士保護，上校。」

對方又是一頓。「你們在哪兒？」

「我們再十五分鐘就會到特隆契多的停車場了，我會盡可能挨近你的車。」皮歐拉未及提出更多問題，凱蒂已掛斷電話，又撥了另一個號碼。對方立即接聽。

「丹尼爾嗎？我們回到威尼斯了。」她說。

「我猜也是。事實上，拜MCI的朋友之賜，我正從我的螢幕上監看你們。」

「我們的上空有掠奪者？」

「有三架。」

「我們得擺脫它們。」

「沒錯，我猜他們之所以還沒幹掉你們，理由只有一個，他們要等你帶他們找到米麗娜。」

「但我們也不知道米麗娜在哪兒，只知她在威尼斯某個地方。」

「但他們說不定不曉得。反正無論如何，你們只能一舉找到她了，他們一旦知道你們也摸不著頭緒，就沒有理由不攻擊了。」

「所以我們非得甩掉無人機不可。」

「凱蒂……」丹尼爾頓了一下。

「怎麼了嗎？」

「你有多信任荷莉・博蘭？」

凱蒂忍住斜瞄美國人的衝動。「就像我信任任何人一樣。」她維持平靜的語氣，「也就是說，相當信任，但不是百分之百。為什麼這樣問？」

「我跟伊安・吉瑞談過，他顯然在操控她。雖然所有事他都有解釋，但說得有點過於周延了。我還不確定能不能信任他，所以也不敢信任他的探員。」

「我會放在心裡。好了，你能幫我們對付掠奪者嗎？」

「我會試試，你們現在要去哪兒？」

「去特隆契多停車場跟皮歐拉上校會合，由他接走女孩們。」

「太好了，雖然對皮歐拉來說有點風險，但非常完美。」

✣　✣　✣

十五分鐘後，皮歐拉抵達特隆契多島，找到等在飛雅特旁的廂型車。

「拿去，」凱蒂把鑰匙交給他。「你把車子開到維琴察，我們開你的車。」

「為什麼？」

「以後再跟你解釋。如果丹尼爾．巴柏打電話給你指示，要一字不漏地照著做，好嗎？」

凱蒂拿過皮歐拉的飛雅特鑰匙，跟荷莉跳上車子，揮手要他先開到出口。

✣　✣　✣

掠奪者在立體停車場的上空盤繞，無法看見廂型車的影像。維吉尼亞州一間冷氣房裡，六雙眼睛正掃視各個出口，尋找他們的標的。

其中一名分析員突然說：「有了，又離開停車場了，她們一定是想擺脫我們。」

「派兩架無人機盯住車子。」指揮官下令：「一架留在停車場。車子往哪邊走？」

「越過大橋，朝陸地走。」

✣　✣　✣

凱蒂等了兩分鐘，才開著皮歐拉的車來到出口。她把皮歐拉的停車券送進機器，付清五歐元，然後出關。

「有消息嗎？」她對著夾在耳朵邊的手機說。

三公里外的巴柏府裡，丹尼爾正盯著監視器。「兩架無人飛機去追廂型車了，另一架仍在停車場上盤旋，我想你們已經成功擺脫了。」

「太好了。」

「你們過橋後，要如何折回威尼斯？」

「我打算繞過潟湖到基奧賈。」

「從基奧賈到威尼斯的渡船要開上好一陣子。」

「我們沒打算去威尼斯。」

「你知道米麗娜在哪裡了嗎？」

「目前只是有點想法罷了。」

他警告：「別在電話上多說，他們雖然不可能有這個號碼，但不可不慎。」

✣ ✣ ✣

管理員坐在停車場暖氣過熱的控制室裡看著報紙。老實說，這份差事很閒，但酬勞挺肥，因為他偶爾會敲破幾扇車窗，讓老闆那些索價不菲的保險公司能顯出價值。

管理員瞄著螢幕，看到有張停車券，跟他收到的留意車號之一相符，車子剛剛離開柵欄。

管理員拿起電話撥號。

✣　✣　✣

「第三架無人飛機剛離開，我想是去跟蹤你們了。」丹尼爾報告說。

「媽的。」凱蒂在自由橋尾一個迴轉，往威尼斯折回去。「若是那樣，就改變計畫吧。」

「去哪兒？」

「還不確定。」凱蒂想了一分鐘，「丹尼爾，嘉年華完全複製威尼斯對吧？」

「連顆石頭都一樣。」

「你有沒有辦法用嘉年華來……」

「有了！」他打斷她。「凱蒂，這點子太妙了。去羅馬廣場，把車子丟在那邊的停車場，然後回電給我，剩下的交給我來辦。」

✣　✣　✣

威尼斯四處響起手機聲，並得到簡略而慎重的答覆。大運河上，兩名貢多拉船夫顧不得乘客，逕自離開碼頭，突然調頭往北邊的諾瓦河划去。當地的賭場裡，一名正在玩吃角子老虎的男子，不理會突如落雨般敲在他鞋上的錢幣，頭也不回地走開，緊盯住手機上的螢幕。聖十字聖殿一處旅館的服務人員，將堆滿行李的推車交給旅館經理，僅丟下一句：「你接手，我稍後回來。」站在聖塔路西亞車站外，脖子上掛著觀光地圖告示牌的侏儒，當即朝在附近兜售的小販彈指。

有時會聽到這種說法，組織犯罪是義大利唯一像樣的東西。就在凱蒂折返威尼斯不到五分鐘的時間，一隊監控小組也在羅馬廣場上集合了。

✣ ✣ ✣

丹尼爾登入嘉年華，他在相連的螢幕上，看到幾架掠奪者的影像頻道，跟無人飛機控制員所看到的畫面一模一樣。

不過在新的螢幕上，他還能看見其他東西——模擬行人的眼睛，看到威尼斯窄小的街道與巷弄，有些窄弄不及一公尺寬，連陽光都透不進去。

而且頭頂上也沒有攝影機，這些通道與運河邊的人行道形成一片迷宮，連本地人有時都會迷途。

丹尼爾報告：「你右邊有條窄街，會通到一處岔口，你再轉進一條分……」

「丹尼爾，慢一點。」凱蒂氣喘不已，快步在小巷裡鑽行。「如果我們走太快，就會惹人注意。」

「好。」丹尼爾瞄著掠奪者的頻道，無人機仍在盤旋，在努瓦路上的人群裡尋找兩名女子的蹤影。

「他們不知道你們在哪裡，但他們在等你們出現，我會帶你們慢慢走。」

他又指引兩人走過幾條巷子，來到一條穿越幾棟房子底下的走道。

「應該能騙過他們一陣子了。」丹尼爾滿意地說。

他耳中傳來凱蒂的聲音。「丹尼爾，我想剛才有個船夫看見我們了，他正在打電話。」凱蒂頓了一下，然後恢復說話，「他一定看到我們了，因為他調轉船頭跟過來了。」

「好，現在咱們得避開運河，到前面的橋邊左轉。」

丹尼爾帶領她們穿過許多其他道路，他終於說：「到了，你應該知道你們在何處了。」

「謝謝。」

「我想我知道你們打算去哪裡了，不過別在這條線上說，祝你們好運。」

✣　✣　✣

丹尼爾引導她們回威尼斯最北邊的卡納雷吉歐區，這裡是威尼斯最後一個沒被觀光客擠爆的地方，這邊能見到較多的簡樸五金商行、雜貨店和其他顧客以藍領族群為主的鋪子，較少時髦的店家。

「這裡。」凱蒂離開另一條屋底走道，進入一處通往運河的小船塢。「我記得芭芭拉．霍頓的收據裡有這個住址。」

牆上高掛的手繪招牌上寫著Barche a noleggio，租船店。

✣　✣　✣

她們要求租一艘小汽艇，但得出示身分證件和信用卡，老闆才肯解開纜繩。

凱蒂耐心盡失地說：「這樣吧，我們付現金給你，並且在入夜前把船還回來。」

船塢老闆搖搖頭，「規定要有證件和信用卡。」

荷莉靜悄悄地從對談中抽身。

凱蒂說：「記得你租給受害觀光客的那艘船嗎？我是跟你講過電話的憲警隊員。我們警方緊急辦案，你若不馬上把船租給我，我就拿搜索令回來把你這地方翻了。明白嗎？」

「你若是憲警隊的，應該能拿證件給我看吧？」老闆合情合理地說。

凱蒂聽見馬達聲繞過拐角，「我會再回來。」凱蒂扭身走過去。

船廠主人聳聳肩，接著他也聽到馬達聲了。「喂！搞什麼……」

船隻現身快速越過他們，凱蒂二話不說一躍而上，輕巧地落在船首。

「漂亮。」荷莉打開節氣閥說。

「我可是威尼斯人，威尼斯人不會落水的。」

背後的租船店老闆掏出手機，遲疑了一下，假若她真的是憲警，也許不該報警。在行動前，最好先查證一下。

71

MCI監控室裡，傳令兵對監視台邊穿西裝的男子悄聲說：「長官，吉瑞先生要求開視訊會議。」

「讓他上線。」

「您好，將軍。」吉瑞的臉出現在螢幕上客氣地說。

「吉瑞先生。」先生兩字有些淡淡地曲繞，監控室裡的人都已不在軍中服役，但從前的位階仍像隱形四肢般，附著在他們身上。平鋪直述的「先生」指的是老百姓或特務，將軍通常沒空理這些人。「威尼斯天氣如何？」

「噢，天氣很好。」吉瑞說：「很適合飛行，不過我在地平線上可以看到幾朵雲。」

將軍瞄著傳感器的螢幕。「我也是。吉瑞先生，我也是。」
「你大概在想，為何此時無法看到太多東西。」吉瑞直言道。
「我們好像跟丟了目標。」將軍坦承說。
「我可以告訴你，你在找的人要去哪裡。」
將軍瞇起眼睛，「我還以為你希望她們安全。」
「本來是，因為我希望她們能帶我們去找那女孩，可一旦我們猜出她在何處……」吉瑞語音漸停。
「不過，拜託，別再炸得驚天動地了，你附近可有人手能幫我們解決？」
「我們的人從沒離開威尼斯，這情報有多確實？」
「情報來自某位她們身邊的人，他跟我合作。」
「你一定極具說服力，吉瑞先生。」
吉瑞淡淡地說：「那是我的工作，你若給人充足的理由來幫你，他們通常會幫忙。你的人有船嗎？」
「可以弄到一艘。」
「叫他到潟湖區，等到了海上，我再給他進一步指示。」吉瑞沒等將軍多說便下線了。

72

穿越潟湖時，凱蒂跟荷莉都沒多說話，小小的馬達發出尖銳的聲音，抗議強加的速度。每次她們與海浪衝撞，冰冷的海水便潑在她們臉上。

她們終於看見目標了，荷莉放緩船速。

凱蒂想起來了，「碼頭已相當破爛，我們可以把船綁到岸邊。穿過樹林，舊醫院在那邊。」

「看起來像被遺棄了。」

「我們先去高塔看看，漁夫說他看過那邊有光。」

她們穿過醫院殘破的前門，官方遲遲未將窗子封上木板。地上躺著同樣的殘片，牆上仍是當初的塗鴉。

凱蒂大喊：「米麗娜！米麗娜！」一會兒後，荷莉一起加入，兩人扯開嗓門高喊。

荷莉抬起手示意安靜，「我好像聽到什麼了。」

兩人豎耳聆聽，一隻蝙蝠來回飛掠她們的頭頂，倉惶地朝門口俯衝急飛。

「米麗娜！」荷莉再度呼喊。

接著，她們聽見下樓梯的腳步聲，面前出現一名黑髮的年輕女子。

73

「米麗娜．柯瓦契維嗎？」凱蒂柔聲問。

年輕女子點點頭。

「我是憲警軍官，這位是我朋友，我們過來把你帶到安全的地方。」女孩眼露懼色，凱蒂連忙又說：

「別擔心，從現在起，我們會有一個人隨時陪著你，我們知道你有危險。你是一個人到這裡的嗎？」

女孩以生硬的義大利文說：「珍蓮娜帶我來的。她說這地方很安全，但我不知道這裡那麼冷。」

原來米麗娜在這裡三個多星期了，就靠珍蓮娜幫她買的果醬餡餅和鷹嘴豆罐頭過活。凱蒂暗罵自己沒早點想到，旅館房間那些超市收據及波維利亞島上聞到的焦味，背後代表的涵義。

「先前我和我上司及檢驗組的人來的時候，你為何不現身？」凱蒂問。

「芭芭拉說，不能信任警察。」米麗娜沉默片刻後說：「我以為芭芭拉會來接我，她說她會來，後來我的手機電池就沒電了。」

凱蒂盡可能溫柔地說：「芭芭拉已經死了。我想你應該也知道珍蓮娜的死訊了。」

她喃喃說：「當時我就在這裡。我看到那個殺害她的男人，就在彌撒舉行到一半時。那男的沒看到我，但我看到他把珍蓮娜拖到海邊。」

「你可仔細看清他了？能再次指認嗎？」

「我想可以。當時天黑了，但有月亮。」

「你知道他是誰嗎，米麗娜？」

米麗娜搖搖頭。凱蒂決定不在此刻解釋鮑伯．芬雷特與她的關係。「我們送你回威尼斯，你在這裡有任何衣物？袋子？」

「只有我的睡袋，在樓上。」她側望著凱蒂，「我得燒東西取暖。」

「別擔心，不會有人在意，他們應該幾年前就把這地方拆了。」

她們陪女孩去取睡袋。樓上較不破敗，但夜裡少了暖氣，必然十分苦寒。凱蒂想到沒有食物供應、手機電池或離島的辦法，米麗娜很可能會死在波維利亞島上。

三人再度下樓朝前門走時，一道黑影從她們背後的門口走出來，說道：「別動。」

✣ ✣ ✣

眾人扭過頭，只見芬雷特雙手握槍，舉在身體中線上；他雙膝微曲，看來俐落自在，彷若極為熟練。

「你真令我訝異，博蘭少尉。」他說。

「怎麼說？」荷莉小心翼翼地問。

「進入敵境第一條守則，確定周邊安全並選定撤離點。美軍的臉被你丟大了。」

荷莉沒回答。

「你們三個都給我到外頭，跪下，兩手背在頭後，不許左顧右盼，不許彼此相看，不許講話，否則我立即射殺。走。」

她們依令行事，凱蒂跪到冰冷的石地上，感覺雙臂從後方被人一抬，手腕上被某種柔軟的東西綁住。

「我們稱這東西叫關塔那摩（Guantanamo）銬帶。」芬雷特以聊天的語氣對著她耳中說：「簡稱軟銬，無論你怎麼掙扎，都不會留下痕跡。」

他走到荷莉身邊，也將她銬住，米麗娜則留到最後，凱蒂聽見米麗娜痛到抽氣。

「你不能用軟銬，我最親愛的女兒。」芬雷特說：「因為你用不到，只用老式的綑綁帶就成了。」

芬雷特走回凱蒂和荷莉身邊，「你們起來跟我走。」

他用槍逼迫她們穿越樹叢到岸邊，凱蒂冒險回眸一瞥，看到米麗娜側躺著，手腳都被縛住了。爲何要將我們分開？凱蒂心想。

接著她心頭一涼，恍悟過來。無論米麗娜手腕上有無瘀痕，都無所謂了，因為她那帶著罪惡DNA的屍體，永遠不會被尋獲。芬雷特會殺掉她，將她帶到潟湖扔棄，這回還會加上適當的重量。

至於芬雷特為何沒打算殺害荷莉和她，凱蒂就想不通了。

不久凱蒂想明白了。

「你們到碼頭上去。」他命令：「小心點，掉下去必定會溺斃。好，現在側躺下來。」

凱蒂感覺芬雷特踏上碼頭，小心翼翼地跳過腐壞的木板走來，接著他扯起她綑住的手，用另一根繩子將她綁到其中一根撐住碼頭，較堅固的樁上。

他像跟她們聊天似地說：「今晚有漲潮，漲潮會把這裡的屍體沖到威尼斯，包括你們的。」芬雷特站在凱蒂上方，將她的頭當成足球般踩住，左翻右看，估量著。「潮水淹過船塢三十公分高。我會留在附近，看你們兩人淹死，再取下軟銬，讓你們漂回城裡。你們的肺裡會灌入海水，但身上無傷，被當成翻船意外處理。」他又用靴子推推凱蒂的頭，踩住她的臉頰，直到她被迫抬眼看他。「問題是，這段期間內，我該如何自娛？可惜我沒法在這張漂亮的臉蛋留點痕跡，但也許還有其他找樂子的辦法。」

靴子離開她的頭，粗魯地插入她胯下，撥開她的大腿，以全身重量壓住她的腹股溝。凱蒂痛到斷喘。

他說：「沒錯，我想是有辦法的。幸好我帶了保險套，驗你的屍時，不能留下任何討厭的DNA，對吧？」

他伸手到自己的襯衫口袋裡。「好啦，到底要玩哪一個呢？栗髮的還是金髮的？還是我那漂亮的波士尼亞女兒？嗯，好難決定。咦，這是什麼？」

他蹲下來，拿著東西在她面前晃了晃，是一個藍色小包。

「你相信嗎？」他吹著氣說：「我好像帶了三包來，每個人都走運了，不過為了好玩，我先上我女兒。」

凱蒂感覺他挨近打量她的臉，想從她眼中看出恐懼與嫌惡。她閉上眼，不想稱他的意。芬雷特的氣吹在她臉上，還咯咯發笑。

「現在你明白波士尼亞的狀況了吧。」他斷聲說：「強弱、死活、快樂或痛苦，都沒有法紀，就這麼簡單，真的。沒有什麼比握有對別人予取予求的權力更爽的事了。」他幾近溫柔地將她的髮束掖到她耳後，「尤其你予取予求的對象是一整個國家，就像我們對貴國那樣。一旦你嚐過那種滋味，就很難回頭了。」

芬雷特站起來，輕快地躍上岸。「也許我會把我的小女兒帶過來，讓你們現場聆聽。你喜歡嗎？上尉？喜歡聽我把她搞死嗎？」

他轉身又說：「媽的什麼鬼？」語氣十分挑釁。一記脆裂聲，緊接著又是一記。感覺像過了一個世紀，才又聽到另一種聲響，是芬雷特跌入海中的濺水聲。

74

由於躺著，凱蒂無法看到發生什麼事，芬雷特絆到碼頭了嗎？剛才是木板斷裂的聲音嗎？或者米麗娜掙脫了，跟蹤芬雷特過來了？她心裡竄過各種解釋，但沒有一個成立。

「發生什麼事了，凱蒂？」荷莉喊道。

但回答的是個美國人，一名男子，且聲音十分堅定。「芬雷特死了，你們還好嗎？別亂動，碼頭很不安全，我會把船繞過去幫你們鬆綁。」

「是吉瑞先生嗎？」荷莉說。

「是的，塔波上尉，很高興終於見到你了，很遺憾是在這種情況下。我比預計多耗了些時間才趕到，芬雷特是單獨行動嗎？」

「應該是，米麗娜在舊醫院那邊……」

「我知道，我已經去看過她了，她沒事。我們得盡快把你們送回那裡。」

「為什麼？」

不遠處的潟湖區傳來爆炸聲，海水像巨大的水柱噴入空中。

吉瑞直言道：「掠奪者還在監看，雖然丹尼爾給他們看的是錯誤坐標——好像叫GPS定位干擾。我們得先找掩護，然後我再打幾通電話。」

凱蒂感到有把刀子輪番滑入她的軟銬裡，她渾身痛楚地站起來。吉瑞已去幫荷莉鬆綁了。

「我們最好把那個拖回威尼斯，」他輕蔑地朝著芬雷特屍體點點頭。「去拿條繩子綁住他的腳，行嗎？咱們待會兒再考慮怎麼處理他。」

「你只是利用我們當餌？」凱蒂不可思議地問。

吉瑞用友善的藍眼看著她。「可以這麼說。不過我跟你保證，我真的沒別的選擇了，咱們先回舊醫院後我再解釋。」

✣ ✣ ✣

一行人來到相對安全的舊醫院。吉瑞到另一個房間連打幾通電話，每通都用不同的語言。

她無意間聽到吉瑞說：「整件事都拍下來了，我有個手下一直在存錄你們的無人機頻道。」片刻停頓，「所以牌全在我手上，你半個籌碼也沒有。不過聽好了，我們已經結束了，事情很簡單……」他從打開的門縫見到凱蒂在聽，便走開壓低聲。

幾分鐘後吉瑞回來簡略地說：「都處理好了，遊戲結束，我們擊敗他們了。同志們，咱們回家吧。」

75

十天後，丹尼爾．巴柏站在法庭上接受宣判。法庭裡擠滿群眾，令許多人錯愕的是，法官在宣告長串罪狀，說明這名有罪的男子應坐牢後，又解釋自己收到一份頂尖精神病院的知名主任醫師報告，等於聲明被告目前正在接受醫師治療。且報告中舉出，被告病況顯著轉好，因此強加監禁被告將極度不妥，只要被告繼續接受治療，判決將持續延期。

最後丹尼爾．巴柏以自由之身走出法庭。

但他心中仍有疑團。

✣ ✣ ✣

待他擺脫緊追的記者後，丹尼爾叫計程車載他到巴柏目前住的別墅，而非回威尼斯。

「我想你已聽到法院的消息了。」他被帶到吉瑞面前時說。

吉瑞點點頭。「我聽說了，非常恭喜，但並不意外。」

「我不是指義大利法庭，而是海牙的消息。」

「什麼消息？柯洛維克將軍的審判還有三天才開始。」

「現在不會有任何審判了，他今早死了。」丹尼爾拿起手機看著螢幕。「柯洛維克將軍最近曾表示心臟不舒服，病況嚴重，不適合接受審訊。初步報告指出，將軍也許意圖以偷帶的藥品加重自己的病況，卻誤判劑量致死。」

「現在的消息傳得可真快。」吉瑞深思說：「我很訝異，為什麼一發生事情，每個人就幾乎什麼都知道了。」

「只是這個案子並沒有人真的知道什麼，對吧？」丹尼爾說：「這麼一來，你打算控告前美國總統及國防部長犯戰爭罪的計畫，變得有些昧於實際了吧？」

吉瑞心事重重地點點頭。「這確實是個打擊，我不否認。」

「我一差點就相信你了。我以為你說的是真話。」丹尼爾說。

「噢，你不會以為……」

「你耍了我，吉瑞，就像你玩弄每個人一樣。你弄清我們最想聽什麼，然後據此編出我們想相信的故事。」

吉瑞耐著性子說：「丹尼爾，我以為我們終於不會再幼稚地彼此猜疑了。」

「你從未打算控告任何人，就像嘉年華從來不會被駭，對吧？你只是讓我這麼想而已，這是你要的第一個手段，令我乖乖按你的意思去做。」

「那麼我究竟想要什麼，丹尼爾？」吉瑞瞇起蒼淡的雙眼問。

「殺死兩個知道太多內情的人，一個是你親自動手的鮑伯．芬雷特，另一個是關在海牙監獄，非你所能觸及的鐸剛．柯洛維克，更糟的是，他為求自保，即將吐實。但你認識不少跟你一樣有殺他動機的人，願意幫你收拾善後。柯洛維克知道他吃的那些藥丸裡有什麼嗎？他的死絕對跟你有關，吉瑞，你說服一個人自願服毒，讓他以為那樣對自己最有利。」

「丹尼爾，你的話聽起來實在太有創意了，幾乎跟你的網站不分軒輊。尤瑞厄神父警告過我，你在早期治療期間，可能會益發偏執妄想，你應該沒有支持這些幻想的證據。」

「還沒有。」

「還沒有。」年長的吉瑞重述道。有那麼一瞬間，丹尼爾在吉瑞湛藍的眼神中瞥見一抹釋然。

「在數學裡，我們把某種知道為真，卻不知如何去證實的理論，稱做『假設』。」丹尼爾說：「假設不表示錯誤，但最能檢驗假設的辦法，就是想像它是真的，並看看它能將你引至何處。對本案的假設，讓我得出一個結論，就是有人必須帶領威廉貝克計畫。我不相信MCI能獨力完成。他們是傭兵，而非戰略家。教會、黑手黨、來自北約的前劍黨參謀——他們都沒有厲害到能獨自串連這些惡人。必須由一位深諳所有義大利勢力分布，懂得操縱他們的人士出馬才行。事實上，就是要像你這樣的人。」

「真精采，丹尼爾，非常精采，而且就像你說的，你沒有任何憑據。」

「也許吧，不過還有個問題。鮑伯．芬雷特被你射殺前，曾跟凱蒂．塔波說：『沒有什麼比享有對他國予取予求的權力更爽的事了，就像我們對待貴國那樣。』芬雷特就是那麼說的——『就像我們對待貴國那樣』。他的話給凱蒂帶來很大的衝擊。」

「芬雷特是一時說錯話吧，他的意思是『像我們對波士尼亞那樣』。」

丹尼爾搖搖頭，「他指的只會是義大利，而『我們』——也不會僅指MCI。」

吉瑞揮揮手，「就這樣嗎？」他問，「一個曖昧不明的代名詞——突然間，我就不能被信任了？」

「我一直在想，我們究竟在對抗誰？」丹尼爾說：「威廉貝克的既得利益者，今日仍通力合作，掩飾那場行動。是誰在這邊操控，吉瑞？為什麼我上谷歌搜尋『麥基洗德修會團』，電腦便會感染一個小間諜程式，一個連我都幾乎難以察覺，安靜而設計精良的程式？義大利究竟發生什麼事了？」

「我完全不懂你在說什麼。」伊安．吉瑞嘆口氣，搖頭說：「或跟我有何關連。」

「我說過，我還不了解你，但相信我，我會查明的。」

✣　✣　✣

丹尼爾走後，吉瑞說：「我想你都聽見了吧？」

荷莉．博蘭從屏風後走出來，「夠了。」

吉瑞嘆道：「他不信任我，我不怪他，他被他父親的基金會遺棄，而我又是基金會的代表。但我能怎麼辦？法律規定又沒法改。」

荷莉搭住他的臂膀，「你就繼續保護他吧。」

「我可以保護他很多事，但只怕無法防範他自己的心魔。」

「我能幫上忙嗎？」

「你願意幫嗎？」吉瑞說：「我太老，做不動了，而他又是我永遠拋不開的責任。」

「我能做什麼？」

「接近他，進入嘉年華——那是關鍵。你若能弄懂那個網站在幹嘛，應該便能理解丹尼爾．巴柏。」

「我很樂意效勞。」

「謝謝你，少尉。」吉瑞沉默一會兒，「既然話都說開了，有件事我該對你解釋。你來義大利前，前任的連絡官卡蘿．納姍帶了一些跟《資訊自由法》相關的信件來找我，我立即明白要求查詢資料的人在追查威廉貝克行動。納姍說她希望聽我建議，但她顯然只想知道該如何回信，才能在轉調前，別再為此事傷神。同一天，我在五角大廈的聯絡人打電話說，你申請到義大利任職了。我鼓勵他准許你的申請，我猜你跟我一樣，對義大利跟美國都有份忠誠，應該會有動力參與調查。」

「我們第一次碰面時你為何不提？」

「我不想讓你覺得有義務幫我，但我保證，下次遇到這類情況，我一定會公平地對待你。」

「下一次？」

「情報工作永遠有下一次，荷莉。你絕對無法打敗敵人，但運氣好的話，可能監控敵人一陣子。」他若有所思地看著她，「那位憲警上尉呢？你會跟她保持聯繫嗎？」

「我們要住在一起，反正會住一陣子。」

吉瑞挑起一邊眉毛。

荷莉解釋說：「我一直在數日子，等我在基地的規定住宿期結束。我跟凱蒂提到想找地方住，她便建議我住到她那兒，直至找到房子。她提了三次，說她很開明，後來我才明白，她是在跟我暗示不介意我是同性戀，大概是因為我不穿蕾絲內衣跟細高跟鞋吧。」

吉瑞哈哈大笑。「好個開明的義大利人，樂意接受你是同性戀，除非你仔細打扮，舉止優雅，否則絕不信你不是同性戀。」

「我想我們會釐清的，她還說我可以穿她的高跟鞋練習。」

「所以你們三人都會走得很近。」吉瑞點點頭，「很好，凱蒂那位不幸的男友上校如何了？他在此事中的角色是什麼？」

荷莉遲疑了一下，「她好像今晚跟他見面討論此事，長官。」

76

夜幕垂落，海潮升起。人們說，這是本季最後一次漲潮，威尼斯的運河與聖馬可廣場緩緩注入灰濁的海水，就像水管堵塞，溢滿整個浴室地板。

凱蒂涉過淹水的聖匝加利亞教堂，在憲警總部附近的小酒館裡找到形單影隻，坐在那裡吃沙丁魚麵的阿爾多．皮歐拉。門口橫著沙包堆起的矮牆，防止海水灌入餐廳，但地板還是被滲進來的水流弄得溼漉漉。

凱蒂拉過一張椅子坐下；看到皮歐拉眼中閃著的複雜情緒時，她心中感到訝異、高興、戒慎與罪惡。

「要不要一起吃？」他指著麵條，「很可口，葛達湖捕來的淡水沙丁魚，加上大葡萄乾和一點乳清起司。」

凱蒂搖搖頭，「不過我可以喝點酒。」

皮歐拉對店老闆示意，老闆送來酒杯。「女孩們都安全了。」皮歐拉幫她斟酒，說：「都被安置到鄉間的康復中心，在三十公里外。」

「謝謝你，芬雷特呢？」

「有意思的是，他的屍體被沖到跟珍蓮娜‧貝比克幾乎同一個地點，就在安康聖母大殿旁。我猜，大海就是這樣，馬賽羅檢察官傾向把它當自殺案來辦。」

她挑著眉，「不是有兩顆子彈嗎？」

「他們懷疑第一顆子彈足以致命，如果嫌說法太薄弱，芬雷特的美國老闆們還能提供醫療證明，顯示他因憂鬱而請長假，算是一種創傷後壓力症候群。該公司的醫師說，也許跟他在美軍特殊部隊服役有關。」

「那你呢？你相信什麼？」

「我相信馬賽羅檢察官展現出素有的超強本領，他會先找到一個符合所有事證的推論，然後命令我們別再追查。」皮歐拉看著她，「由於你仍奇蹟般地活著，我完全不打算再挖掘任何事了。」

「謝謝你。」

「不提了。明天早上……」他用叉滿麵條的叉子，朝拍擊門邊的海水比劃著。「這一切就都消失了，威尼斯又會恢復乾淨，就讓海水把它的祕密帶走。」

「乾淨？威尼斯？」

「嗯，那就恢復平時該有的髒亂吧。」

「阿爾多……」凱蒂說。

「對了，我無法久留。」他盯著碗，叉起最後幾根麵條沾著醬汁。「我答應唸書給孩子聽。」

「有件事我得問問你。」

「請說。」

「我想繼續跟你工作，就像我們從沒發生過關係。倒不是假裝從未發生，而是接受那是錯的，然後拋諸腦後，以便做好自己份內的工作。」

皮歐拉把叉子放到吃淨的碗裡，把碗推到一旁。「我也很想那樣，凱蒂。」他慢慢說：「那是我最想要的，但理由卻是錯的。」

「你是在拒絕嗎？」

「對不起，我辦不到。」

「我就料到你會這麼說，但我還是想確定。是這樣的，我得做個決定。」

「哦？」

「米蘭分部即將開出一份職缺，有人建議我去申請，事實上，是強烈建議。」

「啊，」他看著她，「你打算接受那份工作？」

凱蒂未直接回答，反問道：「你知道這個建議？」

皮歐拉搖搖頭。「你的決定是什麼？」

「那正是我來看你的原因。」她深吸口氣，「我想當面告訴你，我打算正式投訴你行為不檢，希望你能理解原因。我不是因為你跟屬下上床才檢舉你，而是因為你在事後不肯與她工作。」

皮歐拉驚恐地瞪著凱蒂，「你真打算那麼做？」

「投訴信已經寫好了。」

「這太瘋狂了，凱蒂，我又不會給你帶來任何麻煩。」

「你已經替我惹麻煩了，因為你剝奪我跟憲警中最厲害的探員合作的機會。」

「可是……為什麼？我知道你很有抱負，但你真的認為無視……」他停下來，「對不起，都怪我，但我不明白你為什麼要這麼做。」

凱蒂緩緩說：「問題不在你，阿爾多，而是整個體系認定該迴避的人是我，而不是你。是珍蓮娜・貝比克、芭芭拉・霍頓；還有瑪汀娜・杜維雅克、索拉雅・柯瓦契維及米麗娜・柯瓦契維；還有我自己的外婆，她在戰時與男人並肩作戰打游擊隊，戰後卻被迫回家燒飯生孩子；是那些未獲許擔任神職的女性，因為教會把兩千年來憎惡女性的傳統奉為聖律；是那些波士尼亞戰爭期間，在鳥巢遭強暴的婦女，以及至今日仍被帶到義大利賣春的女孩們。她們沒有一個人願意，卻偏偏都變成受害者。」凱蒂站起來，「你曾經問過我，『為什麼是義大利？』也許這就是一部分答案，也許唯有在我們改變這類情況後，才能開始處理真正重要的事。」

皮歐拉並未跟她辯解，或說他已改變心意，凱蒂頗為感激，因為她不想輕視他。

「對不起。」凱蒂又說。

皮歐拉沒回答，他已不能多說什麼了。

凱蒂在桌上放了張五歐元紙鈔，「我的酒錢。」她說，很高興看到他差點露出微笑。凱蒂走到門邊，小心翼翼地跨過沙包，踏入冰冷的水裡。

✣　✣　✣

丹尼爾和荷莉駕著巴柏家的汽艇，在河濱步道旁等候，漲潮的海水掩去了運河的河道。凱蒂踏上船，引擎隆隆轉動，三人不發一語。丹尼爾打開氣閥，駕船繞了個大彎，穿越漆黑，朝巴柏府返航。

歷史註記

《血色嘉年華1》雖是小說，但背景大多依據事實——即使許多事實仍有待議論。例如，如今似乎有一定分量的證據，顯示美國情治單位在前南斯拉夫戰爭中，罔顧聯合國禁運武器的規定，暗中協助克羅埃西亞。結果導致北約空襲科索沃，預示北約的第一場「人道主義」戰爭，以及接下來北約軍事行動範圍的擴張。北義的美軍基地仍持續擴大，如威尼斯附近的埃德里基地擴建為兩倍。整體而言，美軍在義大利有一百多處據點，部署的條款至今仍列為機密。

而我在書中參考的事件，如北約的劍黨共謀之說，也在大體上盡可能做到正確。

感謝

《血色嘉年華》的誕生，獲得許多人協助，尤其要感謝英國Head of Zeus小說出版社的Laura Palmer，謝謝她一針見血的建議，以及公司總裁Anthony Cheetham初接到手稿時展現的熱情，並將那份熱情傳達給世界各國的出版社。

我也要感謝Lucy Ridout不厭其煩的仔細校稿，Anna Coscia糾正我經常很破的義大利文。特別感謝威尼斯的Sara Cossiga，及威尼斯憲警隊的Giovanni Occhioni上校，帶我參觀他們聖匝加利亞教堂的總部。不過我最要感謝的是我的經紀人Caradoc King，他與同事Louise Lamont僅憑塗在紙上的故事點子和餐廳中的聊天，便看出此書的可行性。感謝他熱心的諮詢和沒有間斷的支持，我會永遠珍惜他在度假時，讀罷完稿後，從印度果阿（Goa）寄來的那封電郵，但願他當時的預測能夠成真。

LOCUS

LOCUS